만덕유령기담

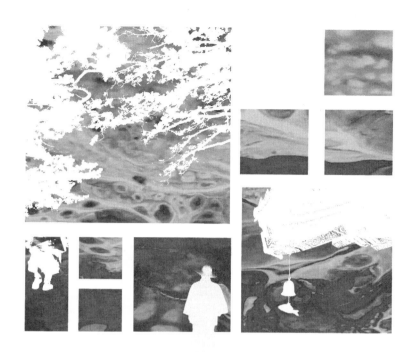

만덕유령기담

김석범 지음
조수일·고은경 옮김 | 김동현 해설

보고사
BOGOSA

작가의 글

　1968년에 일단 포기했던 일본어 소설 쓰기를 7, 8년 만에 다시 쓰기 시작한 첫 작품이 「허몽담(虛夢譚)」이고, 이것을 발판으로 한 두 번째 작품이 「만덕유령기담(萬德幽靈奇譚)」이다.

　일본어 소설을 다시 쓰기 시작하면서 많이 고민했고 내 앞의 막힌 길을 열기 위해 내 나름의 언어론을 갖춰 작품 쓰기, 일본문학이 아닌 일본어문학으로 나선 것이 「만덕유령기담」이다. 일본 독자들에게는 쉬이 어울릴 수 없는 낯선 소설이다.

　조수일 씨는 도쿄대학에서 「만덕유령기담」을 언어론적으로 분석한 석사논문을 쓴 바 있으며, 일본문학적 감각으로는 이해하기 어려운 「만덕유령기담」을 한글로 옮기는 데 고은경 씨와 함께 적임자라 생각한다.

　「만덕유령기담」은 일본어문학 다시 쓰기 시작의 시그널이며 「만덕유령기담」은 『화산도』를 정점으로 하는 나의 4·3 문학 집필에로의 디딤돌이다.

　일본의 문단, 나아가서 일본 독자들에게는 「만덕유령기담」의 일본어가 (일본적이 아닌) 이질적인 것으로 어울리기 힘든 일본어로 감지되었을 것이다.

　조수일 씨가 「만덕유령기담」을 분석한 논문은 「만덕유령기담」의

번역문체적인 이질성의 보편화 작업으로, 일본 사소설(순문학)적
인 언어관에 익숙해져 버린 일본 독자들이 쉽사리 손대기 어려운
난점(아포리아)에 관한 것이었다.

　「만덕유령기담」에 대한 옮긴이의 글이 있고, 김동현 씨의 해설
이 있는데 구태여 작가의 글을 덧붙일 필요가 없지마는 한몫 끼는
셈 치고 인사 삼아 한마디 적었다.

　김동현 씨, 고은경 씨, 조수일 씨 감사합니다.

　보고사 여러분 감사합니다.

2022년 11월

김석영

차례

만덕유령기담

1.

　깊은 산골짜기 관음사에 밥 짓는 일을 도맡아 하는 동자승이 있었는데, 사람들은 그를 가리켜 얼간이라고 했다. 그렇지 않을 때는 만덕이라 불렀다. 어떤 때는 절에서 잡일을 하는 사내, 불목하니라고 불렀다. 그중에서 만덕이라는 것이 가장 훌륭한 이름인데, 그것은 만덕이의 법명(法名)으로 붙여진 것이다. 그런데 법명이 있다면 그 자리를 대신해 부르던 출가 이전, 이른바 속명(俗名)이란 것이 있을 법한데 만덕이에게는 그 속명이란 것이 없었다. 단지 개똥이라는 별명만 있었을 뿐이다. 그것이 만덕이가 가진 이름의 전부였다. 그는 어릴 때부터 이름이 없었다. 이름이 없는 존재는 주변 사람들에게 이따금씩 인생에서 잊은 물건이라도 생긴 듯한 묘한 기분을 불러일으킨다. 그런데도 불구하고 사람들은 '만덕'이라는 이름이 붙여진 후에도 그를 향해서 오랫동안 개똥이라는 호칭을 버리지 않았다.

　하지만 동서고금을 막론하고 밑바닥 사람들의 태생에는 별 관심을 주지 않는 것이 관습이었으니 우리 조선이 바로 그러하다. 조선에서 절의 잡일을 하는 사내, 밥 짓는 동자승이라 하면 머슴과 같고, 원래 비천한 태생이라 하여 만덕이처럼 태생이 불분명한 사람을 그다지 이상하게 여기지 않는다. 태생뿐만이 아니다. 그럴싸한 사람다운 이름이 없어도 별로 신경 쓰지 않는다. 대개 사람들이 길가의 걸인을 보고 그 이름을 알고 싶어 하는가. 서울역 정면 출구 왼쪽 원기둥 아래의 거지, 그리고 파고다 공원 입구 한쪽의 거지와 절름발이 거지, 창경원 벚꽃나무 아래서 구걸하는 거지, 그 정도만으로도 충분하다. 때문에 절에서 밥 짓는 노릇을 하는 '동자승' 같은 이를 가리켜 조선에서는 '공양주'라고 부르지만 그들은 이름이 있어도 되고 없어도 되는 존재이다. 단지 부려먹기 위해 '공양주'라는 실체만 있을 뿐 '어이', '여보게'처럼 이들을 부르는 표시 같은 것만 있으면 족하다. 이름부터가 그러하니 출신지나 부모, 나이 따위가 분명할 리 없다. 그래서 설령 죽어서 귀적(鬼籍)에 편입될 때가 되어도 지금까지 사바세계에서 목숨을 부지한 기간조차 분명치 않을 수 있다.

예컨대 만덕이는 짧은 생애를 살았음에도 불구하고 그의 나이를 정확히 아는 사람이 없었다. 사형집행 대장에는 24세로 기재되어 있었지만 그것은 믿을 만하지 못하다. 우선 본인조차 자기 나이를 확실히 몰랐으니. 그 24세라는 계산은 몇 년 전 일제 강점기 말기에 이 외딴섬 제주도에서 홋카이도(北海道) 크롬 광산에 징용으로 끌려갔을 때부터 시작된다. 태어날 때부터 호적부와 인연이 없었을 터인, 무명의 그에게 본적이나 나이, 부모, 이름 따위를 물어보았자 제대로 된 답이 돌아올 리 없다. 이렇게 기호가 없는 사람은 리스트 작성의 단서가 없기 때문에 징용 당국으로부터 애물단지 취급을 받는다. 주소불명의 부랑자라면 즉시 연행해서 감방에 들여보내는 것에는 전혀 지장이 없지만, 생년월일, 특히 성명이 불확실한 경우에는 징용자 명부 작성조차 곤란하다. 그래서 그때 당국은 '이치로(一郎)'라는 일본식 이름을 만덕(萬德)이란 이름 아래 붙이고, 이름인 '만덕'을 성으로 바꿔 '만토쿠 이치로'라는 묘한 이름을 붙였다. 그런데 만덕이는 일본어를 전혀 모른다.

나는 '만토쿠 이치로'가 아니다. 그것은 내 이름이 아니다. 내 이름은 '만토쿠'가 아니라, 법명인 만덕이의 '만덕(萬德)'이라 말하고는, 한자의 그 두 글자를, 일부러 종이를 펼쳐 연필을 핥아가며 정성스럽게 써 보인다.

멍청한 새끼! 성도 없는 놈이 무슨 말이 그렇게 많아! 일본인 중에 성씨가 없는 사람은 없다. 너한테도 일본인 이름을 붙여주고 사람답게 만들어 주는 걸 영광으로 알아! 통역을 통해 당국의 관리는 말했다. 그런데도 그는 '만토쿠 이치로'라는 인간은 모른다고 계속 우겼다. 만덕이는 당국 관리가 자신에게 일본인이라 하며 호통을 쳐도 전혀 그 영문을 알 수가 없었다. 너는 일본제국 신민이고, 고로 일본인이라는 말을 아무리 들어도 만덕이의 오장육부가 '일본인'이라는 말에 전혀 익숙해지지 못했다. 나이도 내친김에 그때 어림짐작으로 부여된 것이었다. 그 나이를 기준으로 하면 올해가 스물네 살이었다.

대체로 어디서든 태생이 비천한 사람의 모습은 그러하다. 거지나 머슴, 백정, 불목하니들은 대개 그런 부류에 속한다. 만덕이의 예만 보아도, 새삼스럽게 만덕이라 이름을 붙이지 않아도 공양주나 불목하니로 충분하다. 세간에서는 그런 별로 신통치 않은 태생을 '사주팔자' 탓으로 돌리곤 한다. 사주팔자라는 것은 생년월일, 예를 들어 갑자년, 을축월, 병인일, 정묘시를 '사주(四柱)'라 하고 이 사주의 간지(干支)가 되는 글자를 조합해서 '팔자(八字)'라고 하여 이것을 기본으로 일생의 운세를 점치는데 이것이 사람들의 인과응보적인 생각에 힘을 싣게 한다. 즉, 임금이나 대신이 될 '팔자'는 굉장히 훌륭하고, 만덕이처럼 가난하고 비천한 태생은 결국 모든 게 '사주팔자' 탓이다. 일종의 마약과도 같은 사주팔자는 이러한 의미에서 옛날부터 이 나라 위정자들에게 여러 가지로 편리하게 쓰여 왔음이 분명하다.

지저분한 백발에다 눈에 띄게 앙상해서, 보기에도 궁상맞아 좋은 조짐의 '팔자'와는 인연이 먼 듯한 마을의 식자 선생이 사람들에게 '사주팔자'를 늘어놓는 것이 재미있다. 그는 수염에서 1미터는 되는 담뱃대를 내밀고 제갈공명이 제정했다고 믿어 마지않는 오래된 비결의 해석본과 작은 주판을 들고 괘의 수를 계산한다. 그러고 나서 천천히 한 사람의 일생과 한 해 운세에 대한 개진(開陳)을 시작한다. 으흠, 이 점괘는, 천애 고독한 몸, 자기 자신의 몸을 위탁할 곳이 없다 하더라도 먼 길 나그네가 되면 구제해줄 이가 나타날 점괘로구나. 망망대해, 바람과 조우하는 편주(扁舟)라고나 할까…… 남쪽으로, 북쪽으로 가서 눈을 돌려도 절친한 이가 없다. 에헴…… 남북으로 이별하고 합장하여 크게 웃는…… 점괘로구나. 그렇군요, 그렇군요, 참 잘도 맞추시네요. 그렇다면 이 몸이 비천한 건 다 그것 때문일지도 모르겠네요, 하며 본인들도 세간의 풍습에 따라 생각이란 것을 해본다. 그러고는 곧 '와하하핫' 하고 웃어넘기며 마을 식자 선생의 점괘를 조금도 받아들이지 않는다. 애당초 생년월일시의 간지 조합으로 성립하는 사주팔자는 진짜 생년월일 때의 월일시는 고사하고 나이도 모르는 그들에게 들어맞을 리가 없지 않은가. 그렇다 치더라도 영웅이 아닌 한, 사람은 가능하면 평안하고 무사하게 이불 위에서 죽길 바란다. 물론 만덕이는 그저 불목하니일 뿐이라서 이불 위에서 죽는 것을 부끄럽게 여기는 영웅호걸 부류는 아니다. 그럼에도 식자 선생의 말에 따르면 그는 이불 위에서 편히 죽을 수 없었던, 이른바 나쁜 '사주팔자'의 소유자였다.

만덕이는 부모가 누군지 몰랐다. 부모뿐만이 아니다. 성도 이름도 모른다. 대를 잇고 모시는 것이 부모에 대한 효도보다 더 나을지언정 못할 것은 없다. 이른바 '동방예의지국'의 백성으로서는 이미 그것만으로 시민권을 박탈당해도 마땅하다고 여겨진다. 이러한 까닭에 만덕이가 제대로 된 사람 반열에 들기란 도저히 불가능한 일이다. 그러나 그것은 절대 만덕이 탓이 아니다. 그는 그저 자연이 명한 대로 태어났을 뿐, 처음부터 만덕이란 이름으로 불렸던 것은 아니다. 어릴 적에 개똥이란 이름으로 불린 기억밖에 없다. 그 '개똥'이라는 호칭은 일반적으로 서민들 사이에서 '금지옥엽'에 비유해야 할 아이에게, 그것도 남자아이에게만 붙여지는 별명이다. 예컨대, 부모는 태어난 아이들이 연달아 세상을 떠나면 홀로 살아남은 아들을 위해 기도를 하면서 그 별명을 붙여준다. 여자 형제뿐인 외아들을 위해, 어릴 때부터 겁이 많은 아들을 위해…… 부모는 그 별명을 붙였다. '개똥', 개와 짐승의 똥이라는 형편없는 호칭에 아이의 건강과 행복에 대한 염원을 담은 내적 사랑의 표현이었다. 그러니 만덕이의 어릴 적 이름이 개똥이었던 것은 그것만으로도 그에 대한 부모의 애정이 얼마나 컸는지 짐작

할 수 있다.

물론 지금의 만덕이에게 '개똥'은 분명 과거의 이름이다. 하지만 그래도 그가 떠올리는 어린 시절은, 반드시 개똥아! 하고 누군가가 자신을 부르는 목소리에 의해서만 그려질 수 있었고 깨어날 수 있었다. 그것은 예를 들면 처음에는 막연히 어머니인 듯한 사람의 목소리이곤 했다. 얼마 후, 아직은 어려서 어머니 등에 업힌 자신의 모습이, 산길을 올라 깊은 골짜기에 자리 잡은 산사에 당도한다. 가는 도중에 걷거나 넘어지기도 하면서, 개똥아! 개똥아! 하고 어머니에게 작은 손이 붙들려 따라간 기억이 있다. 벙어리인 듯했던 어머니의 다른 목소리는 알아들을 수 없고 단지 개똥아! 하고 단숨에 나오는 그 목소리만이 기억 속에 있다. 절에서는 흰 수염을 길게 기른 노인이 자신을 무릎 위에 앉히고는 가만히 머리를 쓰다듬어 준 기억이 있었다. 그 기억의 형태조차도 옆에서 어머니인 듯한 여자가 개똥아! 개똥아! 하고 말하던 목소리와 함께 되살아난다.

실제로 만덕이는 그의 막연한 기억처럼 어머니 손에 이끌려 관음사로 향하는 산길을 올랐다. 노스님 앞에 무릎을 꿇고 둥근 얼굴을 한 젊은 어머니는 멀고 먼 일본에서 왔다고 했다. 농아에 가까운 그녀는 손짓을 섞어 가며 아이를 절에 맡기고 싶다고 말한다. 아니, 맡긴다기보다는 온전히 위탁하고 싶다고 한다.

"이 아이의 아비는 누구지?" 전혀 울 줄 모르는 순한 아이를 무릎 위에 앉히고 묻는 노스님의 질문에 그녀는 빙긋이 웃었고, 모른다는 듯 고개를 가로저었다. 음, 그래, 어째서일까? 라는 물음에 그녀는 다시 상냥하게 웃으면서 모르겠다고 한다. 콧소리로 더 듬거리며 이리 오렴, 이리와 해서 벽장에 들어갔더니 배에 아기가 생겼다고 말했다. 그게 어찌 된 일이냐고 노스님이 되물었다. 그녀는 백치 같은 순진한 표정으로 그저 조용히 웃고만 있었다.

개똥이는, 일본 오사카의 조선인 마을 근처에 새로 생긴 조선인 절에서 그녀가 반두(飯頭, 밥 짓는 소임) — 공양주를 하던 시절에 생긴 아이라는 것이다. 어느 날 그녀 혼자서 부엌일을 하고 있는데 안면이 조금 있는 남자가 불쑥 들어왔다. 그녀를 상대로 잡담을 시작한 남자는 벌떡 일어나서 방문 벽장을 열더니 슬쩍 훔쳐보고 그 안으로 들어갔다. 잠시 후 안에서 남자의 목소리가 들려왔다. 잠깐 이리 와보렴, 이리 와봐, 하고 손짓을 하며 그녀를 불렀다. 의심이라는 것을 모르는 그녀는 빨래하던 손을 닦고 남자가 시키는 대로 했다. 벽장에 등을 구부리고 몸을 넣었더니 남자가 벽장문을 닫았고 주변이 캄캄해졌다는 것이다.

물론 남자는 떠났고 아이를 밴 그녀는 절에서 나왔다. 그 후 밑바닥 생활을 살아내면서 일단 아장아장 걸을 수 있을 때까지 키운 것이 이 아이라고 말했다. 기저귀가 필요 없게 된 지금은 고향 한라산의 절에 맡기고 싶다고, 부디 부처님의 힘으로 훌륭한 사람이 되게 해 달라고 했다. 그녀는 보잘것없는 어린아이의 옷가지와 망가진 장난감 꾸러미 그리고 약간의 돈을 내놓았는데, 노스님은 결단코 돈만은 받지 않았다. 그녀는 사흘 뒤 절을 떠나 일본으로 향했고 소식을 끊었다. 절을 떠날 때 흰 종이에 싼 검은 눈깔사탕을 개똥이의 손에 쥐어 주었는데 개똥이는 전혀 울지도 않고 그녀의 뒷모습을 응시하고 있었다.

절은 개똥이를 떠맡기는 했지만 우선 그 이름을 어찌해야 하나 고심했다. 신성한 절에서 '개똥아!' 하고 부르는 건 조금 꺼려지는 면이 있다. 게다가 비록 애정 어린 마음의 역설적 표현이라고는 하지만 그것은 어디까지나 별명일 뿐 어엿한 사람의 이름이 아니다. 즉 이름 없음을 시인하는, 그 인격 무시의 호칭은 대자대비 법의 세계에서는 용납되지 않았다. 이런 점을 하늘이 도와주는지 선대의 자비로운 노스님은, 우선 이름부터 '개똥'과 달리 원만하기 이를 데 없는 '만덕'이라는 이름을 지어주었다. 게다가 그것은 사람들이 수고를 마다치 않고 귀찮게 캐묻고 돌아다니다가 결국은 몇백 년, 아니 천 년 전으로 거슬러 올라가는 족보의 고증으로까지 발전할 수도 있는 씨나 본관도 필요 없는 법명이라는 명목으로 붙여진 것이었다.

본관이라면 앞의 '사주팔자'와 마찬가지로 독자에게는 생소할지 모르겠지만 조선에서 나고 자란 이에게는 평생 붙어서 떨어지지 않는 법이다. 조선의 성씨들은 모두 본관을 가지고 있고, 그것은 그의 시조가 오랜 옛날 정착한 고향을 말하며 본적보다 더 거슬러 올라가는 놀랍도록 구시대적인 것이다. 무엇보다도 본관이 같은 동성(同姓) 간에는 그것이 이미 천 년 전에 갈라진 '친척'임에도 불구하고 결혼을 허락받을 수 없다는 그 한 가지 사실만 보아도 그 시대착오의 정도를 알 수 있다. 호적 조사라도 해두지 않는 한 (호적에는 본관이 기입되어 있기 때문에) 연애도 무심코 이루어질 수 없었다. 만일 이 금령을 어기는 자가 있으면 인륜에 어긋난 개나 돼지가 되어 사회에서 매장된다.

뭐, 그렇다 하더라도 누가 천 년 전의 친척을 일일이 기억할 수 있겠는가. 우리 만덕이가 결혼할 가망 따위는 애초에 있을 수 없었다 하더라도, 그러나 그가 오래된 대가족 제도에서 자유로울 수 있었던 것은, 아니, 처음부터 상대도 되지 않았던 하나는 크게 보면 그 법명 탓이라고 해야 할 것이다.

그런데 '공양주'라고 하는 것은 밥 짓는 꼬마 중, 즉 사내만의 의미는 아니다. 원래는 어엿한 사찰의 시주를 일컫는다. 예를 들면 선남선녀 시주들이 음력 4월 8일 석가탄신일 등불이 화려한 밤에 큰 공양을 올리는 그 뒤편에서 땀으로 옷을 적시며 밥을 짓는 사람들을 '공양주'라 하는데, 이들을 완전히 시주들과 같은 호칭으로 부르는 것은 재미있는 일이다. 그도 그럴 것이 절의 관리인인 '서울보살'이 시주들 면전에서, 늘 그렇듯이 만덕이를 끌고 가서 마구 때리고 날 선 목소리로 큰 소리를 낼 수는 없는 노릇이기 때문이다. 그녀는 교활한 동네 서울에서 여관 여주인 노릇을 했다고 해서 '서울'이 앞에 붙고, 믿음이 깊은 여성이기 때문에 '보살'을 뒤에 붙여 '서울보살'이라고 불리게 된 히스테리한 과부였다. 게다가 사디즘적 경향이 강했다. 만덕이를 까닭도 없이 하루에 몇 번이고 대나무채로 패서 그 비명을 듣고 끝까지 괴롭히지 않고서는 참을 수 없었다.

이 새끼, 이 새끼야, 이 새끼, 쇠가죽처럼 끈질긴 이 새끼가! 어설픈 공양주 놈아! 부처가 밥을 태우라고 했느냐, 이 개 같은 놈의 공양주 같으니라고! 네 물건이 비뚤어져 있어서 개같이 구는 거냐! 이 쓸데없이 오줌이나 싸는 공양주 녀석아! 먹는 건 걸신처럼 먹고 등신같이 일은 형편없이 하는 식충이 놈아! 만덕이는 육 척의 큰 몸뚱이를 웅크린 채 사육자에게 매 맞는 개처럼 계속 얻어맞는다. 참다가 끝끝내 바닥에 뚝뚝 떨어지는 혈흔을 밟으며, 어우, 어이구, 아이고, 아이고 하고 소리를 낸다. 만약 어엿한 '공양주', 시주 앞에서 이렇게 공양주 놈! 공양주 놈이라고 고함을 지르기라도 한다면 시주들 중 누군가는 반드시 이 모욕을 자기를 향한 모욕으로 여겨 한바탕 말썽을 일으키게 될 것이다.

이렇게 사람들은 만덕이를 얼간이 공양주라고 홀대하지만, 만덕이야말로 그 이름에 걸맞게 부처님에게 진심으로 '공양(供養)'하는 '주(主)'였다. 스무 살은 넘겼을 테지만 만년 불목하니인 만덕이는 오랫동안 신도들의 유쾌한 경멸과 연민의 배출구가 되어 왔다. 불목하니 일에서 해방되어 오로지 중으로서의 길을 닦아야 마땅한 만덕이었다.

세상에 불목하니는 많다. 만덕이만이 아니다. 다른 절의 공양주들은 좀 더 눈치가 빠르다. 영리하게 처신하여 하루빨리 전문 승려가 된 다음에 여자 신자들의 곁눈질을 온전히 받고 싶어서 근질근질해 한다. 그러나 우리의 만덕이는 여전히 불목하니일 뿐이다. 태어나서부터, 아니 불목하니야말로, 나기 전뿐만이 아니라 사후 세계까지 통틀어 만덕이 안에 겹겹이 쌓인 윤회 법칙을 나타내는 구현물로 보이기까지 한다. 그것이 이 세상에서는, 즉 타인이 출세하는 길에 나뒹구는 돌멩이로, 사람들이 말하는 것처럼 무능한 멍청이, 얼간이의 모습인 것이다. 게다가 만덕이는 스스로 자신을 그 밑받침돌로 여기지 않으니 이것 또한 다른 사람의 경멸과 동정심을 기분 좋게 자극한다. 하지만 그 사람들의 비웃음이라든가 갖가지 소문이나 자비로운 동정의 말이라도, 만덕이의 차분하고 꽉 찬 마음에 파장 하나 불러일으킬 힘을 갖지 못한다.

하나 더, 그에게 '직업'이 뭐냐고 물어보는 게 좋다. 뭐라고 대답할까. 그는 반역죄라는 엄청난 죄명으로 처형을 당하는 심문에서 직업이 무엇이냐는 질문을 받았다. 그때 그는 끝까지 자기 직업은 보초라고 했다. 아니야, 아니라고 하면 아니다! 몇 번 말해야 네 머리는 알아 먹냐! 네 직업은 중이다! 하고, 결국 마지막에 네모난 얼굴을 더욱 험상궂게 만든 성내(城內) 경찰 본서의 무자비한 심사계장은 소리쳤다. 그래도 만덕이는 끝까지 수긍하지 않았다. 왜냐하면 그는 실제로 보초였기 때문이다. 보초가 '직업'인지 그 여부의 논란은 차치하더라도 그가 감시소의 보초임에는 틀림이 없다. 만덕이의 고집에는 그만한 근거가 있는 것이다. 계엄령이 온통 하늘 위를 검게 가리고 있던 이 섬의 나날은 마르지 않는 무수한 유혈의 연속이었다. 한라산 산부대라 불리는 빨치산과 부락민과의 연계를 끊기 위해 설치한 '보초막'이라는 초소가 곳곳에 있었다. 만덕이가 경찰 심사계로 송치되었을 때는, 이미 강제 소개(疏開)로 한라산 관음사에서 내려와 S오름의 절로 옮겨가 관제 민병대로서 그 S오름 초소에서 보초를 서고 있었다. 그것은 경찰도 인정하는 바다. 그런 식으로 강요당한 일을 만덕이는 '직업'이라고 생각하는 것이다. 그래서 그는 '보초'가 직업이 아니라고 해도 완강히 수긍하지 않았다. 갓난아기의 온순함과 여림밖에 없을 것처

럼 보였던 만덕이가 갑자기 바위처럼 움직이지 않았다. 결국, 직업
이 보초라고 우기는 만덕이의 고집에 질려 웃음을 터뜨린 심사계
장은, 너란 놈은 완전 바보로구나, 라고 말했다. 그래도 만덕이는
끝까지 공양주는 내 직업이 아니고 내 직업은 보초요, 하고 심사계
장의 말을 일축한 채 흘려버렸다.

　만덕이는 자기 직업이 공양주라는 말이 너무나도 당혹스러웠
다. 대답하기 곤란하다. 그는 공양주─불목하니를 삼사계장의 말
처럼 일이라고 생각하지 않는다. 사람이란 것이 사람에게 있어 직
업이 아니듯 만덕이에게는 공양주가 자기고 자기가 곧 공양주다.
즉 자신은 일하는 것이고 일하는 것이 자신이다. 만덕이에게는 공
양주를 직업으로 간주하거나 자신과 분리된 영역에 놓인 것이라고
는 도저히 생각할 수 없다. 그것은 뼈에서 살을 발라내는 것과 같
다. 본토의 영산, 지리산 유명 사찰의 '고승'이 섬에 왔을 때 만덕
이를 보고는, 아! 네 눈은 진정한 불심을 품고 있구나! 하고 꿰뚫어
본 적이 있었다. 그 고승은 만덕이를 데려가서 불법을 가르치고
싶었지만 본인이 수락하지 않았다. 만덕이가 좋아하는 관음사의
자비로운 노스님은 이미 타계하였지만 고승의 강한 권유가 계속되
자 그는 어린아이처럼 소리 내어 울기 시작했다. 관음사의 공양주
를 그만두는 것은 자기가 둘로 쪼개지는 것이라 생각했다. 그러니
굳이 말하자면 만덕이의 첫 번째 직업은 몇 년 전 전쟁이 끝날
때까지 강제로 일본에 징용되었을 때의 광산 인부다. 마찬가지로
또다시 강제로 내몰린 보초 담당 민병이 두 번째 직업인 셈이다.

　만덕이는 일하는 것을 천직, 아니 천직이라는 식의 말은 호기심

많은 인간이 정하는 것이고, 그는 일하는 것이 곧 사는 것이라고
느끼고 있었다. 그는 일하는 것을 밥을 먹고 걷고 달리고 잠을 자
고 배설하는 인간의 생리적인 현상 중 하나, 아니 본래 인간 존재
의 한 가지 동기로 여긴다. 그가 무슨 일이든 마다치 않는 것은
아니다. 집을 비우기 일쑤인 스님을 대신해 아침저녁으로 목탁을
두드리고 독경한다. 여름에는 경내와 절 주변의 잡초를 뽑고 겨울
에는 땀을 흘리며 눈을 쓸고 그리고 본당 청소, 장작 패기, 삼시세
끼 밥을 짓고 똥통의 분뇨를 채소밭에 뿌리고 풀을 뽑고 땔감을
구하고 해를 보며 빨래를 하고…… 부처님께 공양을 올리고, 이렇
게 열거하면 한도 끝도 없다.

게다가 만덕이는 그 사이사이에 잠시도 쉬지 않고 염불을 외운
다. 두런두런 혼잣말을 하면서 하루 만 번 '나무관세음보살'을 염
원하는 것이었다. 그는 더군다나 남에게 부탁을 받으면 거절할 줄
모르고 쓸데없이 무슨 일이든 떠맡아 버린다. 그래서 가끔 밥을
태우거나 서울보살의 어깨와 허리를 주물러 주는 것을 깜빡 잊고
그녀의 가학성을 만족시키기 위한 빌미를 주기도 했다.

2.

세상에서 흔히들 말하는 고향이라는 것을 모르는 만덕이에게는
한라산의 깊은 골짜기야말로 진정한 고향이었다. 그곳은 그의 요
람의 땅이자 선대의 자비로운 노스님에게 글을 배운 서당이기도

했다. 단지 사는 곳만은 아니었다.

딱따구리와 박새, 뻐꾸기와 올빼미 그리고 꿩, 무수한 새들의 날갯짓과 경쾌한 노랫소리가 구석구석에 새겨진 장소였다. 산 중턱의 가파르고 구불구불한 언덕을 오르면 별안간 넓은 참배 길이 펼쳐지고, 곧장 2백 미터를 가면 절의 정문에 다다른다. 참배 길 양옆으로 울창한 아름드리 삼나무 고목이 우뚝 솟아 있고, 위를 올려다보면 창연한 하늘빛이 삼나무 사이사이를 비집고 들어온다. 만덕이는 그 무수한 삼나무 한 그루 한 그루를 알고 있었다. 근처 골짜기와 깊은 계곡에 알록달록하게 물들어 흐드러지게 핀 꽃들, 빽빽하게 들어선 나무들의 자태와 그 위치를 마치 사람 얼굴을 알아보듯 알고 있었다.

그곳에는 어릴 적부터 함께 자란 친구 같은 나무도 있다. 참배 길의 어머니 같은 묵직한 삼나무 그늘, 그 늘어진 가지 위로 다람쥐가 자주 튀어나오는 것을 알고 있다. 해 질 녘 숲 위를 까맣게 떼 지어 선회하며 갓난아기 울음소리를 내는 까마귀들의 보금자리도 알고 있다. 새벽 골짜기에서는 언제나 짙은 우윳빛 아지랑이가 발길을 멈춘 채, 마치 그 아래에 깊은 연못이 숨어 있어 잔물결을 이루며 다가오는 듯한 착각에 빠진다. 아침 숲속 나무들의 살갗이 내뿜는 그 하얀 숨결 냄새를 폐 깊숙이 들이마신 만덕이는 해를 우러러본다. 이윽고 아지랑이가 그 기체의 베일을 하나하나 개어 햇살을 위해 길을 열기 시작하면, 다시 숲속 나무들은 새까만 줄기를 드러내기 시작하고 연못의 물로 씻어낸 것처럼 생생하게 되살아난다. 태양에 빛나는 숲속 골짜기 하늘 위를 새가 날아오르며 하루가 시작된다. 만덕이에게 하나의 혼연한 소우주로 형성되어 있는 그곳은, 보통사람의 감각으로는 느낄 수 없는 그 어떤 리듬이 살아 숨 쉬고 있다.

이 거대한 숲의 요람에서 어린 만덕이는 어느 날 애써 잡아 온 매미 한 마리를 놓아주라던 노스님의 말에 한없이 슬퍼했다. 스님은 매미를 놓아준 뒤 눈물을 흘리는 코흘리개의 콧물을 조용히 닦아 주었다. 그리고 이 슬픔은 스님의 온화한 마음에 안겨 편안하게 잠든다. 눈을 뜨고 다시 한번 숲속으로 달려가자 만덕이의 슬픈 마음은 매미의 슬픔과 같아졌고 그는 어린 마음에도 이제 더는 매미를 잡지 않았다. 만덕이는 밤에도 스님에게 따뜻하게 안겨 잠들었다. 그 하얗고 어마어마하게 긴 수염을 가는 목에 감은 채 스님에게 볼을 대고 잤다. 스님은 허허, 하고 웃으며 만덕이의 작은 고추 모양의 그것을 잡기도 한다. 스님이 좋았고 그의 친구였다. 만덕이는 꽤 힘 있게 솜씨 좋은 실력으로 어깨와 허리를 주물러 노스님을 기쁘게 했다. 스님, 어깨 주물러 드릴게요. 대신 공부는 싫어요, 하며 일단 스님의 어깨에 매달려 작은 협박을 하고 나서 어깨를 주무른다. 글자를 배우는 것이 싫어 스님을 미워하기도 했지만 이내 스님의 말씀을 듣지 않는 자신이 한없이 쓸쓸해졌다. 그리고 그 작은 영혼 속 원망의 마음은 스님의 다정한 마음에 안겨 편안하게 잠들어 가는 것이었다.

만덕이가 관음사 생활에 익숙해지고 몇 해가 지났을 무렵, 서울 보살이 절의 관리인으로 왔다. 그로부터 얼마 지나지 않아 노스님은 왕생하셨다. 생전에 노스님은 만덕이 안에 깃든 동물적이라고 할 수 있는 순진무구한 심성을 애처로운 마음으로 사랑했다. 그래서 스님은 그녀에게 만덕이의 태생에 대해서는 한마디도 남기지 않았다. 하지만, 그저 어머니처럼, 부처님처럼 대하라고 유언했다. 스님의 유언과 관계없이 그녀에게는 만덕이를 지금처럼 매질할 근거가 전혀 없었다. 애당초 어깨와 허리를 주무르는 솜씨 좋은 만덕이의 안마가 그녀를 만족시켰음이 틀림없다. 게다가 어린 만덕이는 이미 노비처럼 명령에 순종하며 일하는 것을 제 몸으로 체득하고 있었다. 그녀는 선대 스님의 말씀을 지켜 만덕이를 같은 이불에 재웠고 때로는 움츠린 손발을 쓰다듬으며 따뜻하게 해주기도 했다. 만덕이에게 자기를 어머니라 부르게도 했다.

어느 날 문득 어린 만덕이는 이불 안에서 자기를 어머니라 부르게 하는 그녀에게서 풍겨오는 어머니 냄새 비슷한 것을 맡았다. 그것은 불과 보름 만에 자다가 오줌을 싸서 이불에서 쫓겨나기 2, 3일 전에 맡았던 그녀의 머리카락 냄새였지만, 그것이 그의 어린 영혼 속 어딘가 아득히 먼 곳에 있는 기억으로 더듬어 가게 했다. 그 동백기름 냄새가 자꾸만 머릿속을 쑤시고 뭔가 감춰진 장막을 걷으려 한다. 그리고 마침내 열린 막 안에서 냄새가 풍겨오고 그것은 흰 종이로 싼 검은 사탕을 쥐여 준 어머니의 냄새가 되었다. 만덕이는 오랫동안 잊고 있던 어머니가 떠오른 것 같았지만, 거기에는 이미 어머니의 명백한 형태는 없고 그것이 그대로 서울보살로 합쳐져 가는 듯했다.

어느 날 서울보살이 헛간에서 낮잠을 자던 만덕이를 잡더니 순간 그곳에 있던 빗자루를 거꾸로 들어 때리기 시작했다. 만덕이는 울지도 않고 돌처럼 웅크린 채 때리는 대로 몸을 맡겼는데 그것이 더욱 그녀의 비위를 건드렸다. 이 얼간이는 울 줄도 모르냐며 처음으로 얼간이라 선언하고, 비명을 지르도록 강요하듯 열두세 살 된 소년을 마구 내려친다. 그래도 끝까지 울지 않는 만덕이에게 그녀는 훗날의 복수를 기약하듯 마지막 일격을 가하고 나서야 그 죽비를 내던졌다. 그러나 그녀의 그 제재는 아직 돌발적인 것에 불과했고 지금의 미치광이 같은 주기적인 것은 결코 아니었다. 머지않아 갑자기 히스테리 증상이 나타나기 시작한 그녀는 돌연 절에서 모습을 감췄다.

서울보살이 다시 2, 3년 만에 돌아왔을 때 만덕이는 어엿한 사내로 성장해 있었다. 괴팍한 성질은 여전했지만 몹시 초췌한 그녀의 모습은 그동안의 일신상 변화 그 자체로 보였다. 그녀에게 드리워진 어둠이 어떤 일이었는지 만덕이는 알 수 없었다. 단지 그녀가 짊어져 온 불행의 양이 예상외로 크다는 것만을 느낄 수 있을 뿐, 그것도 사람이 죽을 뻔했던 것 같다고 짐작하는 정도였다. 그 탓일까. 그녀의 새로운 히스테리가 시작됐다. 욱하기 시작하면 그 폭발을 분출시킬 상대로 여지없이 만덕이가 선택되었다. 만덕이는 가만히 그 채찍을 견딘다. 견디는 동안 어느샌가 맹수 조련사인 그녀와 한 마리의 맹수가 되어 버린 만덕이는 그녀 앞에서 아무렇지 않게 되는 자신을 느끼기 시작했다.

그 채찍조차도 깊은 골짜기 관음사에서 만덕이를 떼어 놓지 못했다. 거기서, 아니 그곳이기에 만덕이는 그저 오로지 달리는 말에 채찍질하듯 일했다. 개미나 벌이 그저 일에 매진하는 것처럼 아이들의 놀이, 노동의 원형과 뒤섞인 사심이 없는 그 놀이 세계만이 우리 만덕이와 암묵의 계약을 맺을 수 있을 것이다. 물론 서울보살을 비롯한 사람들은 일꾼인 그를 크게 인정하고 칭찬도 했지만, 또 그것을 멍청하기 때문이라 여기기도 했다. 그러나 남의 칭찬과 경멸에 쉽게 흔들리는 만덕이가 아니다. 그는 그저 물고기도 자기에게 맞는 물을 알 듯 자기가 있어야 할 곳이 한라산 깊은 골짜기에 조용히 안겨 있는 관음사라 여겼다.

불행하게도 그 관음사와 떨어져야 할 때가 다가와 만덕이를 압박했다. 정부는 그 주변을 한라산 일대를 점거하고 있는 빨치산의 거점 중 하나로 보고 있었다. 그래서 정부는 외국 군대의 지휘관 밑에 합병군을 편제하고 그 일대를 공략하는 관음사 소각 작전을 준비했던 것이다. 퇴거 명령을 받은 만덕이 일행은 산 중턱에 큰 주춧돌만 남기고 머지않아 재가 될 관음사를 뒤로한 채 산을 내려갔다. 원래 울 줄 모르는 만덕이가 처음으로 큰 슬픔을 알게 된 것은 바로 관음사를 떠난 그날이었다. 슬픔이라기보다는 온몸의 구멍이라는 구멍이 한순간에 막혀버린 느낌이었다. 갑자기 엄습한 형용할 수 없는 어둠 속에서 슬픔이 몸부림치다가 야수처럼 울부짖었다. 소처럼 짐을 메고 산을 내려오던 만덕이는 태어나서 처음으로 땅을 치며 통곡했다. 처음에는 앙, 앙 하고 어린애 울음소리를 내더니 다리를 벌리고 주저앉아 주먹으로 땅바닥을 치면서 상관없다는 듯 이 나라 여자들이 통곡하는 소리를 내며 울었다. 그리고 마침내 하늘을 우러러 주먹으로 눈물을 훔치는 남자의 통곡을 한다. 이어 벌떡 일어나 하늘을 찌르는 거대한 소나무 몸통을 두 손으로 감싸고 머리를 파묻으며 울었다. 삭발한 만덕이의 머리 주위를 등에가 붕붕! 하고 날뛰지만 그의 울음소리가 내는 공기의 파문이 격렬해서 좀처럼 노리는 곳에 착륙하지 못했다. 산기슭의 가파른 풀숲을 헤엄쳐 마른 잎을 떨어뜨리며 숲을 통과하는 바람조차 만덕이의 온몸을 적셔버린 땀을 말려주지 못했다. 슬픔에 찬 야수의 포효는 깊은 골짜기 사면의 벽에 부딪히며 처참한 메아리를 반복했다.

유일한 길동무인 서울보살이 옆에 떨어진 안전지대에 우뚝 선 채 만덕이를 지켜보았다. 사실은 그녀가 통곡의 주인공, 아니 그녀도 만덕이와 함께 주저앉아 울어야 마땅하지만 관객인 신자가 없는 산속에서 연기할 필요가 있으랴. 그것보다도 그녀는 당장에라도 미친 사람인 양 무엇인가를 향해 돌진할 것처럼 맹수같이 울부짖는 얼간이 만덕이에게 완전히 겁을 먹고 벌린 입을 다물지 못했다.

깎아지른 듯한 갈색 암벽이 햇살에 빛나는 한라산 정상을 올려다볼 수 있고, 전방으로 크게 펼쳐진 넘실대는 바다와 성내의 마을들을 한눈에 바라볼 수 있는 산기슭 숲길에서 만덕이는 있는 힘을 다해 울었다.

이윽고 만덕이의 눈물이 마른다. 눈물이 마른 얼굴을 수건으로 닦는다. 그는 아득히 먼 바다를 향해 자세를 약간 굽히고는 오른손을 이마 위로 올렸다가 코를 잡고 흥! 다시 거듭 한쪽을 흥! 하고 코를 푼다. 그는 콧구멍을 구슬 모양으로 크게 부풀려 벌름거리면서 숨을 가득 들이마시고 콧물을 닦아내며 웃었다. 웃으면서, 서울보살님, 저는 마음이 텅 비어 기분이 좋습니다, 라고 말하며 떨어진 곳에 우두커니 서 있을 그녀를 향해 돌아본다.

그런데 그곳에 그녀가 없었다. 그녀뿐만이 아니다. 그녀가 메고 내려온 짐과 보따리도 없고 시들어가는 잡초들만이 가을바람에 나부끼고 있었다. 숲을 빠져나가며 경사진 벼랑길 건너로 달려가는 그림자를 발견하지 못했다면 만덕이는 아마 그 자리에서 움직이지 않았을 것이다. 그리고 새벽이 될 때까지 숲속을 이리저리 찾아다녔음이 분명하다. 숲의 맞은편, 큰 비탈을 넘어 저 멀리 건너편 성내 쪽으로 내려간 것은 분명 성내 마을에 가서는 이런 날에도 오지 않는 스님을 원망하는 마음에서였고 그 안타까운 시선이 산을 뛰어 내려가는 서울보살인 듯한 그림자 등 뒤에 닿은 것이다. 짐을 단단히 짊어진 만덕이는 울퉁불퉁한 산길을 달려 내려갔다.

서울보살님이 혼자? 왜 먼저 가버리는 거지? 라고 생각하면서 만덕이는, 서울보살님! 서울보살님! 하고 공을 던지듯 부른다. 공은 그곳으로 날아가 그녀의 손에 떨어질지 어떨지는 알 수 없지만, 그는 한결같이 서울보살님! 서울보살님! 하고 불러 세운다. 그런데 만덕이는 갑자기 자기 입 모양에 변화가 생겼음을 느꼈다. 만덕이는 어느샌가 서울보살님이 아니라 어머니! 어머니! 라고 부르며 그녀를 쫓아가고 있었던 것이다.

그것은 의식에서 나오는 것이 아니었다. 바로 조금 전에도 숲 그늘에서 그 높은 절의 마지막 부분이 모습을 감춘 순간, 절 자체가 사라져가는 어머니처럼 느껴졌던 것이다. 만덕이는 어머니를 따라 관음사로 향하는 길을 올라갔을 때, 개똥아! 개똥아! 하고 부르는 어머니의 모습을 어렴풋이 기억하고 있었다. 그때의 어머니와 어릴 적 자신의 모습이 어렴풋이 보이기 시작했고 그때 흰 종이에 싼 검은 눈깔사탕을 쥐여 주며 절을 떠나신 어머니가 지금 건너편으로 혼자 먼저 뛰어 내려가고 있는 것이었다. 자신을 남겨 두고 멀리 떠나 버리는 것이었다. 게다가 어머니의 모습은 선명하지가 않았다. 어느덧 그것은 서울보살의 모습 그 자체가 되어 버렸다.

그녀가 갑자기 걸음을 늦추게 된 것은 울음을 그친 만덕이가 애타게 부르는 소리에 안도의 숨을 내쉬기 위해서였을지도 모른다. 조금 전 흙먼지를 날리며 다급하게 도망치던 그녀의 모습을 봤을 때 안도했을 것이라는 표현에 무리가 있다. 맹수처럼 포효하는 것이 만덕이라면 그녀는 맹수 조련사여야 하는데 그 채찍을 휘두를 힘을 잃어버렸기 때문이다. 그녀는 얼간이의 깊은 바닥에 지금까지 보이지 않고 웅크리고 있던 곤죽을 처음 발견했다. 부글부글 끓어 만덕이의 몸을 쳐서 일으키는 그 내부의 폭발은 마침내 그녀를 향해 용암을 분사할 정도였다. 그 공포가 서울보살을 떠밀고 말았다. 아니, 이제는 만덕이의 팔뚝 하나를 두려워하게 되었다. 선남선녀가 모여 공양을 올리던 날이었는데, 그녀는 자기 눈앞에서 만덕이가 열한 명의 남자를 팔씨름으로 깔아 눕힌 것을 보고 그 팔뚝을 두려워하게 되었다. 그 괴력이 깃든 팔 끝의 떡 벌어진 손으로 목을 조여 올리면 그녀의 뼈는 바로 산산이 부스러지고 말 것이다.

그녀를 제친 만덕이의 얼굴은 지금 막 물속에서 고개를 든 듯 땀에 젖어 있었다. 얼굴에 송골송골 맺힌 물방울이 주르륵 흐르고 거기서 빛나는 한줄기 눈물이 더욱 눈에 띄었다. 그리고 두 사람은 바다 끝까지 내려다보이는 고원을 가로지르는, 그 가을바람에 어울리는 억새 풀 틈 사이의 작은 길에 쪼그려 앉았다. 그녀는 딱지 모양으로 비듬이 달라붙어 악취를 풍기는 만덕이의 머리를 품에 안고 코를 훌쩍이며 우는 만덕이를 그대로 놔두었다.

아아, 저에게는 서울보살님이 어머니로 여겨져요. 꿈속에 나오는 어머니의 모습이 숲속에서 어렴풋이 보이기 시작했어요. 아득히 먼 옛날, 흰 종이에 싼 눈깔사탕을 주셨던 어머니의 어렴풋한 모습이 조금 전 보살님처럼 하얀 구름을 타고 어디론가 가버렸어요. 서울보살님이 제 어머니 같아요.

너의 어머니는 어떤 분이셨니?

어렴풋해서 확실히는 모르겠어요. 하지만 서울보살님 같은 사람이에요. 얼굴도 목소리도 다 비슷한 것 같아요. 상냥한 마음을 가진 사람이에요. 얼굴만 보더라도 어머니의 둥근 얼굴과 서울보살의 갸름한 얼굴은 닮은 구석이 없었지만, 만덕이는 그렇게 말했다.

음, 벙어린 줄 알았더니 제법 어엿한 척 지껄인다니까…….

정신을 차린 그녀의 목소리에는 그새 험악스러움이 되살아나 있었지만 그런 그녀에게도 상냥함은 있었다. 그녀는 스스로 폭발적인 발작을 부추겨 만덕이에게 무서운 채찍을 내리치긴 했지만 그것은 주기적인 증상이라 할 수 있는 것이었다. 창연한 하늘을 캄캄하게 어지럽히는 소나기와 같아서 금세 휙 하고 변해버린다. 그리고 며칠 후 성내에서 돌아오는 길에는 마을 가게에 들러 양말을 사다 주었다. 또 메리야스 셔츠를 사다 주기도 한다. 그런 것들을 본 적이 없던 만덕이의 눈에 비치는 미싱 바느질 한 땀 한 땀은 고귀한 천에 아로새긴 금실, 은실의 광채였다. 그 육척장신을 가리고 있는, 지금은 누더기가 된 저고리와 바지 또한 서울보살에 대한 만덕이의 감사와 존경의 마음이 깃들어 있다.

끝없이 펼쳐진 바다와 하늘의 푸르름 사이로 펼쳐진 성내를 내려다보면서 만덕이는 스님을 원망하는 말을 했다. 어머니가 그랬던 것처럼 흰 구름을 타고 사라지던 서울보살을 간신히 찾아서 지금 같이 앉아있을 수 있는 것이 만덕이에게는 행복이었다. 절을 떠나는 깊은 슬픔 속에서도, 부처님께 드리는 마지막 공양에 스님이 절에 와 줬더라면, 이 행복이 얼마나 더 깊고 깊어질까 하고 만덕이는 생각했다. 만덕이는 그것을 서울보살에게 호소했다. 그러나 그녀는 상대하지 않았다. 네가 알지 못하는 중요한 일이 있다는 것 외에 그녀는 스님에 대해 언급하지 않았다. 서로 상부상조하는 주지와 여자 관리인 사이는 확실히 만덕이가 알 수 없는 관계로, 그녀는 주지의 뜻에 따르고 있다 해야 할 것이다. 삭발하고 법복을 입어 그 육체를 가리고는 있지만 선대의 노스님과 달리 속세의 냄새를 물씬 풍기는 스님은 이미 빨치산 세력권에 들어간 관음사를 포기했던 것이다. 섬의 전투가 격렬해짐에 따라 신자의 출입이 끊긴 절의 경영이 이뤄질 리 없다. 스님은 섬 안을 빙 둘러 각 면마다 첩을 한 사람씩 두고 있다는 소문이 도는 정력적인 중이라 첩들의 집을 돌며 돈벌이가 될 만한 새로운 아이디어나 국회의원 입후보 등의 책략을 짜고 있는지도 몰랐다. 그런 그가 폐허가 돼가는 관음사에 올라올 필요성을 느낄 리가 없는 것이다.

관음사에서 성내로 옮겨 간 만덕이와 서울보살은 포교당에 임

시로 머무르다가 곧 현재의 S오름 절에 정착했다. 황폐한 작은 절, 아니 그보다는 경관 파견소라 하는 것이 나았다. 만덕이는 이 S오름의 절에서 겨울을 맞이했고 처음으로 아득히 멀게 느껴지는 눈 덮인 한라산을 바라보았다. 이윽고 두꺼운 구름이 강한 바람을 타고 뻗어 나가 산비탈까지 덮어 버렸고 하늘이 머리 위로 내려앉은 듯한 음산한 나날이 계속되었다.

오랜만에 내린 눈으로 새하얗게 빛나는 한라산이 아름답게 보이고, 이 섬치고는 드물게 바람 한 점 없는 맑게 갠 이상한 오후였다. 갑자기 산 중턱에서 새까만 연기가 피어올랐다. 순식간에 어지럽게 뒤섞인 시커먼 연기가 흰 눈에 긴 그림자를 드리우며 점차 하늘로 퍼져 흩날리기 시작했다. 밤에는 산불 못지않게 밝고 진한 소용돌이를 일으키며 계속 불타올랐다. 마침내 관음사가 불에 탄 것이다. 관청의 공비 토벌대가 절 쟁탈전에서 이겼다. 절은 파괴되었고 휘발유가 뿌려져 솟구치는 불길 속으로 사라져 갔다.

관음사는 이 섬에서 가장 크고 유서 깊은 본사의 절로 매우 훌륭한 대웅전을 자랑한다. 그러나 만덕이의 마음은 그런 세속적인 데 있는 것이 아니다. 불길에 재가 된 것은 절만이 아니었다. 만덕이의 마음도 재가 되어 허무하게 부스러졌다. 만덕이가 물고기라면 절은 넓고 깊은 연못이다. 그는 자신의 탯줄이 연결되어 있던, 단 하나의 것에서 완전히 끊어졌다. 이때부터 만덕이와 한 몸이던 불목하니와 자기 사이에 확 금이 가는 것을 보기 시작했다.

그러나 어찌 보면 십몇 년간 먹고 잘 새도 없이 혹사당했으니 아이고, 잘도 탔다, 속이 시원하다고 못할 것도 없다. 탯줄이 아니라 영혼을 파고들던 노비의 쇠사슬이 끊겨 이제 자유의 몸이 되었다. 차라리 이번 기회에 만덕이는 피비린내가 휘몰아치는 섬을 떠나 멀리, 그의 눈 속에 깃든 불심을 인정해 주었던 고승이 있는 본토의 지리산 사찰에 가도 좋을 것이다. 무엇이 이 아수라장으로 변한 섬에 붙어있게 하는가. 아! 아! 울지 마라, 눈물은 불심이 아니어도 좋으니 같이 가기 싫다면 이제 그걸로 됐다. 수도심이 싹트고 내 얼굴이 보고 싶으면 언제라도 바다를 건너 찾아와도 좋다고 고승은 말씀하셨다. 뜻이 있으면 길은 열린다고 해야 하지 않을까.

그러나 만덕이는 고승의 얼굴은커녕 목소리 한 조각조차 생각나지 않았다. 관음사가 사라진 것은 지상에서이지 결코 그의 영혼에서가 아니었다. 애초에 혹사당하고 아프다든지 괴롭다든지의 감각이 만덕이 내부에 생성되어 있지 않았다면, 어찌 그것을 혹사라 할 수 있겠는가. 그의 농밀한 숨결과 체취는 절의 내부를 관통해 지붕 기와 한 장 한 장 사이에 쥐 죽은 듯이 웅크리고 있음이 확실하다. 거기에는 분명 그 자비로운 선대 노스님의 따뜻한 숨결이 깃들어 있을 것이다. 그런 지붕 기와도 지금은 산산이 조각나서 재가 되었다. 정말이지 절의 불길은 그만큼 절에 집착했던 만덕이를 미치게 할 만한 충격이었다고 할 수 있다.

일부 신자들은 허망한 난세에 부처에게 매달릴 수밖에 없었으리라. 절이 불타버린 순간, 아니 불타버렸다는 말을 듣자마자 절이 스스로 불타오르고 춤을 추는 거라고 춤추며 발광하던 여자 신자가 있었다. 그런데 그것을 또 비웃기라도 하듯 기름을 더 뿌려대며 불에 타 폐허가 된 마을에 나타났다.

호—오, 뭐라고? 미치광이? 이 추운 겨울에 나비가 죽었다고, 어머나, 절이 불타버렸지? 나는 확실히 알고 있어. 그 여자는 그래서 미친 거야. 그래서 될 수 있는 미치광이라면 나도 꼭 돼 보고 싶어. 나무아미타불, 나무아미타불. 절은 다른 데 가도 산더미처럼 있지만 아이고, 나의 그리운 사람도 아이도 이제 어디에도 없구나. 아버지와 어머니, 일가친척 모두 남김없이 관청한테 살해당해 멸족해 버렸다고. 집도 가재도구도 다 타버렸어. 하늘이 무너져도 솟아날 구멍이 있다지만 그건 거짓말이야. 그런 구멍 따위 모두 막혀 버리고 없어. 그래도 난 정신을 똑바로 차렸다고. 자 보라고, 노래를 부를 수 있을 정도로 멀쩡하다고…… "아침에 우는 새는 배가 고파 울고요, 저녁에 우는 새는 님 그리워서 운다…… 더덩, 더덩, 더덩덩덩, 더덩덩, 늙은 호박 맛은 좋아도 나이 든 노인네는 보기도 싫구나……." 어머나, 왜 그래, 뱃속에서 북이 쿵쿵 울리고 있어, 아이고, 너도 노래를 부르고 싶구나. 엄마가 부르는 노래를 너도 부르고 싶구나. 나 말이야, 뱃속 아이가 사는 집에는, 아직 그건 핏덩어리지만, 북 잘 치는 애가 있단 말이야. 틀림없이 틀림없이 남자아이가. 알았니, 나는 미치광이가 아니란다. 그런데 아아, 저 까마귀가 내 뒤를 따라온다. 시커멓고 커다란 그림자를 펼치고는 내 뒤를 따라오는 거야……. 임신한 미치광이 여자는 잿더미에서 피어오르는 연기 속에서 뱃속 아이를 품는 자세를 취하며 춤을 추었다. 중얼거리고 고함을 지르고 노래를 부르며 돌아다녔다. 그리고 순찰 중인 국방경비 대원 경관의 M1총 한 방에 쓰러졌다.

3.

S오름은 섬 중앙의 산악지대와 해안평야지대 중간에 솟아 있었다. S오름의 기슭을 따라 좀 더 내려가면 알동네라고 하는 마을이 보인다. 거기에서 바다는 아직 멀다. 만덕이는 지금 해가 뜨지 않은 S오름 꼭대기에서 골짜기 계곡의 바위 살갗이 드러난 언덕길을 내려오고 있었다.

어깨에 총 모양으로 만든 철창을 보기 흉하게 매고 있었는데 그것은 S오름 보초막의 근무를 마치고 돌아오는 길이기 때문이다. 말하자면 오늘 S오름의 밤은 만덕이의 보초 근무 해방과 함께 끝나는 것이었다.

만덕이는 새우등을 하고 느릿느릿 걸어오고 있었는데 그것은 늘 허리를 굽히고 너무 열심히 일하기 때문이다. 만덕이는 어쩐지 가슴이 답답하다. 마치 명치 부근에 돌멩이가 박혀있는 느낌이었다. 입에 손을 집어넣어 그 녀석을 끄집어내고 싶을 만큼 가슴이 답답하다. 갈비뼈를 빼내 가슴을 열어젖히고 싶을 만큼 답답하다. 게다가 그것은 늘 슬픔의 색으로 젖어 있었다. 슬픔의 감정이란 천애 고아인 만덕이에겐 본래부터 상관없는 것이라 할 수 있다. 태어날 때부터 부모를 몰랐기에 세간에서 말하는 부모 없는 불편함이나 외로움, 반대로 부모가 있기 때문에 느낄 수 있는 그 고마움이란 감정을 알 리가 없다. 지금은 코밑에 수염이 무성한 나이가 된 이상, 부모가 있건 없건 상관없다. 더구나 만덕이는 슬픔을 느낄 겨를도 없이 오로지 일만 해 온 사람이었다. 그런데도 온통 슬품의 색으로 가슴이 메는 것은 어째서인가.

아아, 가슴이 답답하구나, 하고 우리의 만덕이는 생각한다. 곰처럼 느릿느릿 걷던 그는 문득 자신의 짚신 발자국을 돌아보고는 멈춰 섰다. 아침 이슬이 싱그럽게 빛나는, 이른 봄에 싹트기 시작한 푸른 풀이 무참히 짓밟혀 그곳만 납작해져 있었다. 작년 초봄까지만 해도 눈 밑에서 기세 좋게 싹트고 나오는 길가의 풀을 밟지 못하던 만덕이었다. 그것을 피하려고 가랑이를 크게 벌렸다 좁혔다 하면서 천천히 땅을 밟았다. 멈춰 섰다, 웅크리고 앉았다 하며 아직 녹지 않고 남아있는, 이른 봄의 눈 속에서 가련하게 떨고 있는 푸른 싹을 아무 말 없이 응시한다. 그것을 그저 고맙게 느낀 만덕이는 어린잎에 살짝 손가락을 대고 히죽 웃어 보인다. 작은 싹은 이내 눈을 털어내고 금방이라도 쑥쑥 자기 키 정도의 높이까지 자랄 것 같은 느낌에 풀밭 앞에서 무심코 길을 여는 동작을 취한 것이었다. 그러나 1년이 지난 오늘, 지금의 만덕이에게는 그런 모습이 보이지 않는다. 만덕이는 그 원인을 찾으려 하지 않았지만 변한 자신의 모습을 지금 짓밟힌 푸른 풀 앞에서 인정할 수밖에 없었다. 발밑 잡초를 응시하던 만덕이의 시선은 푸른색을 더욱 투명하고 짙게 물들이며 청명함을 더해가는 하늘 아래 한라산 봉우리로 내달린다. 그는 문득, 아아, 그때 관청이 절을 태우고 고작 한 달밖에 지나지 않았구나 하고 생각한다. 햇살도 초봄의 빛을 띠기 시작했다. 그 당시에 미친 이들도 있었지만 만덕이는 미치지 않았다. 분명히 영혼이 연기처럼 빠져나가는 것을 본 듯한 느낌은 들었지만 더는 울지 않았다.

"어째서 이 세상은, 저렇게 젊고 예쁜 여자를 죽게 만든 걸까? 아아, 답답하구나."

만덕이는 까닭 모를 복잡한 심경으로 길가에 쭈그리고 앉아 중얼거리면서 짓밟힌 풀을 만지작거렸다.

"저기, 이 영감님, 걱정하지 마시오. 누가 죽든 죽은 영혼은 같수다." 그는 방금 헤어진, 함께 보초 근무를 서며 밤을 새운 이 노인에게 말한 그 말을 반복했다.

이봐, 만덕이, 가여운, 불쌍한 며느리였다네…….

만덕이는 "나무관세음보살, 나무관세음보살……" 하며 염주를 세어 넘기자, 이 노인의 목소리가 고막 안쪽에서 되살아나 귓구멍 벽을 타고 퍼져 나왔다. 명치 쪽에 굳어있는 정체불명의 답답함은 그래서인지 모른다. 알동네 이 노인은 보초 교대를 마치고 돌아오는 길에 만덕이에게 가여운 며느리를 위해 공양을 해달라고 부탁했다. 저, 만덕이, 자네가 꼭 공양하러 와 주게나. 고맙네, 고마워. 저 빌어먹을 놈의 오 서방도 불쌍한 사람이라네. 미인에다가 예의 바른 색시를 죽인 거나 마찬가지니까. 아아, 불쌍해서 안 되겠네. 저기, 만덕이, 불쌍하지 않나? 불쌍한 며느리지 않나?

불쌍한 며느리란, 어제 새벽에 마당 감나무에 목을 매고 죽은 오 노인의 며느리였다. 만덕이는 마을에 내려갈 때면 그 며느리와 시부모 세 식구가 사는 집에 들르곤 했다. 어느 가을날, 툇마루에서 바구니 한가득 내어 주던 삶은 감자를 입안 가득 넣고 있으면 그녀가 곁에 와서 저 감나무가 너무 좋다고 으레 입버릇처럼 말했다. 그 감나무는 그녀의 남편이 어릴 적부터 자주 뛰어올라 놀던 곳으로, 그녀는 그 나무가 남편의 기분을 잘 알고 있는 것 같아 그것이 고마워서 밤에 몰래 올라가서는 그곳에서 아이처럼 남편을 그리워한다는 것이었다. 감나무는 가지가 휘어지도록 열매를 맺고 가을 햇살에 빛나는 그녀의 뺨처럼 물들기 시작하고 있었다. 그녀는 감나무 옆에 놓인 낡은 귤 상자에 치마를 살짝 걷고 올라타 큰 잎이 달린 열매를 그대로 따온다. 그때 반짝이는 가을 햇살을 받으며 드러나는 하얀 이, 환하게 웃는 그 얼굴이 참으로 아름답다. 사실 그녀는 얼간이 만덕이가 봐도, 아아, 이것은 현세의 관세음보살이시구나, 하고 만덕이의 마음속에 아름다움에 관한 감정을 불러일으킬 정도의 미인이었다. 얼굴만 예쁜 것이 아니었다. 그녀는 만덕이에게 얼간이라든가 등신이라든가 하는 말을 쓰지 않았고 또 그런 태도도 보이지 않았다. 만덕이 같은 얼간이 멍청이에게도 가까이 다가가는 마음씨 고운 미인이었다. 만덕이는 그녀 곁에 앉아 그녀의 이야기에 귀를 기울이고 있는 것만으로도 따뜻한 행복을 느낄 수 있었다.

깊은 밤 감나무에 올라 남편을 그리워한다는 외로운 그녀는 과부가 아닌 버젓한 유부녀였다. 외아들에 농사꾼인 남편은 빨치산이 되어 동료들과 함께 한라산에 들어가 버렸다. 얼마 안 있어 오노인 일가는 산부대 이른바 빨갱이로 지목되었다. 아들의 부재를 추궁하는 경찰을 상대하면서 육지로 돈을 벌러 나갔다고 우겼지만 증거가 없었다. 계엄령하에서 특별 증명서 없이는 섬을 나갈 수 없었기에 주소도 명확하지 않은 데다가 육지로 돈벌이를 나갔다는 것은 고리타분한 발뺌에 지나지 않았기 때문이다. 물론 빨치산이 되어 입산했다는 증거가 있는 것도 아니었다. 그러나 그것은 중요하지 않다. 이 나라에서는 관청이 길을 걷고 있는 부인을 붙잡고 빨갱이라고 하면 그냥 그렇게 된다. 그에 비하면 오 노인 일가는 충분히 건질 만한 게 있었다. 낌새가 풍기면 경찰이 들이닥친다.

바로 그 무렵, 오 노인의 집 근처에 하숙하는 '서북(西北)' 출신 경사가 그 며느리에게 추파를 던지기 시작했다. '서북'은 본래 지리적 호칭으로 평안도 일대를 지칭하는 말인데 지금은 그 이름을 들으면 우는 아이도 무서워 입을 다문다고 하는 '서북청년회'의 대명사가 되었다. 남한에서 반공 테러 단체를 조직하여 이승만 대통령의 친위대를 자처하는 그들에게 그 누구도 거역하지 못했다. 예의를 모르고 제멋대로인 아이조차 울음을 그칠 정도이니 눈치 빠른 여자는 어쩔 수 없이 명령에 따를 수밖에 없을 것이다. 서북 출신 경관님은 먼저 돌담 틈새로 마당 건너편 안채에 그녀가 있는지 살피고 나서 안으로 들어가 돈을 벌러 갔다는 남편의 근황을 묻곤 했다. 그러다가 하숙집 주인인 윤 할망이 둘 사이의 주선자 역할을 자처하며 그녀를 위해 잡은 닭을 억지로 두고 가곤 했다. 물론 그것을 물리칠 방법도 없고 되받아칠 힘도 없다. 머지않아 마흔 살 먹은 경관님의 두툼한 입술 위에 콜맨 수염이 선명해지기 시작한 것은 그때부터다. 수염이 자라는 속도에 비례해 감정은 고조되고 반대로 일은 진행되지 않았다. 예상대로 추파는 협박으로 변했다. 즉, 예스냐 노냐, 선택에 따라 일가의 연명이 보증되느냐 수용소로 가느냐로 갈린다고 했다. 이 섬에서 수용소라는 것은 공개사형을 위한 대기실을 의미한다. 한 집안의 웃어른인 불쌍한 노인은 거절했다. 아들의 얼굴을 몇 번이고 떠올렸을 것이다. 하지만 드디어 약속 날이 다가오고 집안 모두의 목숨 줄을 위해 그것을 며느리에게 강요했다. 미덕, 미풍에 부족함이 없다는 것을 자랑으로 여기는 우리 조선에서는 예로부터 시부모 특히 시아버지의 목숨은 남편의 목숨보다 중한 것이 당연지사다. 효는 최고의 미덕이다.

이보게, 관청이 시키는 대로 며느리도 잠깐 그걸 빌려줘도 괜찮지 않았을까. 특별히 닳는 것도 아니고 그리하면 부모에게도 제대로 된 효도를 할 수 있었을 텐데……. 입이 거친 패거리들은 그렇게 지껄였다. 이봐, 가난한 심청은 봉사 아버지를 위해 해신의 제물이 되어 바다에 몸을 던지지 않았나. 연지분을 좀 바르고 나가면 모두가 목숨을 건질 건데. 어차피 세상이 제대로 된 세상도 아니고. 혼자 뭘 그리 깨끗한 척했냐는 말이네. 그게 무슨 소용이냐고! 오 영감네만 그런 게 아니라네. 대단하신 며느님 덕분에 이 마을도 위험해졌어. 머지않아 마을 전체에 불이 붙는다고. 두고 보게, 틀림없이 불을 지르러 올 게 뻔하네! 젊은 며느리는 이런 이야기들을 죽은 후에 듣게 될 것이라고 각오했음이 틀림없다. 그녀는 이미 준비한 듯한 노란색 비단 이불로 끈을 엮어 감나무 가지에 동여매고 스스로 목숨을 끊었다. 이튿날 아침, 즉 어제 새벽, 시어머니가 목이 축 늘어져 공중에 매달려 있는 며느리를 발견한 것이었다.

이보게, 만덕이, 그 경사는 크게 화를 냈다네. 이번에는 마을 사람들 모두를 빨갱이라며 말이야. 이거 참, 누가 빨갱이라는 건지. 그렇다면 이런 데서 보초를 서고 있겠나, 다 늙었어도 총 들고 산에 들어가지. 저기, 만덕이. 사람이 죽어도 죄다 계곡에 파묻어

버리는 세상이라네. 아이고, 누가 장례를 치르나. 더욱이 빨갱이 장례를 말이야……. 저승에 가도 떠오르지 않는다는 목매단 사람의 장례식을……. 곧 우리 마을도 불타버릴지 몰라. 뭐, 마을이 불타버린다고? 맞아, 그런 냄새가 나, 벌레가 알려주고 있어. 게다가 이 절도 말이지. 이 절도? 그렇다네. 잘 모르겠지만, 만약 마을을 태워버린다면, 이런 절의 보초막이나 경관의 파출소 같은 게 필요하겠나? 만덕이는?

만덕이는 일어서더니 하루 만 번 외는 염불 '나무관세음보살'을 읊고 왼손으로 작은 염주를 세면서 안짱다리로 느릿느릿 걷기 시작했다. 잠시 후 언덕길 왼편에 문짝이 없는 절의 빈약한 대문이 비스듬히 보였다. 분명히 만덕이의 눈은 절의 문을 보고 있었지만 마음은 염불로 막혀 있었다. 그리고 오늘은 평소 만덕이의 무표정한 얼굴에서 우수의 기미조차 보였다. 내친김에 단언하자면, 만덕이는 그 이름처럼 결코 똑똑하다고 할 수 없는 얼굴의 소유자다. 뾰족한 뒤통수 짱구는 둘째 치고, 일단 그 코 모양이 너무나도 기묘하게 길다. 반구체 얼굴의 명당자리에 코만 떡하니 양반다리를 하고 앉아있다고 해도 무방하다. 그것은 창자처럼 길고 축 늘어진, 안짱다리로 걷는 주인처럼 지금 당장 좌우로 들썩일 듯한 코로, 정말이지 길고 느긋한 인상을 얼굴 전체에 주었다. 그런데 끝이 말린 윗입술은 표표한 콧등을 밑에서 밀어 올리고 있는 듯했다. 일단 물면 절대로 놓지 않을 상이었다. 커다란 조각 같은 눈은 더할 나위 없이 상냥하다. 그것은 깊게 빛나고 아이처럼 순수해 보였다. 또 그는 상대방이 누구든 지긋이 다정하게 응시하는 버릇이 있었다. 사람들은 만덕이의 그 빗나갈 줄 모르는 시선을 오래 견디지 못했다.

아침 이슬에 맨머리를 드러낸 만덕이는 느릿느릿한 걸음으로 절 문에 들어섰다. 이제 막 절 건너편 S오름 정상이 하얗게 빛나며 능선이 허물어지기 시작했다. 갑자기 근처 지면에서 총알이 작렬하는 동시에 총성이 얼굴을 때렸다고 생각했다. 동작이 둔한 그는 곧바로 멈출 줄을 모른다. 그는 몇 걸음 더 가고 나서야 멈춰 섰다. 바로 발밑으로 두 발째 총알이 날카로운 흙먼지를 내뿜으며 날아간다. 만덕이는 총알이 날아온 방향을 향해 간신히 철창을 바꿔 들고는 어설프게 차렷 자세를 취했다. 그리고 있는 힘껏 가슴과 안짱다리를 쭉 펴고 잊고 있던 거수경례를 한다. 그러고 나서 시원치 못한 말투로 이상 없습니다! 하고 말한다.

"하하, 과연 총에는 반응을 하는군. 세 발째는 진짜 네 코를 날려버릴 뻔했거든. 멍청한 놈, 빨리 가서 탄알 찾아와!" M1총을 한 손에 든 대장이 고함친다. 몇 명의 경관들이 대장을 대신해서 우르르 몰려간다.

경례와 보고는 보초의 의무이기 때문에 대장이 장난삼아 한 조치는 관대하다고 해야 할 것이다. 그도 그럴 것이 대장은 만덕이에게 기합을 주어 거수경례를 하게 만들 때까지 때려야 했다. 그래도 만덕이는 걸으며 외는 염불 때문에 가끔 경례를 잊어버린다. 이런 만덕이는 따분한 경관들에게 놀려 먹기 안성맞춤인 상대였다. 전에도 이런 일이 있었다. 만덕이는 땅바닥을 도려낸 탄흔에서 어리석게도 총알을 끄집어내려고 했었다. 지면에 꽂혀 있는 것을 끄집

어내려는 듯한 동작이 매우 진지했던 만큼 절의 모든 사람들을
웃게 했다. 비웃음을 살 이유가 없다고 생각하는 만덕이는 신경
쓰지 않고 허리를 굽혀 흙을 만지작거렸다. 뜰에서 놀고 있는 어린
아이 같은 만덕이의 머리 위를 향해 다시 총을 쏘아도 놀라지 않는
다. 경관들은 만덕이의 놀라지 않는 모습을 그의 대담무쌍함 때문
이라고 생각하지 않는다. 어린아이만의 천진난만함을 가진 만덕
이의 모습을 멍청한 탓으로 돌리고 자기들의 자존심을 세웠다. 그
래서 경관들에게 만덕이의 행동은 대등한 의미에서도 반감을 불러
일으키지 않는다. 바보니까. 경관들은 탄환에 날개가 돋아 날아갔
으니 산 너머로 가서 주워오라든가, 네 꼴을 보니 내 머리까지 이
상해질 것 같다는 식으로 말을 하며 웃고 즐긴다. 만덕이는 상상력
이 둔해 결국 산 너머까지 갔다 오고 나서야 그런 거였구나 하고
히죽 웃으며 자기를 비웃는 자들과 함께 웃는다. 이렇게 모두의
웃음이 사라져가는 데 상당한 시간이 지나고서야 만덕이가 돌아와
다시 웃음보가 터져 나오곤 했다.

　경찰대장과 비번인 몇몇 경관이 모여 있었고 볕이 잘 드는 경내
의 마른 잔디밭 위에 방석이 한 장 놓여있었다. 그 위에는 화투와
돈을 대신하는 성냥개비가 어지럽게 널브러져 있었다.

　"좋아, 지금 한 것도 훈련의 일환이네." 대장은 입술 끝으로 미
소를 지으며 말했다. "우리는 슬슬 나가 봐야 하니까 공양주, 너는
가서 밥이라도 짓게."

　나간다고 하면 총이라도 점검하면 모를까 대장은 금세 그 자릿
세가 필요 없는 방석을 둘러싸고 제자리에 쭈그려 앉았다. 머리를

맞대고 패를 돌리기 시작했을 때는 이미 누가 누군지 모를 정도로 사람이 변해있었다. 패를 집요하게 반복해 섞고 나눠주는 동안에 어떤 농간을 짰는지 갑자기 화투판이 깨진다. 사이비 병신 새끼! 하고 변한 안색이 상상되는 욕지거리가 경모와 경복 안을 넘나들며 터져 나온다.

곁에 와 있던 만덕이는 고개를 돌리고 우두커니 선 채 가만히 눈을 감았다. 경관들의 노름을 처음 발견했을 때 만덕이는 바로 절은 노름할 곳이 아니라고 생각했다. 그래서 여기는 노름을 하는 곳이 아니라고 말했다. 노름하려면 절 밖에서 해달라고도 했다. 병신 새끼! 여기가 어디라고 감히! 경찰 중 한 명이 나서서 호통을 쳤다. 뭐, 여기가 절이라고? 건방진 굼벵이 새끼가! 여기는 우리 국방경비대의 주둔소, 공비(共匪)를 토벌하기 위한 경관 파견소라는 곳이야. 여기에 너희를 머물게 해주는 것만으로도 감사하게 생각해야지! 하며 한 사람의 신호를 기다렸고 경관들은 맹렬하게 곰을 쫓는 개떼처럼 만덕이를 매질했다. 만덕이는 마음먹고 맨손으로 싸우기만 하면 경관 대여섯쯤은 가볍게 허공으로 날릴 수 있다. 그러나 만덕이는 팔꿈치를 굽히고 두 손으로 까까머리를 감싼 채 매질하는 대로 내버려 두었다. 그것은 서울보살에게 매를 맞을 때와 같은 방어 태세였다. 그래도 그뿐이라면 다행이었다. 서울보살이 경관들 앞에서 만덕이를 또 무섭고 엄하게 꾸짖는 것이었다. 경관님들 하는 일에 공양주가 무슨 참견이냐! 그렇다면 경관들이 말하는 것과 똑같지 않은가. 만덕이는 그녀의 얼굴을 물끄러미 바라보았다. 그 한마디는 만덕이의 마음에 결정타를 찌르기 충분했다. 그는 이른바 지상명령과 다름없는 서울보살의 말을 따랐다. 하지만 그래도 한쪽 구석에 처박혀 있다고는 하나 본당에 불단이 있는 한, 그것을 전적으로 인정할 수는 없었다. 그래서 절 안에서 도박 현장과 마주치면 눈을 감고 거들떠보지도 않기로 한 것이다.

"빨리 밥도 안 짓고 뭘 가만히 있는 거야!"

"무슨 밥이요?" 눈을 감은 채 만덕이가 말한다.

오름 정상에 해가 뜨고 경내를 환히 비추기 시작한 시간이니 아직 9시 전이다. 물론 절의 아침 식사는 이르다. 이르지만 벌써 점심이라니 일러도 너무 이르다.

"애송아, 건방진 입을 함부로 놀리면 머리를 아주 죽사발로 만들어 주마……. 앗, 이 새끼는 또 눈을 감고 지랄이야! 이런 빌어먹을!" 마치 돌이라도 집어던질 듯한 기세로 한 사람이 달려들며 느닷없이 만덕이의 따귀를 갈겼다. 키가 큰 만덕이는 펄쩍 뛰며 뺨을 친 상대를 내려다보기 위해 눈을 크게 떴다. 그리고 나는 도박을 보는 게 싫소, 하고 해맑게 웃는다.

"제기랄!"

"공양주, 이놈 참 시끄럽네." 대장이 부하들을 제지하고 나섰다. 대장이라고 해도 기껏해야 예닐곱 순경을 인솔하는 그들보다 한 계급 위의 경사다.

"순찰이다. 순찰 알지, 순찰. 공양주는 입 다물고 밥이나 짓고 있으면 돼!"

만덕이는 말없이 고개를 끄덕이며 그대로 눈을 뜨고 본당을 바라보더니 그쪽을 향해 걸어갔다. 오름의 숲을 순찰한다는 것은 그저 말뿐이고 그곳에 적이 있는 것은 더더욱 아니다. 또 지금 시간에 밤고양이 같은 빨치산이 여기까지 내려오지 않는다는 것을 순찰대는 잘 알고 있었다. 그러니까 '순찰'을 해서 대장이 자랑하는 산탄총으로 운 좋게 꿩이라도 맞히면 그것을 전리품 삼아 돌아올 뿐이었다. 게다가 서울보살이 그것을 좋아했다.

만덕이는 본당에 오르기 전에 잠시 멈춰 서서 반드시 뿍, 뿌우욱 하고 시간을 들여 간헐적으로 방귀를 뀐다. 그것은 거의 감자를 주식 대용으로 먹기 때문에 혹시나 본당에서 염불 중에 실수를 저지르지 않기 위함이었다. 그러고는 철창을 내려놓고 조용히 본당 안으로 들어간다.

본당이라고는 하나 지금은 대부분이 경관들의 초소로 이용되어 불단은 한쪽 구석에 밀려나 있었다. 게다가 경관들이 맨발로 출입해서 본당 바닥은 흙투성이였다. 만덕이는 디딤돌에 짚신을 벗고 반드시 합장한 뒤 본당에 올라가는데 새벽마다 진흙을 깨끗이 쓸어내고 몇 번이고 걸레질을 했다. 걸레질을 한다고 하더라도 물이 넉넉지 않은 이 섬에서는 지하용수가 있는 해안 지역이 아니면 물을 충분히 사용할 수 없다. 다만 이 S오름의 골짜기에는 작은 샘물이 있어 예전에는 언덕 아래 알동네에서 여자들이 물을 길으러 왔을 정도다. 걸레질을 조금 많이 한다고 해서 용수가 부족해지지는 않는다. 그런데 책상 따위를 늘어놓은 초소 쪽 바닥은 너무 긁혀 아무리 닦아도 윤이 나지 않는다. 같은 본당 안에서도 구석진 쪽 바닥만이 늘 볕을 받아 빛을 발하고 있었다.

만덕이는 그 자리에 서서 촛불을 켜고 배례를 한다. 그리고는

방석 위에 정좌하여 목탁을 두드리며 염불을 왼다. 염불하는 사이
에 큰 사발 모양의 청동 회향종을 치며 얼추 인사를 끝낸다. 아침
저녁의 근행은 물론이거니와 절을 잠시 비울 때, 나갔다 돌아왔을
때, 그리고 틈만 나면 대웅전 구석을 지키고 있었다. 때문에 만덕
이의 모습이 보이지 않을 때는 본당 쪽을 향해서 공양주! 하고 외
치면 반드시 동굴 속 곰처럼 느릿느릿 걸어 나온다.

바로 그때, "공양주야! 만덕아!" 하고 부르는 서울보살의 목소
리가 마루가 이어진 스님 방에서 흘러나왔다. 목탁 소리와 종소리
를 듣고 만덕이가 보초 근무를 마치고 돌아왔다는 것을 알았던
것이다. 서울보살은 만덕이가 염불을 외든 잠을 자든 뒷간에서 볼
일을 보며 쭈그리고 앉아있든 전혀 개의치 않는다. 마른 잎에 불붙
듯 성미가 급한 그녀는 시간의 여유를 주지 않는다. 만덕이가 미적
지근한 대답을 할 때까지 "만덕아! 공양주야!" 하고 날 선 목소리
를 계속 쏟아낸다. 만덕이의 큰 몸집에는 감전된 듯한 경련이 일기
시작한다. 그는 서울보살의 목소리에 이끌려 일어나, 목소리가 끌
어당기는 쪽으로 고개를 돌려 "예—" 하고 대답하면서 본당 안을
가로지른다.

조금 전 대장의 총성에는 꿈쩍도 하지 않았던 만덕이의 긴 눈썹
이 꿈틀댄다. 그는 서울보살이 무섭다. 그녀에게서 뭔가 자신을
지배하는 힘을 느낀다. 그녀가 부르자마자 우리 만덕이는 미지의
굴레에 사로잡혀 심신의 자유를 잃는다. 그 반응은 사육견의 내부
를 주인의 목소리로 원격 조종하는 것과 같은 물리적 작용과 비슷
하다.

만덕이는 쭈뼛쭈뼛 스님 방으로 향했다.

"…… 만덕입니다. 서울보살님."

"음, 이제 돌아왔느냐?"

"예."

"괜찮으니 문을 열고 들어오거라."

"예."

만덕이는 대답하며 장지문에 손을 댔다. 절에는 거의 발을 들이지 않는 스님을 대신해 스님 방을 쓰는 서울보살은 반들반들 윤이 나는 따뜻한 온돌 바닥에 팔베개를 하고 누워 있었다. 갸름한 얼굴의 그녀는 늘 그렇듯 턱을 치켜들고 웃으며 안마를 하라고 한다. 그녀의 등받이 책상 위에는 그 모양 때문에 사발시계라 불리는 자명종이 움직이고 있었다.

"…… 보살님, 저는 밥을 지어야 합니다."

만덕이는 8시 10분을 가리킨 시계를 곁눈질하면서 말했다. 오름 정상에 해가 떠 있는데 8시 10분일 리가 없었다. 라디오가 있는 것도 아니고 시계는 마음대로 움직이고 있는 것이었지만 만덕이가 추측하는 시간이 더 정확했다. 만덕이 자체가 시계가 되어 해의 높이와 나무 그림자의 장단, 새들의 생활을 보아 왔기 때문이다. 점심때가 되려면 아직 멀었다.

"밥?" 서울보살은 귀를 의심하며 발끈하고 몸을 일으켰다.

"밥? 지금 네 입이 뭐라는 게냐? 내 귀에 밥이라 들린 것 같은데."

"네, 이제부터 밥을 지어야지요."

"도대체 지금 너는 무슨 말을 하는 것이냐? 밥은 무슨 밥? 본당에서 부처님이 갑자기 배가 고프시다고 하더냐?"

"부처님이 아니세요. 부처님께서는 그런 말씀은 하지 않으세요. …… 너는 경관 파견소의 밥을 짓는 것이다 하고, 보살님께서 이전에 말씀하셨잖아요."

"너는 공양주야. 절의 밥을 짓는 거지. 내가 언제 경관들 밥을 지으라고 했느냐! 그게 대체 무슨 헛소리냐?"

"점심이에요, 점심을 지어야죠."

"무슨 소리. 네 눈에는 시곗바늘이 안 보이는 게냐? 듣는 시계가 어이없다 하겠구나! 찬물 마시고 이 부러진다는 게 이 말이로구나! 너는 지금이 어떤 시국이라고 생각하는 거냐. 여기저기 마을에서 사람들이 굶어 죽는 걸 모르는구나. 너는 부처님 덕분에 배불리 먹고 있다는 걸 알아야지."

만덕이의 무거운 입에서 말이 나오기가 무섭게 이내 서울보살이 쏟아내는 말 속에 파묻혔다. "대장님이……." 하고 어렵게 목소리를 냈지만 밖으로 기어 나오지 못했다. "아하!" 하고 그녀는 무릎을 쳤다.

"그러고 보니 밖에서 탕탕 총소리가 나더라니, 이제 알겠구나. 또 네가 무슨 실수를 했구나. 음, 그렇지, 그랬겠지. 무슨 잘못을 했느냐?"

"…………"

"…… 또 경례하는 것이라도 잊었느냐?"

"오름 정상에 태양이 올라 합장을 했습니다."

"너는 도대체 어떻게 생겨 먹은 놈이냐. 너는 나라를 위해 일하는 명예로운 보초다. 정신 차려, 요즘 도대체 무슨 생각으로 사는 게냐. 그래서 어떻게 이 세상을 살아가지? 흐흠, 그렇다 치더라도 말이야." 서울보살은 한숨을 쉬며 담배를 꺼냈다. "음, 정말 못 살겠군. 너 같은 얼간이를 총으로 위협하고 밥을 짓게 하다니 정말로, 왜, 책임자인 나한테는 당당하게 말 한마디 못 하면서. 이제 알겠네, 역시 순경이라는 건 변변치 않게 처먹고 사는 사기꾼이라니까!" 비난의 화살이 갑작스럽게 경관들을 향했다.

"흥, 더 이상 봐주지 않겠어." 서울보살은 우뚝 서 있는 만덕이를 밀치기라도 할 듯한 기세로 치마에 바람을 잔뜩 넣고 나가더니 툇마루에서 담배 연기를 내뿜으며 소리쳤다.

"대장님! 뭔데 아침부터 두 번이나 밥을 짓게 하는 거지? 관청에서 주는 당신들 식량은 쥐꼬리만큼인데! 그나마 내가 다 관리를 하니까 이 정도라도 마련해 주는 거라고! 옛말에 노름꾼들은 배가 고프지 않다던데 화투도 적당히 치는 게 어때? 나라를 위해 산에 가서 빨갱이 모가지라도 찾아오던가!"

갑자기 툇마루에서 경내 쪽으로 고개를 내밀고 소리치는 그녀를 본 순간 대장과 경관들의 목이 움츠러들었다. 그 모습이 흡사 거북이를 꼭 빼닮았다. 다시 고개를 내밀겠지만 바로 내놓지 않는다. 잠시 가만히 움츠리고 있다가 서서히 빼꼼히 내밀기 시작한다. 이런 상황에 대처하는 요령을 아는 대장은 그녀에게 이제 빨갱이 목을 따러 순찰을 떠난다고 했다. 순찰이라고 하면 서울보살도 침을 삼키지 않을 수 없는 일이다. 용케 꿩 사냥을 하면 대장은 우선 그녀에게 헌정하는 것을 잊지 않을 테니까.

　난세의 섬에서 여자가 돈을 만지기란 여간 힘든 일이 아니지만 그녀는 그 힘을 가지고 있었다. 관음사 소실을 계기로 절의 방대한 은둔 재산을 주지와 함께 처분했다고도 한다. 게다가 지금도 성이 다른 다섯 아들이 각각 어딘가에 있고 옛날 서울과 부산에서 기생으로 일한 적도 있어서 그녀의 행적이 어땠을지 대략 상상할 수 있다. 10년 전 초연히 절에 돌아왔을 때 그녀의 모습은 과거의 것일 뿐, 또 그런 불명예스러운 과거는 그녀의 것도 아니다. 그 후 쭉 절에 정착한 그녀는 절의 관리와 경영을 지휘해 왔다. 게다가 그녀에 대한 사람들의 비난조차 이제 그 비난을 초월하여 그녀를 닮고 싶다는 말까지 들리는 요즘이다. 그녀는 이미 오래전 일이지만, 서울에서의 경험을 살려 성내에 여관 두 곳을 소유하며 고리대금을 놓고 있다는 소문까지 돌았다. 그녀가 그것을 배경으로 해서 성내 경찰 본서와 관공서의 높으신 분들을 '빽'으로 삼고 있다는 것이 대장을 비롯한 사람들의 가장 큰 관심사였다. 왜냐하면, 이 나라에서는 빽의 유무가 한 사람의 인생을 좌우한다고 해도 과언이 아니기 때문이다. 정치인의 정치 생명은 그 유무로 갈린다. 정치인이 아니더라도, 적어도 사람다운 얼굴을 하고 걷고 싶다면 일단 빽이 있어야 한다. 빽이라는 얼굴이 걷는 셈이다. 빽의 크기와 높이로 한 사람의 크기와 높이가 결정된다. 때문에 이 나라 사람들은 빽으로 연결되는 것만 있다면 그것이 아무리 가느다란 실일지라도 끌어당기기 위해 필사적으로 몸부림친다. 서울보살이 성내에서 어느 관청, 누구 아무개와 만났다고 대수롭지 않게 말할 때 흘러나오는 그 직함을 주워듣는 것만으로도 대장과 경관들은 완전히 압도당한다. 만약 그녀가 박봉의 대장에게 용돈을 조금이라도 쥐여 주면 그것은 돈 그 자체가 아니라, 이미 빽으로 직결된 듯한 착각에 휩싸이게 한다. 언젠가는 그 연줄을 타고 높이 올라갈 거라는 착각 속에 빠지게 한다. 즉 그녀의 과격한 기질이 얽어내는 속박의 실에 사로잡히고 마는 것이다.

대장 무리가 꿩 사냥 순찰을 하러 숲의 골짜기를 따라 S오름을 넘어가면, 산간 부락으로 이어지는 길에 다다른다. 또 그 길은 한라산 기슭으로 통한다. 그러나 지금은 그 산간 부락의 모습이 사라지고 없다. 여전히 불에 탄 냄새와 연기가 희미하게 살아있어 그 자취를 간직하고 있다. 소각하기 위해 마구 뿌려 댄 휘발유는 양촌이라 불리는 해안 부락으로 퍼져갔다. 이 섬은 지금 '검은 머리카락에 칼이 살짝 스치는 것만으로도 머리 껍질이 온통 벗겨져 흘러내릴 정도'로 극단적인 상태의 황무지로 변해가고 있었다. 약 250킬로미터의 해안선으로 둘러싸인 이 섬의 해안 부락은 2백 킬로미터를 일주하는 산책로와 흔히들 말하는 순환도로가 있다. 정부 측은 일단 이 신작로 부근의 부락을 남겨두고 그곳에서 한라산에 이르는 이른바 반경 수 킬로미터에 걸친 광대한 지대를 일망천리의 광야로 바꿔버릴 만큼 송두리째 태워버렸다. 보리와 조, 뽕나무, 수수 등의 밭, 논, 조상 대대로 내려오는 묘지, 대나무 숲, 유서 깊은 고목과 임야, 초원. 초원은 그대로 소와 말을 위한 웅장한 목장이었지만 나무는 마구 베이고 불태워졌다. 빨치산 소각 작전 결과, 밤낮으로 타오르는 검은 불꽃은 먼 해상 150킬로미터의 제주해협을 건너 본토의 목포 유달산 정상에 오른다면 키가 크지 않아도 보였을 것이다. 아니, 그것은 서울의 이승만 대통령 관저 테라스에서 훨씬 잘 보였을 것이다. 낯선 외국인이 멀리 해상 여객선 갑판에서 바라보았다면 분명히 한라산이 소생하여 대분화를 시작했다며 놀라워했을지도 모른다. 아니면, 사정을 아는 미국인들은 군함 갑판 위에서, 놀랄 일도 아니기에, 저 하늘을 태우는 연기는 화산폭발이 아니야. 저것은, 글쎄, 저것은 곤충들이 사는 섬이 불타고 있을 뿐이라고, 파이프를 비스듬히 물고, 이 동양 한구석 외딴섬에까지 곤충 구제를 위해서 왔구나 하는 기분으로 말할지도 모른다.

산간 부락의 통로 중 하나로 요충지인 S오름에 파견소가 설치된 것은 이 소각 작전의 결과다. 당연히 그 후로는 사람들이 찾지 않았고 절은 거의 폐사나 다름없어졌다. 사람들은 산부대와의 연락 등 일체 의심받을 일을 두려워했다. 절뿐만이 아니다. 여자들은 물을 긷기 위해 오가던 계곡의 샘물을 피해 마을의 누렇고 탁해진 연못물을 이용하기 시작했다. 가까이 가지 못한 것은 신자만이 아니다. 승려는 더 이상 이 절과 인연이 없었고 서울보살 역시 한 달의 대부분을 성내에서 보냈다. 한 달의 3분의 1을 절에서 보내는 것은 세간에 자신의 믿음을 과시할 필요가 있었기 때문이다. 그래서 이 절에 분향 냄새와 염불 소리가 계속 떠돌며 끊이지 않는 것은 오로지 만덕이의 정성 덕분이다. 우리 만덕이야말로 절의 진정한 주인이라고 할 수 있을 것이다.

4.

만덕이는 방문이 활짝 열린 스님 방 문지방에 우두커니 서 있었다. 대장을 크게 호통치고 돌아온 그녀를 따라 방에 들어오고 나서도 만덕이는 문 닫는 것을 잊고 있었다. 순간마다 내비치는 시원시원하고 화끈한 그녀의 동작은 실로 질풍을 타는 여자 홍길동이라고 해도 좋을 만큼 만덕이가 아직 같은 자리에서 움직이지 못하는 사이에 벌써 돌아와 있었다. 그녀는 만덕이에게 장지문을 닫으라고 지시했다. 그리고 조용히 누워 허리를 주무르게 했는데 의외로 말투나 행동이 온화하고 얼굴에 웃음을 머금고 있었다.

만덕이는 그녀의 요구에 따라 그 몸을 강하게 만진 후에는 반드시 본당에 정좌하고 몸의 울림을 가라앉히기 위해 심호흡과 염불을 해야 했다. 그렇게 해야만 풀리는 쇼크를 이제부터 이 방에서 겪어야만 한다는 것을 만덕이는 너무나도 잘 알고 있었지만, 그것은 또 만덕이 자신을 불가사의한 세계로 데려가 버리기도 했다.

턱을 괴고 있던 오른쪽 팔꿈치를 장판에 대고 남자처럼 누워 만덕이를 방에 들이는 서울보살은 가늘고 길게 째진 눈을 더욱 가늘게 뜨며 미소를 짓는다. 순간 눈꼬리의 깊은 주름이 잔물결을 일으키는 것 같다. 젊었을 때는 미인이었다고 하는 만큼 지금도 목덜미가 반듯하고 가슴 곡선은 충분히 몸의 균형을 돋보이게 할 만하다. 얼굴은 가늘지만 어깨에서 허리, 그리고 그 아랫부분의 살집은 탱탱해서 40대 중반을 넘긴 나이치고는 여전히 여성스러운 탄력을 충분히 갖추고 있었다.

만덕이는 누워 있는 그녀의 당당한 자태를 보며 자기도 모르게 무념무상의 세계로 빠져든다. 숨이 막혀 왔지만 그것이 현실이라고 느껴지지 않는다. 아무것도 보이지 않고 아무것도 느껴지지 않고 아무것도 들리지 않고, 그의 몸과 영혼은 땅에 바짝 달라붙어 벌레가 된다. 이윽고 그녀의 허리와 큰 엉덩이 사이를 한결같이 주무르는 두 손에 피가 돌고 감각이 되살아난다. 지금 손가락이 빨려 들어가는 것을 느끼고 빨아들이는 것이 무엇인지 알 수 있는 상태가 된다. 그리고 예정된 두려운 시간이 다가오고 있음을 예감한다. 아아, 자비로운 부처님. 부디 제 손가락을 강철로 만들어 주십시오……. 손가락 끝이 마치 엿처럼 녹아 제 온몸이 서울보살님 몸 안으로 빨려 들어갈 것 같아요. 아아, 자비로운 부처님, 부디 이 손가락을 강철로 만들어 주십시오……. 만덕이는 또렷이 자기 손가락을 의식한다. 하지만 한쪽 허리와 엉덩이를 주무르다 손가락 끝에 걸리는 웅덩이를 넘어 다음으로 이동하는 순간, 그는 찌르르하고 가랑이 사이의 무언가가 욱신거리기 시작한 것을 느낀다. 아이고, 드디어 일어나는구나. 그것은 만덕이의 의지를 강하게 물리치고 차츰 소용돌이치듯 심을 곧게 세운다. 그녀는 갑자기 강해진 안마에 신음하고, 이때 꼭 감은 만덕이의 눈 속에서 반야의 형상으로 채찍을 휘두르는 서울보살이 관세음보살로 변신한다. 만덕이의 큰 손안에서 흔들리는 배 신세가 된 그녀의 몸은 그의 드넓은 뇌리 안에서 하나의 발광체가 되어 흔들린다. 이것은 모든 것에 감각을 열어젖힌 만덕이의 혼이 그녀의 몸속에 빨려 들어가는 순간이다. 이윽고 굳게 감은 눈에서 따끔함을 느낀 그가, 더 강하게 눈을 감자 다시 감각을 잃는다. 그녀의 허리를 열심히 주무르고 있는 누군가 다른 사람의 손끝을 만덕이는 자기 안에서 느낀다. 몸이 천천히 허공에 떠오르고 분리된 손가락만이 그녀 안에 박혀 있다. 이제 아무것도 보이지 않고 아무것도 느끼지 못하고 아무것도 들리지 않으며 아무것도 생각할 수 없는 그의 영혼 역시 땅에서 떠오른다. 그녀의 손이 살며시 그의 사타구니를 건드리더니 찰싹 달라붙는다. 누군가 타인의 손끝이 무턱대고 힘주어 주무르며 그녀의 몸에 파고드는 것을 알 수 있다. 저기, 만덕아, 왜 그러느냐, 조금, 더, 부드럽게 주물러야지, 하고 그녀는 띄엄띄엄 나긋나긋 말했다. 만덕이의 귀에는 그 목소리가 닿지 않는다. 그녀의 목소리가 더욱 커지고 나서 만덕이는 눈을 번쩍 떴다. 여기는 장판 마루 위였고, 그녀의 엎드린 얼굴 아래에 베개 삼아 깍지를 낀 두 손은 움직이지 않고 있었다. 만덕이는 크게 눈을 뜨며 망상을 떨쳐내려고 고개를 부르르 흔든다. 하지만 다시 손가락이 그녀의 몸에 빨려 들어가기 시작하자 눈이 저절로 감겨버린다. 그러자 그녀가 손을 쭉 뻗었다. 그리고는 그것을 잡아 쥔다. …… 사방의 숲에서 나는 매미 소리가 세찬 소나기가 되어 떨어진다. 그녀는 끈질기게 계속 손을 뻗어 그 녀석을 꽉 움켜쥐었다.

한여름 절 경내에는 아지랑이가 투명한 불길이 되어 격렬하게 타오르고 있었다. 견디기 힘든 풀숲의 후끈한 열기가 지면에서 본능적인 정적을 빨아올려 그것이 오후 한때 묘한 음란함을 자아냈다. 고요한 아지랑이 불길 아래 풀숲의 혹한 열기가 움직이고, 본당 옆 바위틈에서 대나무 통을 타고 떨어지는 맑은 물이 끊임없이 소리를 만들어냈다. 넓은 관음사에는 서울보살과 만덕이 두 사람밖에 없었다.

그때 만덕이는 가련하게도 그야말로 만신창이이 되어 자기 방에서 신음하고 있었다. 매미 소리, 이따금 산새 소리가 상처에 스며드는 산사의 고요 속에 그는 누워 있었다. 조금 전까지 반 시간 넘게 서울보살의 대나무 채찍질에 야수처럼 포효하며 도망 다녔다. 그녀는 동작이 굼뜬 만덕이의 자세에 맞춰 임기응변으로 까치발을 들었다 웅크렸다 하며 채찍을 휘둘러 매질을 해댔다. 또 아무 데나 내리쳤다. 만덕이가 머리를 두 손으로 감싸면 그 위를 내리쳤고, 손등이 찢어져 피가 터졌다. 만덕이가 온몸을 비틀며 도망칠 때마다 온몸에 핀 부스럼 딱지가 살갗에서 떨어지며 바닥에 하얀 비듬처럼 쏟아졌다. 만덕이는 아이고, 엉엉, 하고 비명을 지르며 넓은 본당 안을 도망쳤다. 이때 만덕이는 무척 반들반들하게 닦인 마루 위가 너무 미끄러워서 도망치기보다는 넘어지는 쪽을 선택한다. 아무리 애써도 그녀가 내뿜는 주박의 끈에서 도망칠 수가 없었다. 곧 그녀가 따라잡아 다시 한번 머리 위로 채찍이 떨어진다. 튀어나온 두 눈알이 충돌의 불꽃을 일으키고 이마가 터진다. 눈앞이 빙빙 돌고 벽과 불단을 가린 붉은 천, 현수막, 본당 사방에 쳐 있는 칠색 깃발에 불이 타오른다. 눈을 뜨자 사방이 시뻘겋게 타오르고 있었다. 아아, 본당이 불타고 있다, 불이 났다! 라고 만덕이는 외치지만, 이 거짓말쟁이야! 하며 내리치는 그녀의 채찍에는 점점 더 힘이 붙는다. 부처님이 그 모습을 가만히 내려다보고 있었다. 아이고, 부처님, 만덕이를 구해주세요! 하고 마음속으로 외치지만, 그것은 어디까지나 마음속에만 머무는 외침에 불과했다. 소의 눈에서 흐르는 커다란 눈물을 흘리며 만덕이는 마침내 그녀에게 호소한다. 서울보살님, 어째서, 나를 때리는 거요, 낮잠 좀 잔 거 가지고, 왜, 저를 이리도 때리는 거요. 내가 무슨…… 무슨 나쁜 짓을 했다고. 아아, 더는 하지 않겠습니다, 서울보살님, 용서, 용서해……. 그녀 앞에서 순종적인 동물이 되는 그는 저항할 줄을 모른다. 그의 힘으로 한 바퀴 돌리면 그녀의 뼈는 금세 산산이 으스러져 버릴 테지만, 저항할 줄을 모른다. 그저 큰 몸을 웅크리고 살이 찢어지고 피가 터질 때까지 맞는다. 비명과 최소한의 항변이 고통을 조금이나마 덜 수 있는 길이다. 대나무 채찍은 몇 번이고 부러졌다. 대신할 것이 없으면 맨손으로, 날카로운 손톱을 가진 여자의 손으로 만덕이의 얼굴을 꼬집고 손톱 사이에 살을 쥐고 끌고 간다. 한순간 채찍 발작을 일으킨 그녀는 완전히 홀린 무당 같은 모습을 보여, 주지 스님은 물론이거니와 아무도 곁에 다가갈 수 없었다.

만덕이는 마치 상처 입은 동물처럼 거칠게 숨을 몰아쉬며 침으로 젖은 낡은 신문 자투리로 피를 닦아냈다. 열린 문으로 은은한 바람이 들어와 무겁고 시큼한 꽃가루 냄새를 전한다. 연꽃이 활짝 핀 경내의 연못 수면에는 햇살이 부서지고, 연못을 감싸고 있는 풀숲은 가만히 웅크리고 앉아 숨 쉬고 있었다. 만덕이의 무거운 몸은 거대한 숲 냄새가 자욱한 정적 속에 젖어 있었다. 그리고 그대로 꾸벅꾸벅 선잠 속으로 빠져들었다.

만덕이는 자기 이름이 몇 번이나 불리고 나서야 서울보살이 문간 툇마루에 서 있다는 것을 알았다. 그는 바닥에 달라붙은 상반신을 겨우 일으켜 세웠고, 눈에 들어온 그녀는 웃고 있었다. 조금 전까지 무서운 얼굴을 하고 있던 여자 귀신이 아니라 깊은 주름의 눈꼬리를 가늘게 뜨고 턱을 뾰족하게 내밀며 웃는 얼굴을 하고 있었다. 그녀는 만덕이에게 나오라고 말했다. 목소리는 상냥했고 태도는 나긋나긋했다. 그 순간 만덕이는 돌변한 그녀의 부드러운 모습이 고맙게 느껴졌고 그 모습이 눈부셨다. 그는 눈에 보이지 않는 힘에 이끌려 그녀의 말을 따라 방을 나가, 짚신을 신고, 그녀가 움직이는 대로 뒤를 따랐다. 서울보살은 넓은 경내의 본당과 반대 방향으로 향했고 연못가를 지나 멈춰서더니 살며시 뒤를 돌아보며 만덕이를 확인했다. 그러고 나서 그녀는, 연잎 밑으로 올챙이 떼가 헤엄치고 있는 연못 수면에 비친 헛간의 그림자를 따라 그곳으로 발길을 돌렸다. 바닥을 일부러 공중에 띄우는 형태로 지은 헛간 건물에는 사다리가 있었다.

관음사의 공양주 만덕이는 어려서부터 단지 사다리를 오를 수 있다는 것만으로 이 불편한 헛간을 좋아했다. 또, 이곳은 낮잠 자기에 안성맞춤인 장소기도 했다. 만덕이는 낮잠을 자다 자주 꾸중을 들었는데 아까도 낮잠을 자다가 서울보살에게 습격을 당해 뭇매를 맞았다.

두 사람은 사다리가 있는 헛간으로 올라갔다.

그녀는 짐을 나르기라도 할 것처럼 자세를 취하고 있는 만덕이에게 앉으라고 명령했다. 짚더미가 뒤엉켜 있고 마른 짚 냄새가 코를 찌르는 그곳은 조금 전에 만덕이가 낮잠을 자던 곳이었다. 잠시 후 거기서 예기치 못한 일이 벌어졌다. 그 예기치 못한 일이 일어나고 나서도, 우리 만덕이는 무슨 일이 벌어지고 있는지 알 수가 없었다. 실제로 만덕이는 그녀가 짚더미 위에 앉아, 아까는 아팠지? 하고 입을 뗐을 때, 그리고 말없이 바지 띠를 풀어 헤치며 손을 스르르 가랑이 사이에 넣었을 때, 그게 무슨 일인지, 어디를 향해 나아가기 위한 것인지, 전혀 앞이 보이지 않았다. 몸이 얼어 붙은 만덕이는 조용히 짚더미에 몸을 기대고 있었다. 서울보살은 마침내 일어난 만덕이의 그것을 계속해서 애무했고 이제야 만덕이는 일이 잘못되었다고 생각했다. 항간에 코와 남자 가랑이 사이의 물건을 비교하는 속설이 있지만, 이때 서울보살은 기묘한 모양에 길고 긴 만덕이의 코에 대한 평소 생각과 현실 경험이 우연하게도 일치한다는 것을 확인했을지도 모른다. 그 이상한 모양의 코가 절의 여자 신자들 사이에서 묘하게 인기가 있었던 것 또한 분명한 사실이다. 그녀는 사타구니에서 손을 떼어 만덕이의 코끝을 어루만지며, 나무아미타불, 나무아미타불! 깊은 탄식을 내뱉었다.

시원한 바람이 숲의 향기를 실어 날랐다. 그 향기가 두 사람 사이에 고인 어떤 두터운 산성 냄새로 빨려 들어간다. 그 냄새를 만덕이는 느낄 수 있었다. 그는 식은땀을 흘렸다. 이제는 춥기까지 했다. 만덕이는 자기 의지에 저항하며 계속 꼿꼿하게 경직하는 가랑이 사이의 물건이 두려웠고 당혹스러웠다. 서울보살은 떨고 있는 만덕이의 상처 입은 얼굴을 어루만지며 부드럽고 낮은 목소리로 속삭였다. 네 얼굴은 어찌 이렇게 생겨 먹은 게냐. 너는 코도 크고 귀도 크구나. 물건이야, 게다가 입은 두 주먹이 다 들어갈 정도로 크니, 전생의 업보가 어지간하구나. 어찌 이리 못생기고 길단 말이냐……. 그러고는 숨을 죽이고, 만덕아 하고 불렀다. 네, 쉰 목소리가 대답한다. 그녀는 만덕이에게 몸을 붙이고 그를 옆으로 눕히며, 너는 참 얼굴이 추하구나, 하고는 만덕이의 팔을 두 손으로 잡고, 자, 이리와 하고 재촉했다. 그의 얼굴은 땀으로 번들거리고 눈은 빛나지만 그 어떤 형태도 파악할 수 없었다. 자, 하고 말하는 그녀의 목소리는 귓바퀴를 맴돌 뿐 내부에는 닿지 않았다. 그런데 그녀의 새로운 다음 동작과 자, 어서! 하는 명령을 바로 인지한 만덕이는 벌떡 일어나 흘러내린 바지를 끌어 올렸다. 그리고 소매로 땀이 흥건한 얼굴을 훔치고 바닥에 쓰러진 그녀를 내려다보며, 나는 싫소, 하고 말했다.

그뿐이다. 그뿐인 일이었지만 만덕이에게는 두려운 일이었다. 그녀는 여전히 허리와 어깨를 주무르게 했지만, 만덕이의 몸을 결코 건드리지 않았다. 단지 달라진 것이 있다면, 발작을 일으켜 채찍질을 할 때마다 내뱉던 욕설에다가 "다리 가랑이 사이에 매달린 것이 큰 게 자랑이냐"라던가, "떨어질 데가 없어서 똥통에 떨어진 돼지 새끼 같으니라고!!" 등의 새로운 대사가 추가된 것이었다. 휘청거리며 헛간을 내려온 그때의 만덕이는 완전히 방향감각을 잃어버려 경내 반대편에 있는 헛간 뒤쪽으로 향했다. 그리고는 여름 더위에 거품이 이는 풀숲의 거름용 똥통 밑바닥에 보기 좋게 떨어졌다. 그 일은 바로 서울보살의 욕설 목록에 포함되었다.

분명히 그것은 한때의 일에 지나지 않았다. 하지만 불쌍한 만덕이는 시간이 지나도 그날 일을 잊을 수 없었다. 어째서 그때 헛간을 나왔는가. 모르겠다. 헛간에 가만히 있었다면 어떻게 되었을까.

모르겠다. 지난 일들을 생각하며 고민했다. 그는 자신이 남자라고 하는 자명한 사실이자 의식의 핵 같은 것을 확실히 갖고 있었으며, 그것을 추구하고자 하는 욕구에 사로잡히기도 했다. 그래서 스님 방에 불려가 그녀의 몸을 만질 수 있는 순간은 그야말로 신이나 부처에게 다가가고 있을 때였다. 그 경지에 이르면 그녀의 채찍은 두렵지도 않고 아프지도 않다. 꿈에서 누군가 부드럽게 자기 다리 사이를 만진 그것이 관세음보살의 부드러운 손길일 때도 있다. 보살은 분명히 똥덩이에서 기어 나왔는데, 그 투명한 비단옷에는 똥 오줌이 아닌, 하늘의 향기가 스며있어 만덕이를 황홀하게 한다. 자세히 보니 똥구덩이가 아니다. 고운 오색구름이 뭉게뭉게 피어 올라 있었다. 그 구름에 실려 온 관세음보살은 아무 말 없이 만덕이의 고간(股間)을 애무한다. 그러고는 느닷없이 그 녀석을 뿌리째 뽑는다. 만덕이가 밭에서 무를 뽑을 때처럼 쑥 빠져버린다. 고간이 뽑혀 나가 움푹 패인 구멍을 들여다보고 있는 만덕이의 등에 무보다 거대하게 딱딱해진 그 녀석이 내리꽂힌다. 그 녀석이 내리꽂힐 때마다 굵은 한 가닥으로 이뤄진 꼬리는 무수한 몸통을 가진 뱀이 되어 몸과 목을 휘감아 만덕이가 멀리 가지 못하게 한다. 옥죄이는 만덕이는 비명을 지른다. 비명을 지르면서도 조금도 아프지 않다고 생각하는 꿈속에서 눈을 뜬 만덕이는 그곳에 쾌감의 흔적이 살아있는 것을 느꼈다.

만덕이는 그 기묘한 꿈을 꿀 무렵 현실에 하나의 비밀이 생겼다. 비밀이라고 하기에는 하잘것없는 것이지만, 그는 우연한 일로 서울보살의 빗을 손에 넣고 그것을 몰래 가지고 다니기 시작했다.

만덕이가 손목에 차고 있는 염주가 양(陽)이라고 하면, 저고리에
직접 단 안주머니에 꽂힌 빗은 음(陰)이었다.

　어느 날, 집을 비운 서울보살의 방을 청소하던 만덕이는 무심코
작은 주홍빛 경대 앞에 쭈그려 앉았다. 그의 손은 기계적으로 움직
여 덮개를 들어 올렸고, 타원형 거울에 비친 자신을 들여다보았다.
빙긋 웃어보았지만, 이상하게도 만덕이답지 않은 일그러진 표정
이 보인다. 스스로도 못난 웃음이라고 생각했다. 정말 너는 못생겼
구나! 보기 흉한 얼굴이야! 헛간에서 서울보살이 탄식한 대로 정
말이지 자기가 봐도 못생긴 얼굴이었다. 거울은 코 하나만으로 이
미 만원이었다. 그 큰 콧등에 튀어나온 뾰루지가 털 뜯긴 닭의 엉
덩이를 생각나게 했다. 거기에 서울보살에게 꼬집힌 자국과 매질
을 당한 상처가 얼굴을 한층 더 볼썽사납게 했다. 그렇기에 자기를
응시하는 자기 얼굴을 앞에 두고, 그는 서울보살이 내뱉은 감탄사
가, 그에 대한 애무와 그의 추함에 대한 찬양 그 자체라는 것을
알 리가 없었다. 만덕이는 덮개를 내려 잘 비치지 않는 거울을 덮
었다. 그러고는 원숭이의 호기심과 신중함으로 경대의 서랍을 열
어보았다. 거기서 코 점막에 흠뻑 스며들어 절대 없어지지 않을
듯한 냄새가 났다. 거기는 여자의 여러 냄새가 뒤섞인 밀실이었다.
미묘하게 코를 간지럽히는 화장과 머리 기름인지 체취인지 알 수
없는 후끈한 냄새들이 만덕이의 얼굴을 감싼다. 만덕이는 거의 본
능적으로 눈이 성긴 나무 빗 한 개를 꺼내 들어 그대로 코에 댄
채 천천히 기름으로 거무스름해진 빗의 냄새를 맡았다. 묵직하게
비듬이 들러붙어 있고 동백기름의 산성 냄새를 풍기는 빗을 코

바로 밑에 대고 심호흡을 했다. 갑자기 군침이 돌고 심장이 마구 뛰기 시작했다. 그는 그 냄새에 당황했다. 그 냄새 속 동백기름의 일부가 그대로 기억 속 어머니의 냄새를 상기시켰지만 그 자체가 놀랄 일은 아니었다. 그런데도 그는 약간 당황했다. 어머니의 냄새에서 갈라져 나가고 남은 일부의 냄새는 그대로 여자의 냄새가 되었고, 그것이 어머니의 냄새를 전부 빨아들이며 만덕이를 뒤흔들었다. 만덕이는 당황해하면서도 빗을 품에 감추었다. 그리고 방으로 돌아와 가만히 동물처럼 숨을 죽이고 앉아있자, 서울보살의 무서운 얼굴이 점점 커지면서 방을 가득 메웠다.

아아, 서울보살님이 눈치채면 어쩌지. 경대 안이 이상하다고 느낀 그녀는 분명 자신을 부를 것이다. 만덕이는 두려워졌다. 만덕이는 빗을 돌려놓으려고 방을 나왔지만, 결국 모른다고 거짓말을 하기로 결심한다. 그리고 당연히 그 무서운 매질도 각오한다. 그녀는 대나무채를 여느 때보다 힘차게 내리칠 것이다. 하지만 만덕이의 신음하는 시간이 진행됨에 따라 이내 그녀의 가학성은 포화 상태에 이른다. 그렇게 되면 그녀는 딴사람처럼 그 빗을 문제 삼지 않을 것이다.

서울보살이 돌아온 이후의 사태는 실제로 만덕이가 예상한 대로 진행되었다. 그리고 설마 만덕이가 그것을 숨겼으리라고는 도저히 상상치 못한 그녀는 미심쩍었지만 결국 자기가 뭔가 착각했겠거니 생각했다. 이리하여 그 빗은 온전히 만덕이 것이 되었다.

반달 모양의 그 빗은 아이 손바닥만 한 크기였다. 회양목의 생나무 냄새와 빛깔은 이미 사라지고, 대신에 머릿기름과 때가 스며

들어 흑갈색의 어둡고 깊은 광택을 내고 있었다. 그 광택이 냄새를 뿜었다. 게다가 불 옆에 갖다 대고 가만히 열을 가하면 지글지글 기름이 배어 나온다. 그것을 코에 대면, 순간적으로 현기증이 날 정도의 냄새가 콧속을 찌른다. 만덕이는 거기서 엄마인지 여자인지 모를 냄새를 찾았지만, 그 빗에 맺힌 여자의 원한에 대해서는 알 턱이 없었다. 거울 앞에 앉아 무릎까지 덮는 길고 검은 머리칼을 쓸어내리는 그 빗에는, 희로애락과 갖은 분노가 담겨 있으리라. 서울보살의 일생을 좌우한 순간의 원한이 거기에 담겨 있을지도 모르지만 만덕이가 그것을 알 리가 없다. 그는 다만 어떨 때는 강렬하게, 또 어떨 때는 은은히 풍기는 냄새에 어머니인지 여자인지 모를 냄새를 맡았다. 그 냄새는 그를 서울보살에게 끌어당겼고 신기하게도 만덕이에게 힘을 주었다.

안마를 끝낸 만덕이의 영혼은 휘청거렸고, 본당에 가서 정좌할 시간조차 없었다. 곧장 부엌에 가서 순찰을 나가겠다는 경관들의 밥을 서둘러 지어야 했다. 서울보살은 "만덕아, 오늘은 이쯤 하거라."라고 말했다. "얼른 가서 저 아귀 같은 놈들에게 밥을 지어주거라. 내가 아까는 좀 과했던 것 같다." 하고 이번에는 그녀가 밥을 지으라 지시했다. 고래고래 고함을 질렀지만 이내 그들의 요구를 들어줄 그녀였다.

만덕이는 밥을 다 지으면 우선 흰쌀 부분만 말끔히 퍼낸다. 그것을 공손히 양손에 들고 본당으로 옮겨 불단에 올리는 일을 공양주의 가장 중요한 의무로 알고 있었다. 식사 배식 준비는 그 뒤에 한다. 배식이 끝나면 다시 구석에 앉아 목탁과 회향종을 울린다.

그래서 그는 늘 마지막에 부엌 바닥에 주저앉아 혼자 밥을 먹었다. 오늘은 점심 식사를 마쳤는데도 아직 정오 전이었다. 지금은 스님 방에서 느꼈던 극도의 긴장감도 풀렸다. 그녀의 몸을 만진 직후의 만덕이는 강한 취기와 두통에 휩싸인다.

바깥의 화창한 풍경을 멍하니 바라보면서 만덕이는 부드럽게 잠의 세계로 빨려 들어가는 느낌을 받았다. 벽과 천장이 검게 그을린, 어두컴컴한 부엌 안에서 바라보는 입구의 눈부심이 되레 졸음을 불러온다. 철야로 보초를 서고 이른 새벽 돌아와 밥을 짓고 근행을 마친 뒤 다시 보초막에 갔으니 슬슬 견딜 수 없이 찾아오는 졸음으로 온몸이 꿈틀거리기 시작한다고 해도 무리는 아닐 것이다. 하지만 부엌 안에서는 그렇다 치더라도, 보초 설 때 졸음이 제멋대로 찾아오면 어찌할 도리가 없다. 만덕이라 할지라도 긴장을 하고 있었다. 그것은 분명히 공양주와는 달리 부당한 '직업'이라고 생각하고 있었지만 긴장은 하고 있었다. 긴장은 하고 있지만 그 긴장과 긴장 사이의 틈새가 매력인 듯 졸음은 느닷없이 그 틈새를 힘껏 밀고 들어온다. 그와 동시에 적도 가까이 다가온다. 어둠 속에서 눈앞에 다가오는 검은 그림자를 분명히 인식하면서도, 저기에서 지금 산부대 사람들이 온다고 의식하면서도, 다시 말해 공격해 오는 상대를 눈으로 보면서도 스르륵 잠들어 버렸다. 빨치산 쪽도 사정을 파악하고 있기 때문에 최악의 상황에 처하지 않는 한 보초막과는 일전을 벌이지 않았다. 예를 들어 경찰지서를 습격하기 위해, 지름길인 S오름을 지날 때는 돌로 쌓은 담장 높이 정도의 요새를 넘어야 한다. 이때는 반드시 만덕이 같은 부류의 보초가

있는 곳을 노린다. 만덕이는 어젯밤 잠시라도 눈을 붙인 적이 있는
지 없는지 스스로도 똑똑히 기억하지 못한다.

만덕이는 한창 식사를 하다가 문득 땅에 닿은 시선을 더듬어
가며 눈을 비볐다. 깔고 앉은 짚더미에서 엉덩이를 떼고 땅에 얼굴
이 닿을락 말락 가까이 대고 자세히 보자 이가 한 마리 살아남아
나약하게 기어가고 있었다. 살아남은 이라는 것은 그 녀석이 바로
조금 전까지 만덕이의 몸에 기생하고 있던 녀석임에 틀림없기 때
문이었다. 만덕이는 이따금 부엌에서 이를 잡아대 야단을 맞곤 했
다. 상반신을 벗고 이를 잡는 데는 부엌이 봄철 경내의 연못가만큼
안성맞춤인 장소라고 할 수 있었다. 그는 한 아름이나 되는 커다란
검은 철제 솥 세 개를 나란히 붙여 놓은 아궁이 앞을 버티고 앉아
불을 때야 한다. 굴뚝이 없는 부엌 천장에 막혀 역습해오는 연기는
눈과 코를 심하게 찌르지만, 동시에 아궁이에서 나오는 불꽃은 뭐
라고 형용할 수 없는 기분을 느끼게 한다. 동시에 탁탁 터지는 소
리를 들으면서 그 불 속에 쌀알만 한 놈을 손가락으로 튕겨 넣는
다. '나무관세음보살'을 한 번씩 외며 탁탁 튕긴다. 그런데 그중에
는 지옥의 맹렬한 불기둥이 아닌 땅바닥에 떨어지는 놈이 있다. 만
덕이가 모르는 사이에 한두 마리 살아남아서 지금까지 경험해 본
적이 없는 차가운 흙덩어리 위를 방황하다가 초췌해지는 것이다.

만덕이는, 몸집은 큰데 비틀비틀 무기력하게 움직이는 이를 보
고는 마음이 묘하게 그놈 뒤에 붙어서 떨어지지 않았다. 만덕이는
작은 구덩이에 빠져 허우적대는 녀석을 두 손을 모아 큰 손바닥에
얹고 물끄러미 응시한다. 비록 이라도 대자대비의 불심으로는 모

두 똑같은 생명이라고 말하며 서울보살도 화로 속에 이를 던져 넣었다. 서로 윤회하고 있는 세계에서 인간에게 이를 죽일 권리가 없는 법인데⋯⋯ 하고 만덕이는 생각한다. 하지만 어쩔 수 없는 일이지 하고 다시 생각한다. 나 역시 언제, 몇억 몇천만 년 사이에 이로 다시 태어날지 모르는 일이지 않은가. 그때는 누군가가, 아니, 이 이가 공양주로 환생해서 탁하고 불 속에 자신을 던져버릴지도 모른다. 얼마 안 있어 손바닥이 근질거렸다. 만덕이는 움직이기 시작한 이가 어쩐지 귀여웠다. 그래서 히죽 웃으며 그 녀석을 다시 집어 올려, 옛 보금자리인 목덜미 사이로, 땀과 때가 뒤섞인 냄새 속으로 떨어뜨려 주었다.

5.

만덕이는 이 한 마리를 원래 살던 곳으로 돌려보낸 것에 기뻐하며 삼장법사라도 된 심정으로 법복을 입었다. 즉, 그는 이를 데리고 나가는 것이다. 게다가 서울보살은 기분이 좋아 보였다. 주뼛주뼛 알동네 오 노인의 젊은 며느리 일을 얘기했더니 의외로 흔쾌히 허락해 주었다. 다만 공양한 만큼 시주를 제대로 받아 오라는 주의를 몇 번이고 받았을 뿐이다.

만덕이는 다시 부엌으로 들어가 문을 닫았다. 그리고 저고리 안쪽에 달아둔 주머니에서 이제 그의 부적처럼 변한 빗을 꺼내 가만히 코에 갖다 댔다. 천천히 깊게 숨을 들이마시며 잠시 눈을 감는다. 머리 안쪽으로 스며든 냄새는 몸 전체로 퍼져 나간다. 만덕이는 힘이 솟았다.

만덕이는 부엌 구석에 놓인 지게를 메고 절을 나섰다. 불경이든 궤짝이라면 모를까 법의에 지게라니 참으로 이상한 조합이기는 하나, 죽창을 어깨에 늘어뜨리고 가는 것보다는 만덕이다운 모습이라고 해야 할 것이다. 애당초 공양주라는 것은 절의 머슴이기 때문에 지게를 메고 짐을 나르는 모습은 기이하다고 할 수 없다. 다만 다른 절의 공양주들은 법의를 입고 지게를 메는 멋없는 짓은 하지 않기 때문에 기이해 보일 뿐이다. 그러나 그것은 만덕이에게 지극히 당연한 일이며 관음사에 있었을 때부터 그의 몸에 밴 오랜 습관이었다. 만덕이는 빈 지게를 메고는 내친김에 알동네에서 조금 더 위로, 신작로에 인접한 해안부락의 건어물 가게까지 발길을 옮길 생각이었다. 말린 명태와 미역 그리고 좁쌀 두 말이 필요하고 불단에 올릴 약간의 대추를 사야 했다. 그렇기 때문에 당연히 지게가 필요하다.

청명한 날씨에 비해 하루 종일 바람이 강해, S오름의 골짜기를 지날 때까지 숲의 나무들은 시종일관 가지를 휘감고 얽혀가며 떠들어댔다. 낮은 절벽에 들쭉날쭉한 나무 부근에는 이미 진달래가 만발했고 봄의 빛깔과 향기로 숲을 덮기 시작했다.

골짜기를 벗어나면 멀리 저편에 햇살을 받아 검푸르게 물든 봄 바다가 보인다. 넓은 바다는 부드럽게 넘실댔지만, 뭍으로 올라올수록 갑자기 하얀 이빨을 드러내며 난폭해진다. 거구의 만덕이는 법복을 펄럭이며 바다가 보이는 쪽을 향해서 느릿느릿 내려갔다.

평탄한 길에 들어서 한참을 가니 등 뒤의 S오름이 주저앉은 듯이 갑자기 낮아 보인다. 그 너머로 한라산이 구름 한 점 없는 하늘 아래로 산기슭의 능선을 우아하게 뻗치며 끝없이 솟아있었다. 새하얀 눈에 하늘빛을 반사하는 험준한 정상 부근은 짙푸른 빛을 내는 산허리 능선을 한층 더 낮게 누르며 하늘을 가르고 있었다. 저 깊은 산골짜기에 관음사가 있다. 관청은 그 절을 다 태워버렸지만 아직 관음사는 그대로 있는 것 같았다. '나무관세음보살' 하며 만덕이는 합장했다.

사람 그림자를 가릴 수 있을 정도의 나무와 대나무 숲이 대부분 불타버린 황량한 들판과 야트막한 언덕에도 비로소 새싹이 돋기 시작했다. 오솔길을 벗어나 고개를 한 번 더 넘어가면 타다 남은 고목 한 그루가 있다. 만덕이는 목을 길게 내뽑아 그 소나무 뿌리에서 갈라져 작은 길이 나 있는 곳을 바라보았다. 그는 나무 그늘에서 잠시 멈춰 섰다. 만덕이의 시선은 소와 말의 발자국이 뚜렷하게 새겨진, 거의 사람이 지나가지 않는 작은 오솔길 쪽으로 향했고 곧 그의 발도 그쪽을 향해 갔다. 울퉁불퉁한 돌이 튀어나온 좁은 길가에는 이 섬의 어디서나 볼 수 있는 금잔화가 고요하게 싹을 틔우고 있다. 길옆에는 반쯤 타서 탄내가 나는 검은 고목들의 풍경이 스산하기 이를 데 없다. 그래도 새들은 여기저기 가지에 앉아있었다. 그 새들은 만덕이가 걸어오자 불의의 침입자에 당황한 나머지 날개로 마른 가지를 힘껏 치며 날아올랐다. 이윽고 아이 키 정도의 땅딸막한 모양의 바위가 있는 곳에 당도했다. 아래 한쪽 면에 두꺼운 이끼가 낀 그 바위를 분명 본 적이 있었다.

만덕이는 예전에 누군가를 따라 이곳에 온 적이 있었는데, S오름의 절로 옮긴 뒤에는 알동네로 가는 길이라도 여태껏 들른 적이 없었다. 그런데 오늘은 이 큰 바위에서 죽은 가련한 젊은이의 이야기가 불현듯 떠올랐다. 게다가 아까부터 기복이 많은 길을 홀로 걸으며 서울보살의 허리에 손가락이 빨려 들어간 감촉이 다시 한 번 찌릿찌릿 열을 내면서 되살아나는 것을 느끼고 있었다. 코에 빗 냄새가 다시 살아나고, 피가 두 다리 사이에서 그야말로 굴뚝이 없는 부엌에 날뛰는 연기처럼 역류하기 시작한다. 서울보살의 몸을 주무르던 그때보다 더욱 또렷하고 생생한 충동이 몸 밑바닥에서부터 치밀어 올랐다. 만덕이는 인기척이 없는 광야에서 욕망을 느끼고 있었다.

만덕이는 그 바위 앞에 가만히 웅크리고 앉아 눈을 감았다. 앉아도 하복부에 힘이 들어가니 그것이 더욱더 자명해졌다. 굳어지고 더욱 단단해져 아픔에 가까운 호소가 이어지자 그는 가만히 앉아 있을 수 없었다. 이끼가 무성하고 미끈미끈한 바위 표면을 두 손으로 문지르며 일어서 지게를 내리고는 바위 위에 엎드렸다. 인간의 피를 빨아본 적이 있는 바위가 생물처럼 따뜻해지는 것을 느낀다. 그러자 굳어진 가랑이 사이 물건이 바위 표면에 닿았고, 몸의 무게로 더욱 그것을 바위에 누르고, 또 그 압박을 견딜 수 없을 때까지 단단히 짓눌렀다. 그러고 나서야 그는 겨우 약간의 침착함을 되찾는다. 몸을 일으킨 만덕이는 양손으로 상대의 두 볼을 쓰다듬듯이 이끼가 끼지 않은 건조한 바위 표면을 몇 번이고 부드럽게 쓰다듬어 주었다.

그는 염주를 손에 들고 염불을 외웠다. 자신을 위해 염불을 외워 몸의 울림을 가라앉히고 곧이어 젊은이를 위해 열심히 독경하기 시작했다.

그 젊은이에 관한 이야기는 옛날 어느 마을에 사이좋은 남매가 살았다는 첫머리로 시작된다. 그들은 근면하고 아름다운 마음을 가진 남매였다. 누나는 동생을 아꼈다. 누나는 동생이 가난하더라도 부지런하고 마음씨 고운 아가씨와 결혼하기를 바랐고 누이의 행복을 바라는 동생의 마음 역시 같았다.

어느 날 언덕 아래 밭에 나가 있던 남매는 돌아오는 길에 세찬 비바람을 만났다. 두 사람은 거세게 내리치는 비를 흠뻑 맞아 홀딱 젖었고 빗물은 언덕의 오솔길을 따라 거품을 일으키며 흘러내렸다. 이내 천둥 번개를 몰고 왔던 시커먼 구름이 멀어져가며 그 틈새로 햇빛이 비치기 시작한다. 흙이 완전히 씻겨 내려간 길은 울퉁불퉁한 돌투성이가 되었다. 지게를 짊어지고 젖은 짚신 끈을 다시 묶는 데 시간이 걸린 동생은 뒤에서 누이를 쫓아가게 되었다.

누이의 뒤를 따라가던 동생의 눈은 어느새 누이의 등과 허리 그리고 그 아래로 빨려 들어갔다. 어쩐 일인지 거기에 시선이 따라간다. 동생은 삼베를 감즙으로 물들인 감옷이라 불리는 노동복을 입고 있었고, 누이는 그날따라 시원하고 얇은 모시 저고리를 입고 있었다. 저고리는 비에 젖은 누이 몸을 바짝 빨아들여 살갗이 훤히 들여다보였다. 그리고 젖은 치마도 허리에 찰싹 달라붙어 몸의 선을 따라 움직였다. 동생은 시선을 돌려보았지만 기어이 다시 이끌리고 만다. 결국 이리하여 동생은 봐서는 안 될 것을 봐버린 셈이다.

잠시 후 멈춰 서서 뒤를 돌아본 누이의 눈에 동생의 모습이 보이지 않았다. 잠시 기다려 보았지만 오지 않았다. 누이는 왔던 길을 되돌아가 동생을 찾아 헤맸다. 구석구석 동생을 찾아 헤맸다. 결국 그녀는 커다란 바위에 엎드려 있는 동생을 발견했는데 그 모습이 심상치 않았다. 한 손에 끈적끈적한 피로 새빨갛게 흠뻑 젖은 돌이 쥐어져 있었다. 하반신은 피로 물들고 그 피가 빗물에 녹아 땅에 흐르고 있었다. 피는 사타구니에서 나왔다. 그는 바위에 빳빳해진 가랑이 사이의 물건을 꽉 눌러 그 녀석을 단번에 돌로 내리쳐 으스러뜨린 것이다. 아마도 육친인 누이의 뒷모습에서 여자를 본 자기 몸의 묘한 변화에 놀라 고민하고 부끄러워했을 것이다.

이 이야기에는 몇 줄 정도로 끝나는 결말이 두 가지가 있다. 먼저 비통한 나머지 누이는 그 자리에서 실신했다고 하는, 틀에 박힌 결말이 하나. 그리고 또 다른 하나는, 누이는 동생의 죽음을 한탄하고 슬퍼하지만 정신을 차린 후 동생에게 이렇게 말했다. 아아, 죽을만한 일도 아닌데…… 그만큼 원한다면 내 것을 주었을 텐데.

유교의 도덕적인 결말을 위해서는 유학자들이 주장하는 것처럼 전자의 누이 쪽이 바람직할 것이다. 만덕이는 이 이야기를 신자에게 들었는데, 이야기를 하는 중년 여성들의 몸짓이 다소 신경 쓰이긴 했다. 그녀들은 서로 무릎을 맞대고 음란한 웃음소리를 내며 슬픈 이야기를 했지만, 그녀들이 도학자들과는 반대로 후자의 누이 쪽 편을 들었기 때문이다. 아니, 분명 농담을 좋아하는 누군가가, 그건 남자 쪽이었을지도 모르지만, 장난삼아 지어낸 것임이 틀림없다. 그것이 우리 만덕이의 본능을 조금 자극했지만 그가 그녀들의 웃음의 참맛을 이해하는 데는 도달하지 못했다. 단지 만덕이는 그것을 기묘하게 슬픈 이야기라 생각했다.

독경을 마치고 바위를 떠날 때 만덕이는 차분해져 있었다. 만덕이는 새삼스레 죽은 동생 위에 엎드려 한탄하는 아름다운 누이의 슬픔이 자신에게 전해지는 것을 느꼈다. 그때 홀연히 오 노인의 젊은 며느리가 내려와 앉더니 그 누이의 몸과 포개졌다. 만덕이는 왠지 슬퍼졌지만 이내 빙긋 웃으며 금잔화가 피어 있는 오솔길을 빠져나왔다. 그는 마음이 깨끗이 씻긴 것 같은 흡족한 기분이었다.

만덕이는 잠시 쉬다가 이 노인과 오 노인이 기다리고 있을 알동네로 향했다. 태양은 점점 높이 떴고 마을이 보이기 시작한 것은 절을 출발해 근 두 시간이나 지나서였다. 미루나무가 눈에 띄게 큰 마을이다. 낮은 초가집들이 수평으로 뻗어있고 바로 건너 강가에 늘어선 집처럼 만덕이 쪽을 향해 그를 맞이했다. 마을에 들어가 목적지에 다다르자 골목 어귀에 많은 사람들이 모여 있었다. 전에 보았던 감나무가 보이는 것이 오 노인의 집이 틀림없었다. 그렇다 하더라도 이 많은 사람은 대체 무엇인가? 잠시 멈춰선 만덕이는 아아, 이것은 고마운 일이라고 생각했다. 마을 사람에게 따돌림을 당할지도 모르는 오 노인네 장례식에 마을 사람들이 모여 있는 것이다. 얼마나 고마운 일인가. 만덕이는 시간을 허비한 것이 신경이 쓰일 정도로 감격해서 "다행이다, 다행이야." 하고 중얼거리며 서둘러 발을 내딛었다.

만덕이는 빙그레 미소를 지으며 걸었다. 그 뒤로는, 어느샌가 소집된 나무토막을 든 분대의 개구쟁이들이 쪼르르 따라오며 좁은 골목에 때 아닌 먼지를 일으켰다. 어디서든 아이들은 솔직하고 시끄러운 것 같다. 아이들은 만덕이가 지게를 메고 있는 우스꽝스러운 모습을 보고 대뜸 놀리기 시작한다. 어이, 여보게! 얼간이 스님! 왜 지게를 메고 온 거야, 왜 빈 지게를 메고 왔지? 여보게! 얼간이 스님! 저걸로 먼 산에 관이나 메고 가요! 어이! 어이! 아이들은 반드시 부록을 붙여 늘 해오는 버릇이 있어서 돌을 던지거나 어떤 실제 행동에 나선다. 분명히 이때도 아이들은 돌을 던졌는데, 맞는 사람이 누군가 돌을 던지고 있구나 하는 것을 알 정도로 힘을 조절하며 던졌다.

　그런데 우리 만덕이는 정말이지 실없는 모습을 보인다. 그는 멈춰 서서 아이들에게 "아니야, 그런 게 아니야……." 하고 진지한 얼굴을 하며 말한다. 이 지게는, 아니야! 관을 메고 가는 게 아니야, 이건 말이야, 좁쌀하고 명태, 대추 같은 식료품을 짊어지고 가려고 메고 있는 거야, 하고 미처 목소리가 되지 못한 말들은 마음속으로만 아이들에게 항변을 계속했다. 이런 그가 "아니야, 그런 게 아니야……." 한마디에 말문이 막혀 버리는 것은 그 후의 말이 바로 시간에 맞춰 따라오지 못하기 때문이다. 그래서 그는 빙긋이 웃으며 휙 방향을 제자리로 바꿔 모르는 체하고 걸어갔다. 그는 걸어가다가 잠깐 기다려, 하고 멈춰 섰다. 아니야, 그런 게 아니야…… 라고 조금 전 아이들에게 말했지만 아무래도 그것은 틀리지 않았고 그 말이 맞다는 생각이 든 것이다.

　만덕이는 생각하기 시작한다. 실제로 아이들이 말한 대로, 만덕이는 그 며느리의 관을 운반하기 위한 지게가 필요할지도 모른다고 생각했다. 만약 며느리의 관이 없다면, 지게 양쪽에 널빤지를 건다. 그 위에 그녀의 시신을 얹고 뭔가 하얀 천으로 덮으면 되지 않는가. 관은 없더라도 하얀 천 정도는 있겠지. 무엇보다도 시신을 운반할 사람이 없을 것이다. 그렇다면 내가 산소까지 옮기자고 생각한 것이었다. 만덕이는 아이들이 꽤 좋은 지혜를 가졌다고 감탄했다. 그래서 다시 개구쟁이들을 돌아보며 "고마워." 하고 큰 목소리로 감사의 인사를 전했다. 만덕이는 그런 인성의 소유자였다. 개구쟁이들은 어린아이들이면서도 만덕이의 엉뚱한 그 행동이 크게 웃을 만한 일이라는 것을 알아차리고는 시끄럽게 빈 깡통을 차면서 "아니야, 그런 게 아니야…… 뭐가 아니냐." 하며 승리의 행진을 한다.

많은 사람이 모여 있는 것이 장례식 때문이 아님을 만덕이가 깨달은 것은 사람들 무리가 빙 둘러싼 그 바로 뒤까지 와서였다. 뒤엉킨 사람들의 어깨와 머리 저편에 다름 아닌 경관이라는 귀한 손님을 발견했기 때문이다. 집 앞에는 지프 두 대가 서 있고 총을 겨누고 있는 경관은 이리저리 왔다 갔다 하며 움직이고 있었다.

만덕이는 뒤에서 등을 구부려 밀짚모자를 쓴 농부의 얼굴을 들여다보면서 물어보았다.

"무슨 일 있소?"

"쉿, 보고 있으면 모르겠나? 끌려가는 길이라고."

"뭐가 끌려가는데요?"

"뭐라니? 저기, 저분이 끌려가는 거지."

"왜요?"

"왜냐고?" 밀짚모자에 가려서 전혀 얼굴이 보이지 않는 남자는 돌아보지도 않고 뽀로통하게 말했다.

"끌려가는 건 뻔하지 않은가!"

끌려가는 건 뻔하다, 그건 또 무슨 소리인지. 도둑이라면 도둑을 끌고 가는 것은 틀림없을 것이다. 도둑도 아니고 그렇다고 살인자도 아닌 오 노인의 집인데, 그럼 보초인 이 노인이 아침에 말한 그 빨갱이이기 때문에 끌려가는 것이 당연하다는 이야기인가.

이때 등 뒤에서 아이들이 떠드는 소리가 들려왔다. 뒤를 돌아보니 개구쟁이들의 개선 행진이 다가오고 있었다. 만덕이는 무심결에 행진을 향해 손을 흔들려고 하다가 순간 그 손을 내려버렸다. 뒤를 돌아본 한 여자가 얼굴이 사색이 되어 아이고! 하고 입을 벌린 채 아이들 쪽으로 달려갔다. 두세 명의 여자가 목소리를 죽인 채 뭐라고 꾸짖으며 그 뒤를 쫓아갔다. 꾸짖으며 아이의 이름을 부르는 것을 보니 개구쟁이들 중 한 아이의 엄마인 듯하다. 그녀들은 가축을 쫓듯 두 손을 크게 벌리고 저쪽으로, 저리 저쪽으로 하며 아이들을 골목에서 내쫓았다. 그리고 다시 한번, 입을 굳게 다물고 되돌아왔다. 그녀들은 군중들의 침묵을 깨뜨리는 아이들의 목소리가 경관들을 자극할까 우려했던 것이다. 그것을 지켜보고 있던 만덕이는 비로소 그 뜻을 깨달았고 이윽고 빙그레 웃었다.

만덕이는 현무암을 층층이 쌓은 오 노인네 돌담 틈새로 마당을 들여다보고 깜짝 놀랐다. 이게 대체 어떻게 된 일인가? 경관들이 고함을 치며 결박한 오 노인을 집 안에서 끌어냈다. 울부짖는 오 노인의 늙은 아내가 툇마루에서 마당으로 굴러떨어졌다. "나를 죽여라, 나를 죽여! 죽여서 내 살을 먹어라, 죄 없는 할아범을 왜 묶느냐, 할아범이 무슨 죄냐! 마음 약한 벙어리처럼 얌전한 할아범을 왜 끌고 가는 것이냐, 우리 할아범을 돌려주게, 돌려줘."

만덕이는 사람들을 비집고 간신히 안쪽으로 들어갔다. 바로 그곳에 마당으로 통하는 돌담 사이의 문이 없는 출입구가 보였다. 조용히 마당 안으로 들어갔다. 어어엇! 하고 마을 사람들의 입이 일제히 떡 벌어지며 웅성거렸다. 지게를 메고 있는 괴상한 모습의 중이 어슬렁어슬렁 경관들의 엉덩이 뒤를 비집고 들어가려고 하더니 도대체 이건 또 무슨 일이 일어났단 말인가?

"이놈아, 누구냐!" 휙 하고 만덕이 쪽을 돌아본 순간, 망을 보던 경관이 소리를 지르며 마당 쪽으로 뛰어갔다. 금장을 단 경모를 쓴, 대장처럼 보이는 경사가 외쳤다.

"이보게! 저놈을 먼저 잡아!"

이럴 때 경관들은 이상하게 당황하는 것 같다. 늘 적개심을 갖고 생활하는 그들 입장에서는 허를 찔리는 것이 가장 무서운 일일지도 모른다. 당황하지 않아도 될 것을, 뒤에 결박한 오 노인을 내팽개치고 일제히 경관들이 만덕이에게 덤벼들었다. 그 순간 반동으로 만덕이가 팔을 휘둘렀을 뿐인데 뜻밖에도 두세 사람이 보기 좋게 나자빠졌다. 저항할 생각은 털끝만큼도 없었지만 구경꾼이 많다는 것을 깨달은 경관들은 금세 일어서서 격분했다. 재빨리 포위 태세를 취하며 총을 겨누었다.

"손들어!" 경관 하나가 흥분해서 소리쳤다.

"손은 들어서 뭐 하는데요?"

"뭐야, 양손 위로 올려! 우물쭈물하면 쏜다!"

"만세 하는 식으로 손들어!"

만덕이는 시키는 대로 두 손을 들었다. 경관들은 호들갑스럽게 만덕이의 앞뒤 양옆에서 총을 들이대고 수갑을 채웠다. 경관들은 안도했고, 얼굴에 만족한 기색이 역력했다.

"너는 어디서 나타난 놈이냐?"

담배를 비스듬히 입에 물고 그 모습을 지켜보던 금장 경모를 쓴 대장이 다가왔다. 만덕이는 혈색이 좋지 않은 얼굴에 위엄 없는 콜맨 수염을 신기하다는 듯이 들여다보면서 S오름 절의 공양주라고 있는 그대로 말했다. 대장은 수염을 쓰다듬으며 이곳에 온 목적이 뭐냐고 물었다. 만덕이는 가엾고 죄 없는 젊은 며느리의 장례식에 그 영혼을 달래주기 위해 공양을 하고 싶어서 찾아왔다고 대답했다.

"뭐, 장례식이라고?" 그 젊은 며느리를 죽음으로 몰아넣은 장본인이라고 할 수 있는 콜맨 수염의 얼굴이 불쾌한 듯 일그러졌다. "음, 장례식이라……. 나는 절의 향내가 아주 질색이야. 요즘이 장례식 따위를 치를 수 있는 세상이라고 생각하나? 이 집에 장례식이 있을지 없을지 모르지만 그럴 때가 아니네. 우리가 괜히 시간이 남아돌아서 여기까지 온 게 아니야. 이 집은 말이야, 빨갱이 일족이야. 산의 공비들과 내통하고 있던 게 오늘 아침에 확실히 밝혀졌지." 주위에 잘 들리도록 대장은 뒤쪽을 향해서 큰 목소리로 분노를 담아 말했다. 또, 대장은 마당 밖 군중을 향해 다시 같은 말을 되풀이했다. 그러고 나서 뒤를 돌아보며 "정 순경, 이 녀석도 연행해!" 하고 덧붙였다.

만덕이는 이 집에 분명 사람이 세상을 떠났으니, 제발 공양 수행만은 다할 수 있게 해 달라고 간청했다. 그러나 대장은, 여기에 그런 공양할 상대가 어디 있나! 하고 호통을 치며 그 자리를 떠났다. 정 순경이라 불린 키가 작아 간신히 만덕이의 어깨 언저리에 닿는 순경과 그보다 더 작은 순경이 좌우에서 만덕이를 사이에 끼우고 연행했다.

"날 어디로 데려가는 거요?"

"시끄러운 놈이군!" 두 경관은 동시에 고개를 들어 만덕이를 올려보았다.

"지서에 가보면 알아!"

"어째서, 내가 지서에 갑니까?"

"이 새끼야, 시끄러워! 지서에 가보면 다 알아!"

경찰들에게 연행되어 만덕이와 오 노인이 마당을 나왔을 때 마을 사람들은 큰 파도가 치듯 크게 넘실거리며 물러섰다. 틈을 보고 달려온 오 노인의 늙은 아내가 대장의 한쪽 다리에 매달려, 제발, 자기를 대신 데려가고 할아범만은 돌려 달라고 애원했다. 지프 차체에 한쪽 발을 올리고 있던 대장은 발에 달라붙은 늙은 아내를 발로 걷어찼다. 내동댕이쳐진 순간, 개보다 민첩하게 어디에 그런 탄력이 있었는지 기가 막히게 일어난 그녀는, 반미치광이처럼 날뛰며 차에 달려들었다. 이미 엔진에 시동이 걸려있던 지프는 바람을 가르며 노파를 날려 보냈다.

"야, 야, 이 살인마야! 어여쁜 며느리를 죽인 것도 모자라 우리 할아범까지 잡아가는 살인마 놈아!" 늙은 아내는 저주를 담아 울부짖는다.

만덕이는 지프에서 뒤돌아보며 그 모습을 보았다. 지프는 질주했고 길바닥에 주저앉아 두 발로 대지를 치며 통곡하는 늙은 아내와 그녀를 위로하는 여자들의 모습이 작아져 갔다. 마을 사람들이 그 둘레를 에워싸고 우뚝 서 있다. 그때 만덕이는 아아, 저기 있는 건 역시 이 노인이다, 하고 한 노인의 모습을 발견했다. 아까부터 늙은 아내의 곁에 서 있는 낯익은 얼굴이 있었지만 늙은 아내에게 정신이 팔려 그것이 이 노인이라는 것을 바로 떠올리지 못했다. 어젯밤부터 만덕이와 보초를 서며 밤을 새웠던 이 노인이, 사람들 틈새에 끼어서 금방이라도 울음을 터트릴 것 같은 얼굴로 지프를 바라보고 있었다.

6.

두 대의 지프가 시골의 울퉁불퉁한 길을 흙먼지를 일으키며 질주했다. 만덕이가 타고 있는 뒤쪽 차에 휩쓸린 흙먼지가 소리를 내며 쏟아져 잠시 막을 친 것처럼 시야를 가렸다. 지프차를 처음 타본 만덕이는 이건 아주 미쳐 날뛰는 말이구나 하고 생각했는데, 문득 무서운 얼굴을 한 서울보살의 모습이 머릿속에 떠올랐다. 영문 모를 이 일을 도대체 어떻게 설명해야 서울보살이 이해해줄까.

저녁밥 짓는 데 늦으면 어떡하지. 경관들이 곤란한 건 상관없지만 불단의 제물은 어떻게 하나. 그건 그렇고 장례식 상주를 끌고 가다니⋯⋯. 만덕이는 모든 게 도무지 납득이 가지 않았다. 그런데 만덕이는 동승한 경관들이 나누는 이야기를 듣고 어젯밤 신작로 인근 경찰지서가 산부대에게 습격당한 사실을 알 수 있었다. 격전이 새벽까지 이어졌다는 둥, 아군 두 명이 희생되고 적이 몇 명 죽었다는 둥, 공비들은 산원숭이처럼 재빠른 놈이니 하는 이야기였다. 그렇다면 오 노인은 바로 그 전투의 여파로 체포된 것이 틀림없었다.

곧 도착한 경찰지서 건물은 분명 이 부근에서 전투가 있었음을 증명하고 있었다. 기와지붕의 단층 건물 오른쪽 끝부분이 지붕에서 벽까지 다 부서져 그 원형을 알아볼 수 없었다. 아마 수류탄이 명중한 모양이다. 건물 주위의 무너지다 만 돌담에는 탄흔이 깊게 새겨져 있었다. 이 지서와 인접한 신작로에는 만덕이가 빈 지게를 메고 온 목적을 달성하기 위한 건어물 상점들이 늘어서 있었다.

지프가 완전히 멈춰 섰지만 여전히 흙먼지가 날린다. 점점 거세진 바람은 신작로의 메마른 땅에서 흙먼지를 사정없이 휘감아 올리곤 흩트린다. 지서 안마당에는 큰 녹나무가 지붕 한쪽 면을 뒤덮고 있었다. 만덕이는 아까부터 지프 안에서 녹나무의 그림자가 닿는 무너진 돌담 앞의 주정뱅이 같은 사람을 보고 있었는데 그는 주정뱅이가 아니었다. 그렇게 보였던 것은 바닥에 닿을락 말락 서 있는데도 불구하고 이상하게 흔들리고 있었기 때문이다. 눈앞에 또렷하게 드러난 그 모습은 안마당에서 돌담 밖으로 크게 내뻗은 녹나무 가지에 달아맨 시체였다. 일부러 나무 높은 곳까지 올라가

서 거기에 매달아 놓은 것이다. 굵은 가지에 약 2미터 늘어진 로프
가 턱을 당기고, 로프가 파고든 목 부위부터 팔다리가 축 처진 묵
직한 몸통을 팽팽하게 끌어당기고 있었다. 거센 바람으로 흔들리
는 가지와 함께 유유히 흔들렸다. 만덕이 역시 그것이 어젯밤 전투
결과인 빨치산의 시체라는 것을 바로 알 수 있었다. 무엇보다도
목에 달아 늘어뜨린 골판지 플래카드를 보면 알 수 있다. 틀에 박
힌 문구가 어설픈 붓글씨로 가득 쓰여 있었다. 하지만 이제 그 글
자를 하나하나 다 읽는 섬사람은 아무도 없다. 멀리서 가슴부터
배 언저리까지 다 가린 판지가 보이면 '아' 하고 고개를 끄덕인다.

　'저는 대한민국의 국시를 위반한 비열한 반도(叛徒)입니다. 선
량한 국민을 학살한 악한 인간입니다. 저의 이 모습이 가증스러운
반도의 최후입니다.'

　이런 문구의 플래카드가 달린 시체가 전시되기 시작했을 때,
섬사람들은 그 앞에 모여들곤 했다. 그것이 다름 아닌 살아있는
인간, 즉 자신들에게 보여주기 위한 전시라는 것을 알면서도.

　이윽고 신작로에서 사람의 그림자가 사라지면 까마귀가 찾아든
다. 먼저 눈구멍을 도려내기 위해서 찾아든다. 눈구멍을 도려내고
그 뒤 눈알에 부리를 꽂아 그 내부의 모서리를 찌르기 위해 찾아드
는 것이다. 아니, 이 섬의 까마귀는 그렇게까지 조심스럽지 않다.
사람들 앞에서 유유히 시체를 먹는 것을 이 섬의 까마귀는 익히
기억하고 있었다. 두리번거리면서도 팽팽하고 힘찬 몸통을 시체
에 힘껏 매달려 산 사람의 눈치보다 죽은 사람의 눈치를 살피며
시체를 쪼아 먹는다. 까마귀가 쪼아 먹는 동안, 입과 콧구멍, 눈알,

86

귓구멍 근처에는 구더기도 모여들고, 도망치는 습성을 잃어버린 파리들은 까마귀 부리 곁을 윙윙거리며 떨어지지 않는다. 까마귀의 새까만 주둥이에는 시체의 점액이 달라붙어 반짝거리고 흰 구더기가 셀 수 없이 들러붙어 허공에 매달린다. 그 녀석들은 부리를 흔들어도 떨어지지 않는다.

만덕이는 지프에서 내려 걸어오다가 잠시 멈춰 서서 합장을 했다. 갑자기 양쪽에서 양팔이 팽팽하게 당겨지며 수갑이 바짝 채워졌다. 경관에게 손을 빼앗긴 만덕이는 '나무관세음보살' 하고 염불을 외웠다.

만덕이와 오 노인이 입구에서 두 개의 방을 지나 들어간 곳은 지서장실이었다. 두 개의 책상과 의자가 몇 개 놓여있는 5, 6평 정도의 방이다. 큰 책상이 옆에 시중이라도 들게 하려는 듯 또 하나의 책상을 두고 있어 그 주인이 가장 높은 사람이라는 것을 누구나가 알 수 있었고 거기에 지서장이 앉아있었다.

의자에서 일어선 지서장은 뒷짐을 지고 책상 앞에서 보고하는 콜맨 수염과 만덕이의 얼굴을 가만히 번갈아 보고는, 만덕이의 코 언저리에 시선을 멈췄다. 아마 기묘한 얼굴의 소유자가 나타났구나 하고 생각했을 터다. 만덕이도 마찬가지 마음이라고 해야 할까, 혈색은 좋았으나 혹이 많고 울퉁불퉁한 상대방의 얼굴이 마치 연못에서 갓 씻어낸 감자 같다고 생각했다.

"하하하, 그런 얼굴을 하고 감히 공무집행 방해를 했단 말이냐? 중이 뒤섞여 들어온 걸 보니, 묘하게 재수가 좋으려나 보구나." 하고 지사장은 말하면서, 오 노인에게 앞으로 나오라고 명령했다.

"중놈아, 너는 저쪽에서 기다려, 이제 재미있는 것을 보여주지."

오 노인은 흡사 유령 같은 모습으로 책상 앞에 섰다. 움푹 팬 눈이 바닥까지 흐릿하고, 이미 절망적으로 어둡고 짙은 눈그늘을 만들고 있었다. 눈을 깜빡여도 이젠 작은 빛조차 인지하지 못할 정도로. 파리가 앉아도 쓰러진다는 말이 정말 딱 들어맞는, 안정감이 없는 비틀거리는 자세와 표정의 오 노인이었다.

"음, '오'로군, 나는 '오'라는 성을 좋아한다네." 노인의 성을 물은 뒤 지서장은 쾌활하게 말했다. 그리고는 목구멍까지 드러내며 웃었다. "너의 오는, 일이삼사오의 오하고 같은 오로구나."

지서장은 콧수염 대장에게 조서를 쓰도록 서기 역할을 명하고는 자기 책상으로 돌아와 앉았다.

담배 한 개비를 문 그는 얌전히 만년필을 쥐었다. 눈을 치뜨고서 방을 둘러보더니 펼쳐진 노트에 재빠르게 숫자 '오(五)'를 써본다. 잘 썼다는 듯, 五, 五, 五, 五, 五 하고 다섯 번 정도 연달아 쓴다. 때로는 아라비아 숫자 '5'를 써보기도 한다. 그것은 자기 몸과 기분 상태에 따라 결정된다. '五'란, 즉 성 '吳'를 대신하는 것이다. 그는 처음 글자라는 것을 스스로 쓰게 되었을 때, 마치 불시착하는 비행기처럼 그 펜 끝을 종이 위에 자유롭게 착륙시키지 못했다. 겨우 착륙한 순간, 이번에는 핸들 끝이 지그재그로 움직여대 어딘가에서 충돌할 것 같았다. 하지만 최근에는 비교적 빨리, 그것도 정확히 쓸 수 있게 되었다. 그러니 쓱 하고 써보는 것이었다. 왜냐하면 지서장은 글자를 전혀, 아니 거의 모르기 때문이다. 고목 뿌리를 연상시키는 험상궂은 표정의 손은 본디 일꾼의 손이었고 글자와는 별 인연이 없다. 그래도 '吳'라는 글자는 사람의 성씨라 자주 접해 눈으로 읽을 순 있지만 손을 움직여서 막상 써야 할 단계가 되면 이내 손가락이 위축되어 도망가 버린다. 구불구불 당치도 않는 곳으로 펜 끝이 탈선해 글자 모양을 만들지 못한다. 그래서 그는 비단 '吳'뿐만이 아니라 간단히 숫자로 대신할 수 있는 성을 만나면 기분이 참으로 좋아진다. 요컨대 숫자 정도는 스스로 쓸 수 있었다. 그것은 숫자 '이(二)'에 꼭 들어맞는 '이(李)'나 '육(六)'의 '육(陸)', 숫자 '구(九)'와 맞는 '구(具)'라는 성을 만났을 때도 마찬가지다.

이렇게 말하면, 설마 하고 사람들은 고개를 갸우뚱할 것이다. 글자를 모르고 어떻게 경찰지서장 의자에 버젓이 앉아있을 수 있을까 하는 의문이 들지도 모르지만 사실이다.

그런데 그 점은 국격의 차이라고 할 수밖에 없다. 이 나라에서 경관이나 지서장 자리에 오르는 데는 무학문맹이라도 지장이 없다. 이 섬에서 경찰 관계는 거의 '서북청년회' 무리가 차지하고 있는데 그들 대부분은 글을 배운 적이 없는 일자무식이다. 분명히 무학문맹인 무리지만 이승만 박사의 특별 친위대로서 임명되는 '서북청년회'는 빨갱이 사냥으로는 전국의 넘버원, 챔피언이기도 했다. 이 나라에서는 적대자를 정확히 빨갱이로 만들어 버릴 수 있는 능력과 그 유령 같은 빨갱이를 지상에서 말살하는 데 필요한 폭력적인 능력을 갖춘 사람은 가볍게 유식한 선비를 뛰어넘을 수 있었다. 집 지키는 개나 사냥개같이 후각으로 킁킁 먹잇감을 찾아다니는 그들에게 글자는 필요 없다. 단지 집 지키는 개나 사냥개와 다른 점은 역시 사람의 후각이 때로는 매우 괴상해서 분별없이 사람을 잡아먹을 판이란 거다. 일본에서 돌아온 한 중학생이 모자 때문에 대낮 길거리에서 체포된 적이 있었다. 평상시 별이야말로 빨갱이의 상징이라고 굳게 믿고 있었던 우리 '서북' 출신의 경관은 코가 비뚤어질 정도로 후각의 이상 발달을 초래하고 있었다. 그 금빛의 오각성이 아닌 육각성의 모자를 쓴 중학생이 갑자기 용감한 반도로 보이기 시작했다는 것이다. 유력자의 아들로 곧 석방되어 다행이었지만, 그 일을 알게 된 경찰대장은 가가대소하며, 아무리 그래도 그렇지 참 멍청한 놈들이군! 했다는 것이다. 그러나 사람들은 이 가소롭기 짝이 없는 일을 웃어넘길 수 없었다. 아니 이것은 이미 일 년 전의 일이라지만 이야기는 이걸로 끝나지 않는다. 유사한 이야기와 사건은 그 밖에도 많이 있다. 결국은 빨간색만 보면 흥분하는 소싸움과 다를 바가 없다. 그저 빨간 빛이 깜빡거리기만 해도 경관들은 돌진해 올지도 모른다. 이 나라의 염색공장에서 빨간색을 생산하지 못할 지경에 이르고 수입제품의 크레파스나 물감에서 빨간색이 빠질 날이 머지않았다고 말하는 사태가 일어날 것이다. 실제로 농촌의 초가지붕 위에 말리려고 널어 둔 고추들이 가을 하늘 아래 당당하게 햇빛을 받아 새빨개져 가는 정경은 좋은 구경거리지만 이 고추를 말리는 일이 금기가 된 적도 있으니까.

이윽고 다시 뒷짐을 지고 일어선 지서장은 콧수염 서기의 책상으로 다가갔다.

"어떤가, 오! 너는 우리 대한민국의 국시와 이승만 대통령 각하에게 진심으로 충성하는가?" 담배를 똑바로 문 지서장은 턱을 내밀고 두 손을 크게 펴서 성냥을 켜고 불을 붙이면서 눈알은 짓궂게 노인을 가만히 살펴본다.

"예, 예……."

"예, 예로는 안 돼, 확실히 말해 봐, 진심으로 충성을 맹세할 마음이 있는가?"

"예, 예…… 물론입니다."

"음, 그럼 말이다, 오, 너는 불쌍한 양민을 죽이고, 가축 재산을 훔치고, 우리나라를 멸망시키려고 하는 빨갱이들을 어떻게 생각하는지, 놈들에 대해 무슨 생각을 갖고 있는가, 그게 알고 싶네. 좀 들려주지 않겠나."

"예, 답은 이미 정해져 있습니다. 말씀드릴 것도 없이 저는, 이미, 불쌍한 양민을 죽이고, 가축 재산을 훔치고, 우리나라를 망하게 하려는 빨갱이 놈들을 아주 싫어합니다."

"음, 지금, 정말 싫다고 했는가? 어떤 점이 정말 싫은 거지? 그걸 알고 싶네."

"어떤 식으로든 말입니다. 아주, 많이, 많이, 싫습니다." 숨을 몰아 내쉬며 말하는 오 노인의 목소리는 흔들렸고 중간 중간 울음 섞인 목소리로 변해갔다. "저는, 정말로, 빨갱이라는 말을 듣기만 해도, 이 오장육부가 뒤틀립니다."

"알았다, 그럼 말이다, 그 빨갱이를 총으로 쏴 죽일 수 있나?"

"예." 하고, 반사적으로 대답을 하고 나서 곧 고개를 번쩍 든 오 노인은 지서장을 바라보았다. 말문이 막힌 노인은 순간 자기 귀를 의심하고 있었다. 천천히 의심할 여유도 없이 지서장의 말에 쫓겨

저절로 "예－" 대답을 하고, 자기는 쏘아 죽일 수 있다고 말했다.

"음, 훌륭하단 말이야. 그만한 각오와 용기가 있다면, 자네의 충성심을 의심할 수 없지."

지서장은 서기를 맡은 콧수염 대장에게 신호를 보냈다. 아까부터 이상하게 침착함을 잃기 시작하던 대장은, 책상 가장자리에 양손을 짚고 일어나 노인에게서 시선을 떼고 책상을 떠났다. 지서장의 그 신호와 대장의 움직임에 노인 역시 불안의 전조를 느꼈다. 노인은 등을 구부린 채 콧수염 대장이 사라진 문 쪽을 갑자기 겁을 먹은 듯한 눈으로 지켜보았다.

아무리 젊은이의 예민한 감각과 민첩한 야수의 본능이라 할지라도 그 문이 열리기 직전, 문 너머의 조그마한 소리와 약간의 낌새를, 노인인 그보다 먼저 알아챌 수는 없었을 것이다. 벽에 문 크기의 구멍이 뚫리며 경관과 또 한 명의 사람이 나타났을 때, 너무 의외인 나머지 노인의 눈구멍과 귓구멍, 입구멍, 목구멍, 이 모든 구멍이란 구멍이 한꺼번에 막혀 버렸다. 노인은 경관 옆에서 양손뿐만 아니라 온몸이 밧줄로 죄다 묶인 채 수염투성이 얼굴을 했지만, 두 눈은 산짐승같이 빛을 내는 남자가 자기 아들이라는 것을 바로 알 수 있었다. 인지하는 데 시간은 필요치 않았다.

"그 줄을 풀어줘라."

지서장이 침착한 목소리로 말한다. 아들을 발견한 순간부터 부동의 돌로 변해버린 노인이 비틀거리며 그대로 쓰러지려 했다. 밧줄을 풀어줘라, 노인에게는 그 목소리가 어찌나 공허하게 들렸겠는가. 밧줄을 풀어줘라, 밧줄을 풀어줘라, 밧줄을 풀어줘.

"김 순경, 그 포승줄을 풀어줘라." 콧수염 대장이 지서장의 말을 반복한다. 그리고 각별하게, "의자를 주게."라고 하면서 지서장보다 앞서 덧붙였다. 지서장은 순간 얼굴이 굳어졌지만 그대로 그 의자의 등에 몸을 받치면서 천천히 앉는 오 노인에게 다가섰다. 수분이 말라 오그라든 점토라고나 할까. 의자 위에 덩그러니 놓인 초췌한 느낌의 노인은 아주 작아 보였다. 암흑 같은 작은 눈망울만이 그저 휘둥그레져서 금방이라도 뚝 소리 내며 떨어질 것 같았다.

"어떤가, 오!" 하고 지서장이 그 어깨를 두드리자 노인의 몸이 커튼처럼 힘없이 흔들렸다. "이 더러운 산원숭이 같은 자식이, 네가 많이, 많이, 싫어하는 그 빨갱이다."

오 노인은 온몸을 떨었다. 그 떨림은 그가 바닥에 딛고 있는 다리에서 점점 올라왔고 오 노인은 턱을 덜덜 떨며 아, 아, 아 내뱉을 뿐 입을 움직이지 못했다.

"어이, 총을 가져다줘라!" 지서장이 말했다.

"김 순경, 총을 갖다 줘!" 대장이 말하면서 "물을 좀 갖다 주어라." 하고 덧붙였다.

"물? 그건 무슨 물인가?" 하고 지서장이 말했다.

"막힌 목구멍을 뚫어놓지 않으면 총알이 어디로 튈지 모릅니다."

"음…… 그 물이로군, 어이, 가서 물 좀 가져와!"

딸깍하고 M1총을 장전하는 소리가 났다. 총은 노인에게 건네졌다. 노인은 의자에 앉은 채 총대를 바닥에 세우고, 잠시 고개를 숙였다. 예순이 다 되어가는 나이에 M1총이라는 근대식 무기를 잡아본 적이 있을까 하겠지만, '향보단'이나 보초막의 보초 등으로 내몰린 적이 있어서 불행하게도 총의 조작 정도는 기억하고 있다. 그리고 며느리의 자살이라는 충격과 겹친 영문 모를 체포의 의미가, 이렇게 현실이 되어 눈앞에 다가온 것이었다. 더군다나 아들이 포로가 되어 눈앞에 있다니!

아들은 노인을 지긋이 응시하다가 으윽 하고 입을 꾹 다문 채 고통스러운 소리를 냈지만 이내 시치미를 뗐다. 그리고 끝까지 모른 체했다. 그러나 그가 단순한 포로가 아니라 알동네 출신이며 오 노인의 아들이라는 것 정도의 확인은 너무나도 간단한 일이었다. 원래 빨치산이 경찰지서를 습격할 때에는 반드시 그 부근 지리에 밝은, 이른바 지서 관할 내의 부락 출신자가 참가하는 것이 원칙이다. 게다가 1948년 4월 3일의, 흔히 말하는 4·3 제주도도민 무장봉기 사건부터 아직 1년이 채 되지 않았다. 그러니까 지서의 경관 중에도 아는 사람이 있을 것이고, 또 마을 사람 몇 명을 불러내서 대면시키면 쉽게 해결된다.

자신을 증명하고, 아니, 연명하기 위해서는, 때로는 아들이건 남편이건 부모건 간에, 그들에게 총을 겨눠야 한다. '공비가족'이라는 의심에서 벗어나기 위해 인간적인 일체의 망설임을 배제해야 한다. 한 방에 상대방을 사살해야 한다. 상대가 부모나 자식이 아니라 친척 정도라면, 그 하늘의 은혜에 감사하며 자진해 쏘는 판이다. 어설프게 인간의 양심이라는 외침에 현혹되어 총을 포기하거나 천장에 의미 없는 구멍을 뚫어 봤자 결과는 바뀌지 않는다. 사람들은 둘 다 죽는다는 결과를 잘 알고 있다.

지서장은 오 노인에게 일어서라고 명령하고는 허리에 뒷짐을

지고 배를 쑥 내민 모습으로 성큼성큼 방 안을 걷기 시작했다. 오 노인은 말없이 천천히 일어났다. 일어나서 팔을 뻗고 떨리는 손으로 책상 위의 컵을 집어 입술로 가져갔다. 물을 꿀꺽하고 흘려 넣었다. 이상하게 그 얼굴이 차분하다. 쭈글쭈글해진 걸레처럼 일그러지고 공포에 차 있던 표정이 어느새 사라지고 이제는 매끄러운 느낌마저 들었다. 같은 사람 얼굴이 순간이라고 할 수 있는 사이에 이렇게 변할 수 있는 것일까. 깊은 슬픔 속에서 정화되어 나온 것처럼 그 얼굴은 조금 전 작고 메말라 물기가 없던 인물과 동일한 노인의 모습이 아니었다.

방을 한 바퀴 돈 지서장은 책상 뒤쪽 벽에 걸린 이승만 대통령 사진 앞에 멈춰 서서 좁은 이마 위의 빗질한 머리카락에 대장보다 한 계급 높은 금빛 줄이 눈에 띄는 경모를 얹었다. 그리고는 경복의 옷매무새를 단정히 다듬었지만, 소매 끝이 신경 쓰여 양손을 번갈아 가면서 잡아당겨 본다. 그리고 사진을 향해 경례를 명했다.

"음, 우리는 지금부터, 우리 조국을 위태롭게 한, 공비를 총살형에 처함에 있어서, 음…… 우리 대한민국의 그 신성한 국시에 따라, 철저하게 반도와 싸워서, 이승만 대통령 각하의 초상 앞에서, 마음으로부터 충성을 맹세한다……." 지서장은 되도록 두성을 쓰려고 하며 엄중하게 말했다. 이후 반역도들이 지닌 사상의 무서움에 대하여 피상적인 연설을 늘어놓고 그것을 말살하기 위해서라면 어떤 일을 하더라도 용서받는다고 떠들어대기 시작했다. 아까부터 초조하게 몸을 움직이며 혼잣말을 중얼거리고 있던 콧수염 대장이 성큼성큼 사진 액자에 가까이 다가가 그것을 다시 똑바로 걸었다. 비뚤어져 있었던 것이다.

"지서장님! 대통령 각하의 초상이 이래서 되겠습니까!"

그런데 힘을 너무 준 나머지 이번에는 왼쪽으로 쭉 내려갔다. 그러자, 곧 같은 동작을 한쪽 어깨를 추켜세우며 반복한다. 어이, 어이, 너, 잠깐 기다리게! 하고 이번에는 지서장이 나선다. 그는 어어 하면서 조금 당황하는 기색으로 책상 서랍에서 새하얀 장갑을 꺼냈다. 어어, 왜 또, 오늘 같은 날에 이 녀석을 잊어버린 거지! 지서장은 즉시 장갑을 낀 양손으로 액자를 좌로 우로 움직이기 시작했다. 과연 맨손은 새하얀 장갑 앞에 저항할 수 없었고 금세 손이 움츠러들고는 조심스럽게 액자에서 손을 떼었다. 그런데 그때 신성한 액자가 탕! 덜컥덜컥! 하며 바닥에 떨어졌을 뿐만 아니라 유리까지 깨져버린 것이다. 불가사의한 힘을 가진 그 소리에 순간 숨을 죽였던 경관들이 지서장에게 달려가 에워쌌다.

"너는 오늘 너무 주제넘게 나서면서 또, 아까부터 여자처럼 말을 너무 많이 하는군!" 지서장은 대장의 얼굴을 보았다.

이 책임은 당연히 너에게 있다! 라는 선언이다. 실제로 아까부터 대장은 이상하게 말이 많았다. 책상에서 서기를 대신하면서 이상하리만큼 초조하게 몸을 움직이고 있었고 노인을 추궁하고 또 혼잣말을 하면서 자꾸만 지서장이 말한 내용을 반복했다. 즉, 공비를 평정하기 위해서는 어떠한 수단을 써도 상관없다. 공비의 사상에만 찬성하지 않는다면 우리 대한민국에서는 강간, 도둑질, 살인을 해도 용서받을 수 있다! 말하며 책상을 치고 책상 위에 올라서서, 알겠나? 알겠나, 알겠나! 정말 알겠느냐! 하며 노인을 윽박질렀다.

　이를테면 이 나라에서는 빨갱이의 사상만 아니면 무엇이든지 허용된다는 이 대의명분은, 결코 콧수염 대장과 지서장의 독창적인 생각이 아니다. 도(道)경찰국장이 이미 그 대의명분에 대해 공언하고 있으며, 더 올라가면 그 상류는 중앙정부 중추부에 닿는다. 윗물이 맑아야 아랫물도 맑다는 이 나라의 속담이 있는데, 바로 이 대의명분은 윗물에서 흘러온 것이다. 특히 이 섬에서는, 그 대의명분으로 허용되는 강간, 도둑, 살인 등은 경관이 되기 위한 유력한 자격증이라고 할 수 있다. 소학교의 여자아이를 범한 서북청년회 패거리들이 그것을 자랑스럽게 떠벌리며 경관부대에 편입됐다. 그런 다음 경관 제복을 입고 나타나서 사람들에게 빨갱이라는 협박을 하면서 온갖 금품을 갈취하고 오직 빨갱이라는 구실로 사람을 죽이는 것은 일상적인 흔한 일에 속한다. 사람들은 이것을 '제복 입은 깡패'라 부른다. 중앙정부의 높으신 분들은 빨갱이로 인해서 멸망으로 치닫고 있는 조국의 현상을 우려한 나머지 텔레비전은 아직 수입되지 않았기 때문에 라디오에 나와서 비분강개의 어조로 온 국민에게 호소한다. 애국적인 국민 제군이여! 빨갱이떼야말로 태워죽이지 않으면 안 되는 무서운 페스트균이라는 것을 알아야 한다. 이제는 일어서야 한다. 페스트균을 매장하기 위해서 하는 모든 일은 용서되는 것이 마땅하다.

　순경이 손으로 유리 파편이 흩어진 액자를 책상 위로 주워 올렸고 이내 자리가 정돈되었다. 그때 오 노인의 목구멍에서 겨우 쥐어짜낸 것 같은 목소리가 나왔다.

"아들아, 용서해 주어라. 나는 네가 쏜 총에 맞아 죽고 싶다. 아이고, 쉰여섯 인생이 너무 길었다. 나는 너무 오래 살았다. 흐윽."

이때 구토가 나오려는 듯 갑자기 목이 턱 메어 말이 끊어졌다. 그 후 틈도 없이 어디선가 총성이, 총을 겨누거나 방아쇠를 당기는 낌새도 없었는데, 폭발음과 함께 갑작스러운 총소리가 폭발했다. 완전히 예상 밖인 이 폭발음은 이 방 안에 계획된 프로그램을 순식간에 날려버렸다. 그것은 단 몇 초 사이에 일어난 일이었다. 경관들은 또 몇 초가 지나서야 간신히 사살되어 쓰러져 있는 포로의 모습을 상상할 수 있었다.

아아, 이 얼마나 멋진 구경거리인가, 부모가 자식을 죽이다니! 아버지가 아들을 쏘았다고! 아들은 지금 아비에게 물어뜯겨 고통스럽게 숨이 끊어지면서 죽어가고 있을 것이다. 봐라, 노인은 곧 미칠 거야!

그런데 이건 또 어찌 된 일인가! 죽어있어야 할 포로가 눈앞에서 절규하며 숨 쉬고 있다. 게다가 옆에 있던 경관이 포박한 청년을 걷어차야 할 만큼 날뛰고 있었다. 날뛰면서 바닥을 구른다. 그리고 맞은편에 있는 작은 책상 앞 의자 옆에 오 노인의 몸이 힘없이 출렁이고 찌그러지며 바닥에 푹 쓰러지는 진기한 현상이 일어났다. 아연실색한 지서장과 대장의 어두운 목구멍이 보인다. 세 명의 경관은 그저 우두커니 서 있을 뿐이었다. 바닥은 순식간에 도살장처럼 붉은 피로 물들었다. 피는 목구멍에서부터 그 구멍을 분명히 알 수 있을 정도로 펑펑 뿜어내며 쏟아졌고 바닥에서 문쪽으로 퍼졌다. 오 노인은 총부리를 목구멍에 바싹대고 오른발을 공중으로 올려 엄지발가락을 방아쇠에 걸고 단숨에 힘껏 밟았다. 이미 그때 각오한 듯한, 슬픔 속에서 정화되어 나온 것처럼 매끄러운 표정에서 죽음을 굳게 결심하고 있었음을 알 수 있었다. 그것은 곁에 서 있던 경관으로서는 상상조차 할 수 없는 일이었다.

마침내 지서장의 얼굴이 시뻘겋게 달아오르고 크게 부풀어 오른 분노가 주먹에서 폭발했다. 그는 액자가 높이 튕겨 오를 정도로 책상을 세차게 내리쳤다. 생포 직전에 적의 사령관을 놓쳤다 해도 이 정도로 분해할까 싶을 정도다. 그 폭력적인 소리는 방 안의 침묵과 정적을 강조만 할 뿐 의외로 공허하게 울린다. 간신히 지서장의 표정에서 분노의 어두움이 사라졌고 호기심이 나타나기 시작한 것은, 콧수염 대장이 지서장에게 뭔가 귓속말을 하고 나서였다. 갑자기 기분을 되찾은 지서장은 널브러진 시체에 시선을 고정한 채, 음, 음, 하며 고개를 끄덕였다.

7.

방 안의 시간이 정지해 버렸고 눈앞의 현실도 멈췄다.

오직 피만이 흐르고 퍼지며 움직인다. 방에 퍼지는 피를 보며 만덕이는 묘하게 뱃멀미를 하는 듯한 느낌 속으로 빠져들었다. 피는 바닥을 적시고 사방의 벽으로 기어올라 꼭대기에서 휘어져 천장으로 향하려 한다. 눈을 감으면 주위가 온통 푸른 바다가 되었고 방만 잘려나가 배 안에 실린 것처럼 흔들린다. 배 아래 푸른 바다 깊은 곳으로 내려가면 큰 방이 있고, 그 바다 밑바닥에는 피가 흐른다. 지금 방 안은 물속에서 흔들리듯이 출렁출렁, 공기도 아지랑이처럼 흔들흔들 요동치기 시작했다. 수갑을 찬 만덕이는 벽장과 마주한 벽에 기대어 우두커니 서 있었다. 정지된 시간 속에서 만덕이는 자기 앞에 피를 뿜어내는 시체를 그저 바라본다. 그것은 보고 있지만 보이지 않는다. 정신을 차린 순간 허공에 붕 뜬 느낌으로 여기가 어디일까 하고 생각한다. 젊은 며느리의 공양을 위해 알동네에 간 자신을 기억하고 있다. 오늘은 일찍 점심을 해놓고 절을 나섰는데……. 젊은 며느리를 위한 공양을 흔쾌히 허락하고 턱을 치켜세우며 기분 좋게 웃던 서울보살의 얼굴. 오 노인네 툇마루에 앉아 있었을 때 만덕이에게 행복감을 안겨 주었던 젊은 며느리의 아름다웠던 모습. 가을볕에 빛나는 무수한 진홍빛 열매를 맺은 감나무들이 힘차게 그 눈을 스치고, 다시 두터운 청색 세계가 다가온다. 지금 만덕이의 머릿속에는 넓디넓은 푸른 바다 밑바닥이 비치며 한 정경이 떠오른다. 그것은 이 방 안처럼 온통 붉게 물든 정경이었다. 두 바다를 건너간 일본 끝자락 홋카이도의 정경이 라이트에 비친 것처럼 그의 머릿속에 선명하게 되살아났다.

끈적끈적한 붉은빛으로 상징되는 홋카이도 크롬 광산의 문어방에 들어간 것은 수년 전 일이었다. 조선의 장정에게도 '일시동인'의 징병령이 발동된 해의 가을로, 이듬해 그들을 강제 연행한 일본의 권력은 완전히 패망했다. 그때 하마터면 우리 만덕이는 징병에 끌려갈 뻔했는데 애당초 호적부와는 인연이 없는 그에게 징병검사 통지가 날아들 리 없었다. 뿐만 아니라 본인조차 그 호적의 유무를 모르기 때문에 그가 호적과 관계가 없는, 예컨대 호적에 구속되지 않는 사람인 것이 이 일로 완전히 입증된 셈이었다.

그런 만덕이가 당시 '인간공출'이라고 불리며 두려움에 떨게 하던 징용에 걸려버린 것이다. 그날, 일을 보러 한라산 관음사에서 성내로 내려온 만덕이는 빈 지게를 짊어지고, 늘 그렇듯 시장 노점을 기웃거리며 걷고 있었다. 만덕이의 느릿느릿하면서 엉거주춤한, 보기에도 얼빠진 꼴은 특히 빈틈없는 사람들의 눈에 띄기 좋았다. 그래서일까, 만덕이에게 전투모와 국민복을 입은 남자 셋이 슬며시 접근해왔다. 두 명의 일본인은 특고(特高) 경찰과 일본에서 온 광산회사 노무계 모집인이고 조선인 한 명은 읍사무소 담당자다. 읍사무소 담당자가 먼저 정중하게 조선말로 "관청에서 나왔는데, 잠깐 읍사무소의 노무자 모집 알선소에 와 주시오." 말을 걸면서 셋이서 포위하듯 에워싸고 데려갔다. 만덕이는 영문도 모른 채 그날 밤은 어쩔 수 없이 십여 명의 사람들과 함께 경찰서 뒷마당에 있는 유도 도장에 묵어야만 했다.

다음날이 되었지만 이번에는 관음사로 돌아가기는커녕 연락조차 금지된 상태에서 경찰서 담당 주임의 훈사를 들었다. 동료가 그 말을 조선말로 귀띔해 주었지만 만덕이는 그 의미를 이해할 수 없었다. 몇 번이고 되물은 결과, 마침내 만덕이도 정말 그것이 놀라운 일임을 깨달았다. 한마디로, 비상시국의 황국신민으로서 본분을 발휘하여 애국적으로 일하기 위해 곧 일본으로 출발한다고 하는 것이었다. 이제부터 일본으로 간다? 한라산 관음사를 떠나서 일본으로 간다? 조선의 서울에도 가본 적 없는 내가 일본에 간다?

내가 관음사를 떠난다고? 만덕이는 어둠의 저편에 있는 그 일본이라는 곳으로 전혀 상상의 나래를 펼칠 마음도 생기지 않았다. 으음, 세상에 이런 일이 있을 수가 있는가? 만덕이는 꿈이 아닌 것을 확인하기 위해 볼을 꼬집고 귓불을 잡아당겨 보았다. 이것이 틀림없는 현실인가 하고 생각한다. 만덕이 일행은 마침 당일 입항한 정기선에 실려 부산으로 호송되었다. 그는 관음사와 떨어지는 슬픔을 느낄 새도 없이 눈 깜짝할 사이에 일본의 어딘가로 끌려갈 급박한 상황에 처했다. 부산에서는 새로운 징용자들과 백여 명의 조직으로 재편성되었고 그 후 관부연락선에 수용되어 현해탄을 건너갔다.

만덕이는 문어방에 들어가기 전부터 도무지 일본어를 알 수가 없어 난처했다.

너는 정말 '멘도나 야쓰다(面倒な奴だ〔귀찮은 녀석이야〕)' 하고 고함을 치면, 만덕이는 면도칼을 가져와 일본인 간부를 당황시켰다. 그래도 본인은 개의치 않는다. 애초에 조선말이 통하지 않는 곳으로 자신을 데리고 온 탓이지 자기 탓은 아니라고 한다. 자기는 조선말밖에 할 줄 모르며 알아들을 수 없으니 하는 수 없지 않은가. 일본어는 어렵다. 가나(假名)라는 일본 글자는 두 종류다. 게다가 한자를 읽는 법은 여러 가지로 바뀌는 것 같다. 다시 태어나지 않는 한 자기 머리로는 그것을 결코 이해할 수 없다고 말한다. 이것은 본인보다 주위 사람들이 더 곤란했다. 단지 만덕이는 자신에 대한 제재가 동료인 반장에게 미치는 것이 난감했다. 더구나 아침저녁으로 "하나, 우리는 황국신민이고 충성심을 가지고 군국에 보

답하자. 둘, 우리 황국신민은 서로 신에 협력함으로써 단결을 굳건히 한다. 셋……" 하고, 이른바 '황국신민서사'를 철저하게 주입시켜 보려 했지만 만덕이의 머리에 제대로 들어갈 리가 없었다. 암송을 하지 못했다. 경문은 암송할 수 있었는데 이상하게도 이것만은 외우지 못했다. '멘도나 야쓰다'라고 말하고 '면도기'를 받아든 인솔자는 아무리 저능하다고는 해도 좀 더 하면 어떻게든 될 것이라고 호통을 쳐보지만, 역시 이러지도 저러지도 못한다. 계산해서 게으름을 피우는 것이 아니다. 애당초 만덕이의 머리가, 아니, 오장육부를 감싼 몸 전체의 구조 자체가 조선의 물로 만들어져 있기 때문에, 코우코쿠신민 으음…… 운운…… 닛폰테이코쿠 운운…… 이라고 해도 마음에 안 들 수밖에 없다.

그것은 점호 시간까지 연쇄작용을 미친다. 만토쿠 이치로! 하고 불러도 대답을 하지 않는다. 그게 네 이름이라고 해도, 자기 이름이라고 실감할 수 없기 때문이다. 그리고 끝까지 자기 이름은 만덕이라고 우기다가 구타를 당한다. 이런 상황이 계속 반복되는데, 물론 당국도 그렇게 호락호락하지 않았다. 처음에는 만토쿠 이치로! 하는 호명에 예! 하는 대답이 없어 재점호를 했고 또 대답이 없어 인솔자들은 당황하다가 흥분 상태에까지 이르렀었다. 한 명 부족, 또 도망자가 나왔다! 라는 착각을 되풀이하게 하는 상습범이 된 것이 만덕이었다. 그는 애당초 이름이 불려도 즉각 예! 하고 시원시원하게 대답할 수 있는 사람이 못 되었다. 이렇게 해서 중간에 질주하는 기차에서 뛰어내리는 자, 혼잡한 역과 불침번을 세운 여관에서 도피하려는 자들이 속출했고 홋카이도의 아사히카와(旭

川) 인근 목적지에 도착했을 때까지도 인솔자들은 잠시도 마음을 놓지 못했다. 마침내 만덕이 일행은 '너희들은 지옥에 왔구나' 하며 인사를 건네는 광산의 조선인 노동자들의 환영을 받으며, 지옥의 시간 속으로 한 걸음씩 들어갔다. 그 크롬 광산의 기억들이 만들어 낸 물결이 급격하게 부풀어 오르며 큰 덩어리가 되어 밀려왔다.

탈출은 최고의 자유이며 문어처럼 자신의 손발을 뜯어먹고 죽어가는 처지의 그들에게는 살아있는 삶 그 자체였다. 그 가혹한 20세기의 노동 노예라는 궁지에서 만덕이 일행과 많은 조선인 노동자들이 살아남았는데 그것을 그저 살아남았다고 하는 요행 정도로 치부해 버려서는 안 된다. 그들은 늘 탈출과 폭동을 시도하고 저승사자에게 앞뒤로 목을 졸리며 꼼짝 않고 기다리고 있었다. 그것은 벌레 같은 목숨이나 다름없었지만 만덕이 역시 그렇게 가만히 기다리고 있었다. 지금 만덕이의 머릿속에 밀려온 기억의 윤곽은 탈출을 시도했다가 붙잡힌 동포 청년의 모습으로 또렷하게 굳어졌고 거기에 붉은 물보라가 몰아쳤다. 탈출에 실패한 그는 회사 측이 강제적으로 계획하고 조직한 조선인들의 손에 의해 어두운 밤 고문대 위에서 죽어갔다. 본때를 보이기 위한 학살의식이 폭력 장치의 버튼을 가진 광산 측의 일본인 간부와 이백여 명의 조선인 노동자의 참가 속에 치러졌다.

어두운 겨울밤 넓은 방의 유리 창문에 비친 희생양은 바닥에 닿을 듯 말 듯 아슬아슬하게 매달려 있다. 탈출에 실패한 알몸의 청년이었다. 그 청년의 등을 향해서 조선인 한 명 한 명이 수많은 채찍을 내리쳤다. 지그재그로 길게 늘어선 행렬을 기다려 한 사람씩 동포 청년의 벌거벗은 등을 향해 피가 달라붙은 자작나무 몽둥이를 힘껏 내리치는 것이다. 너덜너덜한 두 팔과 다리, 몸뚱이에서 뼈가 드러나 보이고 살이 떨어져 나가는데도 불구하고 매질은 계속된다. 때리는 것을 거부하거나 힘을 뺀 것처럼 보이는 자에게는, 그 자리에서 참나무 곤봉 매질이 머리 위로 떨어지고 또 다른 고문 실행이 기다리고 있었다. 일본인 간부들은 이것을 선조들의 '후미에(踏繪)'에서 힌트를 얻었는지 어떤지는 모르지만 확실히 효과가 있었다. 동포 대부분이 탈출에 실패한 청년에게 채찍을 휘둘렀다.

얼굴의 원형이 흉측하게 무너지고 탱탱 부풀어 올라 계속해서 코와 입처럼 보이는 구멍에서 피를 끊임없이 흘리고 있는 그 동포 청년 앞에 마침내 만덕이가 섰다. 그의 눈앞에는 도살당한 고깃덩이와 같은 것이 매달려 있을 뿐이었다. 단지 사람의 마음만이 그 피투성이의 고깃덩어리를 사람이라고 여길 수 있었다. 바닥으로 끊임없이 떨어지는 핏방울은 지네 같은 다리를 뻗어 사방으로 기어나가듯 퍼졌다. 핏방울은 붉은 생물체로 변해 벽을 기어올라 천장에서 바닥으로 늘어진다. 만덕이는 움직이지 않고 가만히 서 있었지만 눈에는 피가 튀어 사방이 빨갛게 물드는 게 보였다.

둔감하다고 생각했던 그의 마음이 이미 스스로가 자작나무 몽둥이를 휘둘러 내리치는 순간을 마음속에 그렸던 것이다.

그러나 그는 움켜쥐고 있던 자작나무 몽둥이를 내리치지 않았다. 이유는 없다. 그저 만덕이의 몸이 거기에 저항했다. 그의 위장 상태나 내장을 감싸는 몸의 구조가 피와 손때로 물든 자작나무 몽둥이와 전혀 맞물리지 않았다. 온몸이 거부하는 그의 마음을,

이것은 인간이 할 일이 아니로구나, 하는 간단명료한 말로 번역했을 뿐이었다. 누구나가 각자의 속마음이 번역하는 목소리를 들은 것과 마찬가지로. 만덕이라고 해서 그 결과가 어떻게 될 것인가 정도의 계산을 못한 것은 아니지만 몽둥이를 내리치지 않았다.

조선인 노동자들의 폭동을 유발한 만덕이의 불복종은 조용히 넘어갈 리 없었다. 일본인 감독과 조선인 간부라지만 앞잡이 노릇을 하며 자질구레한 일을 맡아 하는 이른바 '잡부'들에 의해 별실에서 고문이 이루어졌다. 다만 만덕이에게도 장점이 있어서 그가 힘도 세고 부지런한 일꾼이라는 것을 광산 측이 충분히 인정하고 있다는 점이다. 그 귀중한 노동력을 호락호락하게 죽이는 법은 없다. 만덕이가 일본어를 몰라도 그의 육체는 일할 수 있다. 만약 광산 측에서 인정한 그 장점이 없었다면 아마 만덕이는 숨통이 끊어질 때까지 고문을 계속 받아야 했음이 틀림없다. 그리고 이듬해 조선이 해방된 8월 15일이 되어도 홋카이도의 딱딱한 땅 밑에서 발견되거나 혹은 가마니에 담겨 광산 옆 탁한 연못에 가라앉아 있었을 것이다.

지금 그로부터 몇 년 후, 여기서, 심지어 독립한 만덕이의 조국에서 홋카이도에서와 비슷한 일이, 콧수염 대장이 지서장에게 건넨 귀띔으로 발생한 것이다. 지서장은 다시 한번 확인하듯이 그 작은 귀를 상대방이 뻗은 얼굴에 대고 마지막으로 크게 한 번 고개를 끄덕였다. 정지된 시간 속의 방 안은 움직이기 시작한다. 음! 음! 불쾌함을 완전히 날려버리고 갓 씻은 감자처럼 반짝이기 시작한 얼굴로 변한 지서장의 명령으로 움직이기 시작한다.

그는 배를 내밀고 어깨를 치켜들어 경관에게 명령하며 만덕이에게 총을 들게 했다.

"꼬마 중, 이번엔 네가 하는 거다!"

만덕이는 책상 앞으로 끌려갔다. 그리고 총을 잡기 위해 해방된 두 손을 문지르곤 지서장에게 합장을 했다. 인사를 무시한 지서장의 얼굴이 묘하게 굳어진다. 만덕이는 지서장 등 뒤로 이승만 대통령 사진이 떨어진, 그 벽에 걸린 조선 지도를 잠시 쳐다보았다. 그 앞에 지서장과 콧수염 대장. 만덕이 옆에 경관이 두 명. 등 뒤에 경관 한 명과 포로 그리고 한 사람의 시체. 만덕이는 그들이 모두 사방의 벽에 박혀 빛나는 눈으로 자기에게 다가오는 것을 느낀다. 그는 매정하게 건네진 총을 잡은 후에도 포로 쪽으로 엉덩이를 돌린 채 우두커니 서 있었다.

만덕이가 손에 쥔, 오 노인이 스스로 자기를 쏜 그 총은 오직 무게만 있다고 느껴질 뿐, 이상하게 손바닥 안에 달라붙지 않았다. 그 M1총은 총 모양으로 만들어진 보초용 철창보다도 현실감이 없어서 매우 낯설다. 손에 쥔 총이 사람을 쏘아 상대의 육체 속으로 죽음의 탄환을 운반하기 위한 연장이 될 것이라는 긴박함이 생기지 않았다. 이를테면 이때 만덕이는 그 총에 압도당하지 않고 있었다. 그는 이미, 수많은 피를 보고 왔을 총의 방아쇠에는 자신의 손가락을 움직이게 할 힘이 없다는 계시를 받은 듯한 직관에 사로잡혀 있었다. 이 직관은 만덕이의 내부에서 힘으로 변해갔다. 일본 홋카이도에서의 그날 밤 그 순간처럼 만덕이는 잠시 손에 쥔 것을 총이 아닌 사물 자체로서 바라볼 수 있었던 것은 바로 그 때문이다. 도대체 이걸로 뭘 어쩌라는 것인가? 하는 듯한 얼굴로 총을 응시했다.

이윽고 만덕이는 아무것도 모르겠다는 표정으로 주위의 벽에 박혀 자기를 향해 빛나는 무수한 눈알을 향해 "나는 싫소!" 하고 말했다.

그것은 철의 칼날을 품은 말이었다. 이 철의 칼날은 새로운 극적 고양을 기대하는 긴장으로 부풀어 올라 어딘가 다른 공간을 향해 지금 막 떠나려 하는, 이 방만의 그 순간을 싹둑 잘라내고 끝내버렸다. 아니면 못에 찔려 터져 버린 풍선이라고나 할까. 만덕이는 두 손으로 총을 들어 경관에게 내밀었고 경관은 낭패한 기색이 역력했다. 만덕이는 당황한 나머지 뒤로 주춤한 경관에게 "총은 돌려드리겠습니다." 하고 한마디 덧붙였다.

만덕이의 비장미도 없거니와 극히 당연하다는 듯이 거절할 수 있는 그 태도의 기저에 홋카이도에서의 현실이 자리 잡고 있었기 때문이라고 한다면, 견강부회(牽强附會)라고 할까. 그러나 사실, 그의 머릿속에는 시뻘건 핏줄기가 바다가 되어 급속히 끊임없이 펼쳐지고 불쌍한 동포 청년의 벌거벗은 모습이 거기에 표류하고 있었다. 이 우직한 인간의 뇌수와 내장을 담은 육체 안에 한 번 뿌리 내린 사상이라는 것은 쉽게 무너지는 것이 아닌 것 같다.

오호홋! 하고 참으로 기가 막힌 듯 만덕이를 비웃다가 금세 추악하게 뒤틀린 지서장의 얼굴을 바라보면서, 왜지? 하는 물음에 만덕이는 살인은 싫다고 대답했다.

"살인이 싫다고? 저건 빨갱이야. 빨갱이는 인간이 아니라고!"

108

"하지만 내 눈엔 인간으로 보입니다."

"네 놈이……!" 하고, 느닷없이 달려드는 콧수염 대장을 제지한 지서장은 하하하핫! 하고 가가대소했다. 경관들이 일제히 만덕이를 에워싸며 일단 총을 빼앗았다. 지서장은 양손을 크게 벌리며 경관들을 흩뜨렸다. 과연 지서장이라는 그릇이기에 당장에는 물지 않는다. 그러나 지서장의 큰 웃음 뒤편에는 만덕이의 그 거부하는 태도에 크게 당했다는 분노가 싸늘하게 들러붙어 있었음이 틀림없다.

"음, 이렇게 재밌는 얼굴이 세상에 다 있군." 하고, 지서장은 가능한 한 관대함을 표현하려 했지만 떨리는 목소리로 말했다. 만덕이는 너무나도 어린아이 같으면서도 신묘한 표정을 짓고 있었다. 소시지처럼 기다란 코만이 얼굴에서 뛰어 내려와 혼자 걷고 있는 듯했고, 그것은 지금 얼굴 전체로부터 따돌림을 당하고 있었다. 아니, 오히려 그 퉁명스러운 코 자체가 표정일지도 모른다. 그러니까 여기서 지서장이 만덕이의 얼굴에 대해 훈계를 하기 시작한다 해도 일리가 있는 것이다. "음, 너의 그 표정을 보아하니 지금 여기가 어떤 곳인지 아직 모르고 있는 것이구나. 나는 네 얼굴 생김새를 바라보고 있으면 이상하게 마음이 유쾌해진다네. 정말 유쾌한 얼굴이군. 음, 네 얼굴을 보고 웃지 않을 사람은 없겠지……."

만약 이때 지서장의 마음에 여유가 있었다면, 적어도 만덕이에게, 너는 꽤 용감한 녀석이군 하는 정도의 칭찬을 건네도 좋았을 것이다. 지서장에게는 말하자면 상대를 인정할 만한 여유가 이미 없었다. 얼굴에 대해 훈계한다는 것 자체가 상대에게 압도되어 나온 것이라고 할 수 있으니까. 그 증거로 지서장은 마침내 만덕이의 얼굴을 봐서 10분 동안만 시간을 주자고 선언했다. 그러나 그 관대한 선언은 지서장이 자기 자신에게 여유를 요구하는 소리나 다름없었다.

그 사이 지서장의 얼굴을 물끄러미 응시하던 만덕이의 알 수 없는 신묘한 표정이 일시에 무너지면서 대신 웃음이 얼굴을 메웠다. 만덕이는 갑자기 책상 앞에서 두세 걸음 물러서며 그야말로 처음으로 묘한 소리를 내며 웃었다. 긴장한 웃음주머니 속에서 힘차게 터진 웃음은 후후하고 공기를 진동시키는 목소리가 되거나, 으으읏! 하고 묘하게 외설스러운 웃음소리로 변했다.

"나무관세음보살, 감사합니다아, 지서장님." 하고, 겨우 웃음을 멈춘 만덕이는 순간적으로 몸을 뒤로 젖힌 지서장을 향해 말했다. 그리고 비장함이 하나도 없는 극히 평범한 말투로 이렇게 덧붙였다. "그렇지만, 저는 10분을 기다려 주신들 바뀌지 않습니다."

나지막하고 느릿느릿한 만덕이의 목소리는 칼날 돋친 말이 되어 사방의 벽으로 뻗어 나갔다.

8.

유령이 된 만덕이가 절에 나타났다는 소문은, 알동네 윤 할망이 성내에서 돌아오는 길에 자살한 젊은 며느리의 유령을 만났다는 소문과 비슷한 시기에 돌기 시작했다. 이런 소문들이 하나의 이야기가 되어 점점 더 부풀어 퍼져 나갔다.

원래 이 섬의 사람들은 '잡귀' 즉 도깨비가 많다고 여겨왔다. 그것은 사람만 한 크기에서부터 참새 귀신이라는 어린애 정도의 것까지 있었다. 그리고 밤하늘에 우뚝 솟아 도저히 얼굴을 우러러 볼 수 없을 만큼 말도 안 되게 큰 귀신도 있었다. 사람 정도 크기의 녀석은 예를 들면 뭍에 올라온 물귀신이 있다. 해안부락에 가까운 인기척이 없는 곳에 사람이 밤길을 걷고 있으면 때때로 그 녀석이 모습을 드러낸다. 불안한 마음으로 밤길을 가는 사람이 문득 정신을 차려보니 앞에 사람의 모습이 보인다. 그 사람의 그림자는 교묘하게 일정한 거리를 유지하며 점점 바다 쪽으로 걸어간다. 밤길에서의 동행자를 발견한 사람은 무심결에 현혹되어 따라가고 차가운 바닷물에 두 다리가 첨벙 잠기는 순간까지 그 인간의 탈을 쓴 도깨비의 정체를 알아차리지 못한다. 술에 거하게 취한 이의 경우에는 귀신이 여자의 모습을 빌려서 나오면 바닷속까지 따라간다. 어린애 정도의 녀석은 이름답게 참새처럼 민첩하다. 그들은 창백한 달빛이 흐르고 있는 밭 한가운데서 집단으로 관을 지고 호흡을 맞춰 세찬 빗발 소리를 내며 떠드는 것을 좋아한다. 한편 터무니없이 큰 녀석은 밤길에 하늘에 닿는 양다리를 벌리고 가로막고 있다. 그 거대한 문 아래로 지나가려고 하면 쾅! 하고 굉음이 울려 퍼져 그 사람은 홀연 즉사한다고 한다.

예로부터 이곳 섬사람들은 무수한 잡귀들에게 위협을 받으며 생활해 왔다. 어릴 때부터 이미 도깨비를 쫓는 주문을 외우기도 한다. 그런데 이 귀신들의 대부분은 꽤 인간적이고 때로는 만난 사람과 이야기를 나누기도 한다. 그러고는 상대가 아무래도 겁쟁이처럼 보이면 기회를 틈타 괴롭히고 자기보다 한 수 위라고 생각하면 서서히 물러선다.

　윤 할망은 통행금지 시간이 되기 전, 도깨비가 나타나기에는 아직 이른 8시경에 도깨비라기보다는 유령을 만났다. 성내에서 돌아오는 길, 귀신이 자주 출몰한다고 해서 유명해진 공동묘지 인근 K고개의 신작로를 겨우 무사히 내려갔다. 고개를 내려가기만 하면 우선은 괜찮다. 그녀는 잔뜩 긴장하여 식은땀을 흘렸지만 고개를 내려온 후 안도의 한숨을 내쉬었다. 그런데 이번에는 희뿌옇게 뻗은 콘크리트 다리를 건너게 되었다. 말할 것도 없이 시골인 그곳은 전등도 인가도 없다. 그녀는 별이 반짝거리는 하늘 아래를 터벅터벅 걸어갔다. 울퉁불퉁 바위가 드러난 마른 내천을 가르며 불어오는 밤바람이 윤 할망의 뺨에서 윙윙거린다. 그녀는 이 희뿌옇고 긴 다리를 다 건너가기 전까지는 안심할 수 없었다. 다리의 중간 정도까지 왔을 때 저쪽에서, 분명히 다리 위 저편에서, 젊은 여자가 걸어오는 것이 보였다. 밤눈에도 또렷이 비치는 진홍빛 저고리를 입고 새파란 치마로 발밑까지 푹 가린 여자가 스르르 미끄러지듯이 다가왔다. 이윽고 윤 할망은 그 빨강과 파랑이 입관할 때 시신에 입히는 옷 색깔이라는 것을 알아차리곤 깜짝 놀라 어찌할 바를 몰랐다. 그것이 단순히 죽은 사람의 모습을 빌린 귀신이 아니라 바로 유령, 그 감나무에서 목을 매 죽은 젊은 며느리의 모습을 한 유령이었기 때문이다. 윤 할망은 그 순간 어찌할 바를 몰랐고 또 똑바로 서 있을 수조차 없었다. 그대로 땅바닥에 넙죽 엎드리고는 개처럼 네발로 정신없이 다리를 건넜다. 다리에서 조금 더 가면 신작로 모퉁이의 마을 초입에 큰 느릅나무가 서 있고 그 그늘에 두세 채의 주막처럼 생긴 인가가 있다. 온몸이 상처투성이가 된 그녀는 겨우 거기로 기어들어 가, 도, 도, 도깨비…… 라고 한마디 했다고 한다. 그 후 머지않아 고열이 났고 몸을 움직이지 못했다.

　이웃들은 알동네의 집으로 옮겨진 윤 할망을 위해 무당을 불렀다. 꽹과리를 치면서 주문을 외우고 무가를 부른다. 칼춤을 추면서 잡귀를 쫓기 위한 무당의 기도가 사흘 밤낮으로 이어졌다. 드디어 신들린 윤 할망에게 젊은 며느리의 영혼이 들어왔다.

　"아이고, 나는 슬프오. 내 가슴에 수백 년 동안 깃든 커다란 슬픔이 있는 것 같아서 이 슬픔이 풀리지 않소. 윤 할망, 할망은 그 경관의 고약한 부탁을 맡아서 나를 유혹했소. 남편이 있는 몸인 나를, 꽃처럼 예뻤던 나를, 저 지네 같은 무서운 경관이 있는 곳으로 데려가려고 했소. 윤 할망은 나쁜 사람이오. 나는 끝내 거절했지만 남편이 있는 나에게 반지를 주려고 했소. 하지만 할망은 불쌍한 사람이오. 나는 외톨이인 윤 할망을 어릴 때부터 알고 있소. 그렇게 다정한 윤 할망이었다는 것을 알고 있소. 나는 몹시 슬프지만 윤 할망도, 나의 시아버지도, 시어머니도, 아무도 원망하지 않소. 나는 경관에게 이 원망을 풀고 싶소. 나의 소중하고 소중한 남편과 시아버지를 죽인 경관에게 이 원한을 갚고 싶소. 아이고, 아이고, 나는 슬프오. 나의 바다보다 깊은 이 슬픔을 부디 무당님이시여, 부디 빌고 또 빌어서 이 원한을 풀어주오."

　윤 할망은 무당과 함께 울부짖으며, 마침내 일어나 춤을 추기 시작했다. 허릿심이 빠졌던 윤 할망의 허리가 반듯이 곧추섰다. 그리고 젊은 며느리의 목소리를 빌려 자신을 책망하고 장판 바닥을 쿵쿵 구르며 미친 듯이 춤을 췄다. 눈알이 뒤집히고 입술이 말라붙어 올라가고 고슬고슬하게 맺혀 떨어지는 땀방울이 핏기를 빼앗아 새파랗게 질린 얼굴을 한 그녀는 결국 마지막에 빙글빙글 두세 번 돌고 쓰러졌다. 그 광란의 춤은 죽음의 전조일 뿐이었다. 드디어 사흘간의 기도가 끝이 났지만 보람도 없이 이번에는 완전히 승천해 버렸다.

이 젊은 며느리 유령의 출현은 신기한 일이었다. 그도 그럴 것이 이 섬에서 유령은 사람 앞에 혼령으로 나타나지 않으며 인색한 짓을 하지 않은 것이 특징이다. 그런데 젊은 며느리 유령은 윤 할망의 입을 빌려 경관을 저주하고 선전포고를 했다. 유령도 변했다고 해야 할 것인가. 아니면, 유령이 변할 정도로 이 세상이 싹 바뀌어 버렸다고 해야 할까. 비명횡사한 사람들이 천지에 수북이 쌓여 이 섬에서는 유령조차 슬슬 출현 방법을 달리할 수밖에 없는 상황에 이른 것일지도 모른다.

윤 할망의 갑작스러운 죽음은 젊은 며느리를 연모한 콧수염 대장을 충격과 공포 속에 몰아넣었다. 그는 윤 할망이 죽은 다음 날, 즉시 경찰지서로 거처를 옮겨 알동네를 떠났다. 충격과 하나가 된 그의 공포심은 이윽고 마음에 죄의식을 싹트게 했다. 요컨대 콧수염 대장은 기특하게도 젊은 며느리를 위해, 속내는 그 유령을 지상에서 쫓아내기 위해서였지만, 기도를 올려야겠다고 생각했다.

원래 조선 사람은 자살을 꺼리는 관습이 있는데, 그중에서도 목을 매어 자살하는 부류는 재수가 없어 떨쳐내야 하는 것으로 여긴다. 그럴 때는 당장에 무당을 불러야 한다. 사회에서 가장 비천한 층에 숨어 있는 무녀를 무대 위로 불러내고 사람들은 그 앞에 무릎을 꿇는다. 몇 날 며칠, 밤낮으로 꽹과리 소리가 울려 퍼지고 중얼거리는 주문과 무가가 죽은 자를 부르고, 이윽고 영매의 경지가 올라 구경꾼을 포함해 늘어선 사람들이 하나같이 취하기 시작하면 미묘하고 불가사의한 세계가 펼쳐진다. 그리고 사람들 앞에 나타난 원령의 목소리를 잘 들어 자살로까지 몰고 간 원한을 풀어주는 것이다. 그러나 지금의 세상은 그렇게 할 만한 상황이 아니다. 자기 말을 들어달라며 계속 외쳐대는 한을 품은 유령이 천지에 가득 차 있어, 무녀를 기다리지 못하고 망령 스스로 지상에 나타나서 떠돌기 시작했기 때문이다.

그런데 콧수염 대장이 젊은 며느리를 위한 기도를 올린다고 해도 윤 할망을 돕지 못했던 무당으로서는 효험이 없다는 것이 증명되었다. 마침 그 무렵, 그는 만덕 유령을 내쫓기 위해 S오름 절에서 서울보살이 몸소 기도식을 올린다는 말을 들었다. 그래서 이번에는 업신여겨지는 무당 부류가 아니라, 어엿한 서울보살에게 부탁하여 젊은 며느리와의 합동 기도식을 올릴 방법을 생각해 냈다. 그리고 사전에 말을 맞춘 대장은 당일에 직접 지프를 몰고 S오름의 절에 가기로 했다.

한편, 만덕 유령은 좀 더 적극적이었기 때문에 일부러 절까지 찾아와서, 밤중에 안녕하세요 하고 인사를 했다고 하니 그야말로 만덕이답게 애교가 있다. 유령은 제일 먼저 외출 중인 서울보살의

방에 나타났다. 편하게 잠자기 좋아 보이는 그 따뜻한 온돌방에는
노름과 꿩 사냥을 좋아하는 파견경관대 대장이 잠들어 있었다. 아
무리 유령이라도 거기까지는 몰랐다. 그저 서울보살님이 주무시
고 계신 줄로만 믿고 살짝 미닫이문을 열었다. 아마도 꿈속에서
모처럼 여자의 엉덩이라도 어루만지고 있던 상황에, 아니 그날따
라 숨 막히게 코 고는 소리를 뿜어내고 있었기 때문에, 그때는 악
몽 속에 끌려 들어가고 있었는지도 모른다. 확실히 그것은 여자의
엉덩이가 아니라 유령과 마주쳤음이 틀림없다. 가위에 눌려 신음
소리를 내다가 눈을 딱 뜨고 일어나 손전등을 비추는 대장을 보자
만덕 유령은 바로 피식 웃으며 분명, 안녕하세요, 인사를 했다. 세
상에, 심장이 얼어붙는 건 이런 뜻일까. 유령은 자유자재로 변한다
고 하지만 꿈속의 유령이 꿈과 현실의 불가사의한 벽을 지나 사람
이 잠들어 있는 현실의 따뜻한 방 안으로 스르르 미끄러져 들어오
다니! 대장은 인사에 답하기는커녕, 성대는 목구멍에 달라붙고 발
은 구부러진 철사처럼 꼬여 휘청거리면서 어떻게든 방에서 도망쳐
나왔다.

　　연못에 빠졌다 나온 것처럼 졸음이 달아난 그는 그래도 나름
대장인데 유령이 나타나서 도망쳤다고는 말할 수 없었다. 그는 마
치 부하들과 민병대의 보초들을 격려하기 위해 나온 체하며 절
뒤편의 성채에 있는 보초막에 다다랐다. 당도한 것까지는 좋았지
만 그를 맞이한 부하는 대장이 총을 들이댄 채 다가와 화들짝 놀라
자빠졌다. 대장은 유령이 다시 나타날 것을 대비해 총을 겨누고
있다는 사실을 까맣게 잊고 있을 정도로 긴장, 아니 공포에 사로잡

혀 있었다. 마침 순경은 절에서 자고 있는 교대자를 깨우기 위해 돌아갈 시간이었다. 그는 바보처럼, 수고했어, 수고했네! 하고 상기된 목소리를 연발하는 대장에게 경례를 하고 절로 돌아왔다. 허기를 참고 있던 그 젊은 순경은 무심코 발길을 부엌 쪽으로 바꿨다. 그는, 에헴! 수염을 자랑하는 양반이라도 먹지 않으면 남자가 서지 않지요! 하고 중얼거리면서, 잔반이라도 상관없다는 듯이 무엇인가를 찾으려고 했다. 경계근무를 마치고 기분이 아주 좋아 콧노래를 부르며 끼익하고 삐걱거리는 부엌문을 열었다.

그런데 안으로 들어간 그가 성냥을 켜 석유램프의 등피를 들어 올리는 순간, 혼이 나가버린다는 것이 이런 모양새다. 그대로, 앗! 하는 소리를 지르고 그 자리에서 뒤집혔다. 바로 앞에 무엇인가를 입에 넣고 있는 만덕 유령이, 얼굴과 옷에 피가 달라붙은 그 유령이 입을 우물거리면서, 조용히 경관의 얼굴을 응시했다. 허둥지둥 기어 나온 순찰대원은 동료를 흔들어 깨웠다.

"크, 크, 큰일이오! 드, 드, 드디어, 만, 만덕이 녀석이! 저 인색한 서울보살 때문에, 드, 드디어, 만덕이 녀석이, 유령이 돼서 나타났소, 절에 유령이 나타났다고……."

"바보 새끼야! 어이? 어? 정신 차려!"

이윽고 그것이 미친 소리가 아니라는 것을 알게 되자, 음 좋아, 나한테 맡겨! 하고 세 명의 모든 경관이 총을 쥐고 긴장하며 부엌 입구까지 갔다. 그리고 조심스럽게 한 사람이 입구에 손목만 넣어 손전등으로 내부를 빙빙 비추며 살펴보았지만 목표로 하는 상대는 이미 사라진 뒤였다.

절을 감싸고 있던 한밤의 침묵이 깨졌다. 한밤중에 보초막에 진을 치고 돌아가려 하지 않는 대장에게 드디어 최초의 보고가 도착했다. 내심 유령의 재출현에 가장 신경을 곤두세우고 있던 대장은, 보고와 함께 그 상황의 구체적인 세부 묘사까지 요구하며 "음, 그렇군, 아주 별일이 다 있군." 하고 처음 듣는 일인 양 기막혀했다. 그리고 이야기로는 들은 적이 있는데 여태까지 한 번도 그 유령인가 뭔가 하는 놈의 모습을 본 적이 없다. 특히, 그것이 얼간이 만덕이의 유령이라면, 꼭 한번 만나고 싶다고 대장은 연신 헛기침을 해대며 말했다. 대장이니 만큼 때에 따라 거짓말을 해야 할 수도 있겠지만, 정말이지 윤 할망과는 달리, 유령을 만나 금세 고열을 내며 드러눕는 부류의 인간은 아니었다. 단지, 부하들과 함께 유령이 나타났다! 외치며 소란을 피울 수 없어 그것이 대장의 마음을 답답하게 할 뿐이었다.

유령이 나와도 방법이 없다. 다시 나타나도 이상할 게 없다는 것이 경관들의 의견이었다. 게다가 다시 절로 돌아오지 않았던 만덕이는, 파견대장이 확인한 바에 따르면 이미 사형을 당한 상태였다. 그 얼간이가 이승만 대통령과 대한민국에 대한 반역죄로 어느새 빨갱이 투사가 되어 경찰지서에서 그날 바로 성내의 본서로 이송되었다. 만덕이가 부자로 이름이 난 서울보살이 있는 S오름 절의 공양주임을 알게 된 본서에서는 마침 성내에 와 있던 그녀에게 연락을 취했다. 뇌물을 주고 받는 것을 중요한 일처리의 방법으로 삼고 있는 이 나라 경찰의 예외가 되지 않기 위해서 즉시 만덕이를 흥정의 재료로 삼으려고 한 것이다. 그런데 그녀도 그럴 것이, 사람이 죽는다는 것은 다시 저승에 산다는 것, 윤회의 법 세계는 모두 전생의 인과로 돌고 도는 것이기 때문에 자기가 개인적으로 돈을 낸다고 해서 어떻게 되는 것도 아니다. 게다가 애초에 그런 큰돈이 나에게 있지도 않고, 또한 이승만 대통령님께 반역의 기를 든 공양주는 대한민국에선 틀림없이 살기 어려울 것이오, 하고 말하면서 경찰 본서의 귀신같은 심사계장이 한 모처럼의 제의를 거절했다. 서울보살에게 버림받은 만덕이는 사흘째 되던 날 일찌감치 처형조에 편입되었다. 그러니까 그것을 원망한 만덕이의 유령이 나타나도 어쩔 수 없다, 그것은 당연하다, 하는 것이 경관들의 의견이었다. 게다가 유령은 실제로 만덕이 본인을 닮아 집요했다. 경관들은 모르는 부분이지만 대장의 입장에서 보면 하룻밤 사이에 두 번이나 나타났다. 물론 자정을 넘긴 심야, 유령이 나오기에는 알맞은 시간일 것이다. 그렇다 치더라도 아무리 공양주 만덕이라고는 하나, 불법(佛法)이 지배하는, 유령이라면 꺼리고 피해야 할 절에까지 출현하다니, 여간한 일이 아니다 하고 말하면서 서로 얼굴을 마주 보며 고개를 끄덕였다.

대장은 다음 날 아침, 신작로에 인접한 관할 경찰지서와 성내에 머물고 있는 서울보살에게 만덕 유령의 출현을 전하는 연락원을 보냈다.

서울보살은 젊은 며느리 귀신에 홀린 알동네 윤 할망의 갑작스러운 죽음을 알고 있었기 때문에 잇따라 유령이 나타나는 것, 그것도 S오름 절에 나타났다는 말에 기겁했다. 마치 자라처럼 집요한 얼간이 바보 같은 것이 업보가 깊어 유령의 재앙도 보통으로는 끝나지 않을 것이다. 애초에 그 심사계장의 거래를 거절한 것이 원인이겠지만 그녀는 지난 일을 이제 와서 되돌릴 수는 없다고 생각했다. 게다가 돈만 있으면 이 난세도 어떻게든 헤쳐 나갈 수 있는 법이거늘 무슨 바랄 게 있다고 제 돈을 쓸 필요가 있겠는가. 다만 유령이 나타나는 이상 어떻게든 해야 한다. 게다가 절에 출몰하게 놔두는 것은 그녀의 위신과 신용에 영향을 미친다. 과연 어떤 길을 선택해야 할까. 이게 좋을지 저게 좋을지, 여장부인 그녀라 하지만 고민이 클 수밖에 없었다. 하나는 그 원한을 부드럽게 달래서 지상에서 맴도는 것을 그만두게 하거나, 또 하나는 주문의 힘으로 유령의 숨통을 비틀어 지옥에 떨어뜨려 버린다. 이것인가 저것인가. 그냥 내버려 둘 순 없었다. 하지만 그 원한을 따뜻하게 풀어주기 위해서는 성심성의껏 며칠에 걸친 공양과 자기에 대한 깊은 참회가 필요하다. 거기까지 생각이 미치자 서울보살은 자신도 모르게 소리 내어 웃음을 터뜨렸다.

"정말 그렇군, 도대체 나는 뭘 우물쭈물하고 있지? 음! 남의 살을 깎아먹고 사는 요즘 시대에 그럴 시간이 있다고 생각하는 건가? 정말, 정말 참회라니! 나에게 참회라니! 내 성격에는 맞지 않아!"

이 독백은 그녀의 각오를 재촉했고 그녀는 굳게 결심했다. 곧바로 절에 돌아가 부처님께 제물을 올리고 스스로 저주의 기도를 올리기로 했다.

유령이 되어 절에 나타나기 전까지 만덕이는 성내 본서에서 두 다리만 겨우 끼운 채 엉덩이 댈 자리조차 없는 초만원 감방에서 사흘을 보냈다. 이미 벌써 그때는 저승의 어두운 입구가 들여다보이는 곳까지 온 것이다. 절을 나와서 겪은 그 하루의 사건이 뜻밖의 일로 탁 하는 소리와 함께 만덕이 앞에 떨어졌다. 만덕이는 조금 늦은 감은 있었지만, 이제 이 세상의 끝이 보이는 때가 되고서야 세상의 윤곽이 뚜렷이 보이는 느낌이 들었다. 얼간이라고는 하나 만덕이에게도 눈이 있고 귀가 있다. 사흘째 되던 날 만덕이는 다시 감방의 환기창이 보이는 심사실로 끌려갔다.

네모난 얼굴의 심사계장은 부드러운 태도로, 신원 인수인인 서울보살이 인수를 거절했기 때문에 안타깝지만 너는 연병장행이라고 선고했다. 그리고 너를 포기하는 것은 유감이라고, 자기가 너무나도 분하다는 듯이 덧붙였다. 그가 서울보살과의 거래에 대한 실패를 유감스럽기 짝이 없다고 생각해서는 안 된다. 서울보살을 돈줄로 생각한 것이 잘못이기 때문이다. 그런데 악마 심사계장이라고도 불리는 이 베테랑 살육자의 마음에 다른 동기가, 만덕이를 석방하고 싶은 동기가 피어나고 있었다. 물론 그것은 기특한 자비심에서 나온 것은 아니다.

만덕이는 심사계장의 손가락에서 번쩍이는 두꺼운 금반지를 물끄러미 바라보며 그 선고를 들었다.

"너는 무슨 할 말이 없는가. 왜 가만히 있지?" 자신의 금반지에서 시선을 떼지 않는 만덕이를 향해 심사계장이 말했다.

"…………."

"너는 이제 연병장으로 간다……. 연병장이란 데가 어떤 덴지 알고 있나?"

"알고 있습니다. 사형을 당하는 곳입니다, 연병장은."

"…… 음, 잘 아는군. 그래서…… 너는 오래 살고 싶지 않은가?"

"…… 어째서, 그런 것을 묻습니까?"

"왜냐고? 죽는 게 싫지 않냐고 묻는 것이다."

"그런 거, 관계없습니다……. 아까, 계장님은……." 하고 만덕이는 심사계장의 얼굴을 지그시 보며 말했다. "나에게, 너는 연병장 행이라고 말했습니다."

만덕이는 그렇게 말하고 잠시 후 빙그레 웃었다. 그것은 아무 의미 없는 웃음이었지만, 웃음이 사라진 뒤에는 입을 다물고 질문에 일절 응하지 않았다.

심사계장은 난처했다. 난처했다기보다는 어린 중에게 허를 찔린 형국이었다. 게다가 불목하니가 직업이 아니라 보초를 직업이라며 이상한 주장을 하는 얼간이 같은 어린 중에게 뒤통수를 한대 맞은 모양새였다. 이래서는 살육자로서의 위신이 서지 않는다. 적어도 세상의 관습에 따르면 사형을 선고받은 사람은 죽음에 후들후들 떨며 바닥에 엎드려 목숨을 구걸하고, 끝내 미쳐버려야 마땅하다. 물론 죄수 중에는 용감한 사람도 있다. 침착한 태도로 저승사자와의 대면을 보여주는 것이다. 그들은 유언 대신에 혁명가를 부른다거나 제법 태연히 훌륭한 모습으로 죽음을 맞이한다. 하지만 거기에는 대체로 일종의 비장감이 감돈다. 두려움에 몸을 떨며 바닥에 엎드려 목숨을 구걸하진 않더라도 비장하고 절박한 감정이 조금이라도 엿보이면 갑자기 살육 본능이 솟구치는 것이다. 그 비장감이나 비탄은 살육의 참맛을 촉발한다. 그것은 살육자의 마음에 동정과 조소의 감정을 싹트게 하고 살육을 위한 윤활유

122

를 듬뿍 칠한다.

그러면서도 때로는 이런 말을 하기도 한다. 왜 잠자코 빙긋이 웃으며 죽는 놈은 없는가? 이는 늘 사람들 앞에서 땅땅 큰소리치는 심사계장의 말버릇 중 하나였다. 왜 잠자코 빙긋이 웃으며 죽는 놈은 없는가?

그런데 어떤가. 만덕이가 잠자코 빙긋이 웃으며 죽으려고 한다. 지금까지의 기성복 치수 같은 자들과는 확연히 달랐다. 살육자가 빙그레 웃으며 죽일 수 있는 동기를 제공하지 않는다. 만덕이가 먼저 빙그레 웃었다. 즉, 단두대에서 도끼를 맞는 쪽이 먼저 피식 하고 웃는 것이다. 이런 꼴을 당하다니, 이래서는 사형 그 자체의 존재 의의를 의심받는다. 죽음의 공포와 절대적 권위 확립이 없으면 사형의 존재 근거가 없어지기 때문이다. 그리고 문제의 초점은 처형의 재미가 없어진다는 데 있을 것이다.

평소 큰소리치던 심사계장은 막상 눈앞에 만덕이 같은 놈이 나타나자 그의 무덤덤한 태도에 슬슬 짜증이 나기 시작했다. 극도의 불쾌감을 느꼈던 것이다. 이래서는 처형의 재미를 맛보지 못하는 게 아닌가. 하다못해 조금은 빌며 애원하는 반응이라도 보여줘야 마땅하다. 해서, 심사계장은 까닭도 없이 만덕이에게 호통을 치고 나서 간수에게 명하여 감방으로 데려가도록 한 것도 무리가 아니었다. 이런 놈은 아직 살려두어야 한다. 한번 결정을 내려버리면 두 번 다시 살아나지 않는 것이 생명이다. 다시는 고통을 줄 수 없다. 와하하핫! …… 심사계장은 의자에 앉아 중얼거리고 담배 연기를 날려버릴 만큼 큰 소리로 웃으며 만덕이의 뒷모습을 배웅했다. 그는 이렇게 해서 만덕이를 석방할 동기를 얻었지만 그러나 이미 늦었다. 서울보살과의 거래가 결렬된 이상 자신의 체면을 유지하기 위해서라도 그대로 방치할 수는 없었다.

만덕이는 연병장행을 각오하고 있었지만 서울보살에게 버림받았다는 말을 이해할 수 없었다. 감방 동료들은 서울보살이 만덕이를 보석이라는 명목으로 석방시키는 데 필요한 돈을 내지 않았다고 말했다. 그렇군, 그건 당연한 것 아닌가, 하고 생각했다. 그래서 만덕이는 그 동료들에게 그것은 당연한 일이라고 말했다.

서너 평 넓이의 감방에 수십 명의 사람들이 거대한 덩어리처럼 채워져 있었다. 만덕이가 심사실에서 돌아왔을 때, 감방 안은 이미 꽉 차서 앉을 자리가 없었다. 돌을 빨아들이고는 닫아버리는 수면과 같았다. 감방 문 앞까지 죄수가 넘쳐서 안으로 들어가지 못하는 만덕이의 엉덩이를 두 명의 간수가 발로 밀어 넣어 간신히 문을 닫았다. 이 초만원의 사람들 안에서 병사자, 영양실조자, 처형자가 속속 나온다. 자리를 뺏고 뺏기는 동료들끼리의 꼴사나운 싸움이 벌어진다. 어깨 근처 차가운 감촉에 눈을 떠 고개를 돌리면, 동료가 싸늘히 죽어 있곤 했다. 그 사흘 동안 만덕이는 감방 안에서 절명한 일곱 명의 동료를 위해서, 오 노인의 젊은 며느리에게는 해주지 못한 공양을 올렸다.

천장에 작은 창 하나밖에 없는 감방은 냄새의 도가니였다. 감방의 문을 연 순간 악취가 날을 세우고 덤벼든다. 콧속을 찌르고 머리를 내부에서 두드리며, 금세 위장으로 퍼져 구토를 자아낸다. 마치 그것은 눈에 보이지 않는 짙은 연기에 휩싸인 순간과 같아,

잘못하면 실신해 버린다. 하지만 차차 그 냄새에도 익숙해진다. 그것은 구더기들이 헤엄치는 대소변 통에 거품이 이는 악취와 온갖 종류의 분비물을 내뿜으며 끈적끈적하게 쌓이고 쌓인 죄수들의 찌든 때가 풍기는 냄새다. 죽음에 가까워진 인체가 가스처럼 발산하기 시작하는 송장 썩는 냄새. 빈대, 벼룩, 이 등 온갖 기생충을 눌러 죽인 상처에서 나는 피 냄새. 이런 악취로 반죽된 공기가 진흙처럼 묵직하다. 그야말로 형태로서의 냄새가 눈에 보이고 덩어리진 냄새가 손가락 끝에 묻을 정도다. 이런 감방 안에 모두 다 갇혀 있다. 하지만 이 죄수들 중에서 자기 돈을 써서 나갈 수 있는 자가 몇 명이나 있겠는가. 그것은 한 집안의 재산을 쏟아부어서라도 목숨과 바꿀 수 있는 이들만 가능하다. 대부분은 눈앞에 우뚝 서 있는 죽음에 자신을 맡길 수밖에 없다. 하물며 만덕이 같은 천애의 고아를 누가 상대하랴. 그래서 만덕이도, 누가 제 돈을 써서 자기를 여기서 꺼내줄까 하고 생각했다. 애당초, 그렇게까지 해서 나갈 수 있는 처지가 아니라는 것이 만덕이의 생각이었다. 이러한 연유로 이튿날 해가 뜨기도 전에, 20여 명의 죄수와 함께 트럭에 실려 간 만덕이에게는 서울보살을 원망하는 마음이 없었던 것이다.

　비행장 겸 연병장 한구석의 사형장에서 분명 처형은 집행됐다. 그런데 인간사에서는 우연이라는 것이 느닷없이 얼굴을 들이민다. 처형은 틀림없이 끝났지만 만덕이는 죽지 않았다. 만덕이는 동이 틀 무렵 많은 시체 속에서 부스스 일어났다. 탄환은 트럭의 헤드라이트 불빛을 뚫고 일제히 날아갔을 터인데 만덕이는 살아났다. 총구에서 튀어나온 순간 총알은, 만덕이의 그 기묘하게 뻗은

긴 코와 머리통이 뾰족한 까까머리에 당황했는지 그를 피해서 날
아갔다. 아니, 만덕이가 살려 주었던 이가 동료 무리를 동원해 물
어뜯은 순간, 만덕이는 그 가려움을 참지 못했음이 틀림없다. 만덕
이는 몸을 크게 비틀면서 흔들어댔다. 순간 총알은 빗나가 그의
귀를 스쳤다. 그런데 총알이 완전히 빗나갔는데도 그는 쓰러져 있
었다. 아니, 만덕이는 총성을 들은 그 순간에 이미 죽어 있었다.
20여 명 중 예닐곱 명이 한 조가 되었고 헤드라이트 불빛이 그들을
비추었을 때, 만덕이는 눈도 뜨지 못하는 빛의 홍수 속에서 체념하
고 있었다. 으음, 나는 곧 죽겠구나, 결국 죽는다는 건 예정됐고
죽지 않으면 안 되는구나, 하는 그런 생각으로 죽음의 순간을 기다
렸다. 말하자면 총이라는 것에 탕! 하고 맞으면 의리로라도 죽지
않으면 안 된다고 생각했다. 그리하여 쓰러졌고, 죽은 사람이 되어
있었을 때 까마귀 무리가 만덕이의 눈을 뜨게 하기 위해 찾아온
것이다.

　물속에서 불투명한 수면을 들여다보는 심정으로 눈을 떴을 때
그의 발은 무엇인가에 끼여서 움직이지 않았다. 두꺼운 수면의 맞
은편에서는 아기가 계속 울고 있고 바위틈에 끼어 발목을 끌어당
기는 느낌이 예사롭지 않다. 상반신을 일으킨 만덕이는 하체를 움
직여 발을 쑥 빼냈다. 순간, 다리를 짓누르고 있던 것이 하나 떨어
졌는데, 보아하니 그것은 자신의 발목에 머리를 베고 쓰러진 시체
였다. 시신을 만진 오싹함이 만덕이의 손끝에서 등골까지 전해졌
다. 만덕이는 그때 이미 시체의 확인보다 덤벼드는 까마귀의 부리
와 손톱을 막아내는 데 힘을 빼앗기고 있었다.

까마귀들은 탁한 목소리로 갓난아기가 울 듯 악을 쓰며 사방에서 협공해 왔다. 만덕이는 날개를 퍼덕이며 머리와 어깨에 유유히 내려앉으려는 까마귀를 향해 양손을 크게 흔들며 내쫓았다. 끈질긴 까마귀에게 참다못해 화를 낸 만덕이는 손목에 성가시게 매달리는 그 녀석을 붙잡아 땅바닥에 때려눕혔다. 만덕이를 온전히 산 사람으로 인정한 까마귀가 사라진 뒤, 그는 주위 시신들 위에 시커멓게 무리 지어 있는 다른 까마귀 떼를 발견했다. 만덕이는 시체보다도 그 위에서 떼를 지어 가만히 자기를 에워싸고 있는 까마귀들이 더욱 섬뜩했다. 그 섬뜩함이 그에게 제정신을 되찾게 했다. 게다가 까마귀들은 가만히 있는 것 같아도 그렇지 않았다. 그중에는 위치를 바꾸지 않고 그 자리에서 끊임없이 움직이는 녀석이 있었다. 날개를 접은 채 흡사 권투선수처럼 반동을 주면서 시체 위를 뛰어다닌다. 사람을 놀리고 있는 것인지도 몰랐다. 만덕이는 되도록 까마귀가 날아오르지 않게 주의하며 땅에 납작 엎드린 채 기어서 그곳을 빠져나왔다.

만덕이는 까마귀 무리에서 멀어진 후 자신이 정말 기적적으로 목숨을 구했다는 것을 깨달았다. 귓바퀴가 떨어져 나간 상처를 발견했지만 따스하게 솟아오르는 묵직한 그 무엇인가를 느낄 수 있었다. 기억 저편으로 거슬러 올라간 그는 이윽고 그 두 손을 움직이며 윗도리의 왼쪽 안주머니 주위를 눌러보았다. 무언가가 있어야 한다. 아아, 있다! 분명히 있다! 분명히 있었다. 반달 모양의 단단한 빗이 들어 있다는 것을 감촉으로 알 수 있었다. 그는 사형 직전까지 지그시 그것을 왼손으로 누르고 있던 것이 생각났다. 그는 조심스레 그것을 꺼냈다. 흙으로 더러워진 손바닥 위에서 검게 윤이 나는 빗을 응시한다. 그리고 코끝으로 그것을 가지고 가, 콧속 깊이 그 냄새를 들이마신다. 숨을 내뱉고 다시 한번 깊이 들이마신다. 만덕이는 눈을 뜨고 처음으로 빙긋이 웃으며 일어섰다. 일어선 그는 가야 한다고 생각했다. 여기는 멍하니 있으면 안 될 곳이라고, 만덕이의 마음은 생각한다. 그러면 어디로 가면 좋을까⋯⋯. 만덕이는 잠시 우두커니 서 있었다. 그의 손은 다시 부적이라 할 수 있는 빗으로 향했고 곧바로 그 냄새를 맡았다. 으음, 그렇구나, 이 냄새를 따라가면 되겠군. 만덕이는 빗이 이끄는 대로 가기로 결심했다.

인적 없이 짙은 안개에 싸인 사형장을 가로질러 신작로를 건넌 만덕이는 인가가 없는 산기슭 쪽의 길을 찾았다. 절을 향해 빗이 이끄는 방향으로 가는 것이다. 아니, 애초에 그가 갈 곳은 절밖에 없었다. 절에 대한 일종의 귀소본능을 지닌 그에게는 지극히 당연한 일이라고 할 수 있다. 그러나 그 절로 가는 길목과 아침을 깨우는 맑은 공기가 만덕이에게 매우 낯설게 느껴진다. 한라산은 안개인지 구름인지 모를 두터운 가림막 저편에 숨어 그 모습을 볼 수 없었다. 낯선 땅의 낯선 길을 더듬으며 가고 있다는 생각에, 이미 이 세상에 자기 얼굴을 아는 사람은 없는 게 아닌가 하는 느낌마저 들었다. 물론 사람의 눈을 피해 가기 위해서는 처음 가는 낯선 길을 찾아 걷지 않으면 안 된다. 그러나 낯선 길이라고는 하지만, 그 길들은 모두 이 땅의 품에 안겨서 생명을 증명하는 혈관과 같은 것이다. 그런데 지금 돌멩이로 울퉁불퉁한 이 길이 만덕이를 향해

128

서, 너는 면식이 없는 사람이다, 여기는 네가 모르는 길이다, 너의 낯선 길이다, 라고 외쳤다.

그는 더 이상 살아있는 사람으로서 이 땅을 서성거려서는 안 되는 존재이다. 설령 생명의 불꽃이 몸 안에 다시 타오르기 시작한다고 해도 그것은 저승의 인간으로서의 빛밖에 비추지 못할 것이다. 애초에 호적도 없고 다른 사람의 관심을 끄는 사람이 아니지만, 공양주 만덕이의 생애는 이제 사람들 앞에서 완전히 사라졌다고 해야 할 것이다.

거의 두 시간을 걸어 절이 있는 S오름 골짜기에 다다른 그는, 그곳에서 마침내 자신이 무시무시한 상황을 뚫고 살아난 사람이라는 것을 깨달았다. 상쾌한 소리로 가득한 계곡에서 갈증을 풀고 귀의 상처를 씻은 만덕이는 숲속에서 밤이 오기를 기다렸다. 이제 추호도 경관을 믿지 않는 그는 모두 잠든 깊은 밤을 기다렸다.

깊고 깊은 밤, 만덕이는 어둠 속에서 절을 향해 경건한 마음으로 배례했다. 그리고 문짝이 없는 절의 문을 통해 내부를 살피고 곧장 본당으로 향했다. 마음속으로 염불을 계속 외면서 어두운 본당으로 들어가 불단의 염주를 손으로 더듬어 잡았다. 공양을 올리기 위해 들고 나왔던 염주는 경찰지서에서 뺏기면서 바닥에 내동댕이쳐져, 갈색 구슬이 사방으로 튕겨 나갔는데 줍도록 허락하지 않았다. 발꿈치로 엉덩이를 받치고 가만히 앉아 무언의 배례를 마친 만덕이는 스님의 방으로 향했다. 빗 냄새에 이끌려 다시 그녀를 찾아 나선 것이다. 방 앞에 멈춰서 다시 한번 빗을 꺼내 냄새를 맡았다. 만덕이는 마치 되살아난 듯한 어머니를 향한 마음을 그

목소리에 담아 낮게, 서울보살님, 서울보살님 하고 불렀다. 이상하
게도 대답이 없다. 아니, 이상할 것도 없었고 그저 들리지 않는
것이다. 그 증거로 코가 막힌 울림과 함께 내뿜는 코 고는 소리가
난다. 평소 서울보살의 코골이는 여자치고 꽤 굵은 편인데, 그렇다
하더라도 오늘은 그 기세가 지나치다. 그래도 만덕이는 미닫이문
을 살며시 열고 들어가 어둠 속에서 이불에 손을 대고, 서울보살
님, 서울보살님 하고, 이불을 위아래로 흔들어 깨웠다.

　깜짝 놀라 기겁하며 이불을 내던지고 벌떡 일어난 사람이 설마
대장일 줄이야. 잽싸게 밝힌 대장의 손전등 불빛 속에 한쪽 귀가
피로 물든 만덕이의 빙긋 웃는 얼굴이 쑥 들어왔을 때 후들후들
불빛이 떨리며 유, 유, 유령, 유령! 하고 대장의 혀끝이 꼬이면서
목구멍이 막히는 고함소리가 났다. 만덕이는 대장을 알아보고, 안
녕하세요, 인사했지만 그 대장 못지않게 놀랐다. 그와 동시에 만덕
이는 대장이 자기 인사를 듣고 혼이 나간 듯 정신을 못 차리고
있는 것도 알 수 있었다. 어제까지의 만덕이었다면 아마도 나는
유령이 아니에요, 하면서 온순하게 변명을 했을 것이다. 하지만
지금은 그냥, 흐흐훗 하고 낮은 목소리로 웃을 뿐이었다. 웃으면서
정말로 유령님이 됐구나 하고 가까스로 자신을 자제했다.

　얼마 지나지 않아 배가 고픈 나머지 부엌에 들어간 만덕이가
나중에 만덕이처럼 배가 고파 부엌에 들어온 경관과 마주쳐 한바
탕 소동을 일으킨 것이다. 부엌에서 나온 만덕이는 본당의 불단
아래로 몸을 숨겼다. 불단에서 늘어뜨린 붉은 천이 앞을 가리고
있어서 낮에도 숨어 있기 좋은 곳이다. 자, 잠자리도 정해졌는데

이제 어떻게 해야 하는가. 이제 와서 인간 세상에 들어가서 밥을 먹고 일을 할 수는 없다. 염불도 평소처럼 심원한 리듬에 태워 욀 수 없다. 사람이 보고 싶어도, 밤마다 유령이 되어 나타나는 자신 앞에서 공포로 질려가는 얼굴의 사람밖에 볼 수 없다. 유쾌하다면 유쾌하기도 하지만, 그런 유쾌함은 우리 만덕이의 성미에 맞지 않는다. 게다가 그것은 참으로 답답한 유쾌함이다. 스스로 자신을 죽은 사람으로 인정하게 되는 꼴이다. 그렇다 해도 다시 경찰에게 붙잡혀 다시 처형당하기는 싫었다. 그럼, 어떻게 해야 하는가. 만덕이는 생각한다. 깊은 골짜기에 있는 관음사는 몽땅 불타버렸다. 자비로운 선대의 노스님도 이미 왕생하시고 안 계신다. 비록 목숨은 건졌지만 서울보살 앞에 서면 자기는 벌레 같은 인간일 뿐이다. 음, 자신에게는 원래부터 아무도 없지, 하고 처음으로 조금 쓸쓸하다는 생각이 들었다. 결국 천애 고아의 '개똥'은 마침내 낮에는 산송장으로, 밤에는 황폐한 절을 방황하는 인색한 잡귀 부류의 유령이 될 수밖에 없었다.

만덕이는 불단 아래의 칠흑같이 어두운 바닥에 몸을 눕혔다. 그의 영혼은 어렴풋이 떠오르는 여러 생각들의 조각을 타고 떠돌았다. 그것은 마치 그가 저승 위에서 지상의 생활을 저승으로 여기고 있는 것 같았다. 그전까지는 두터운 안개가 벽을 치고 있고 그 너머는 맑게 개어 있었는데 거기에 온갖 추억의 원형이 떼 지어 놀고 있는 식이었다. 그리고 그 원형의 중심에는 깊은 골짜기의 관음사가 딱 버티고 앉아 부처님의 배광(背光)처럼 빛나고 있었다.

사고(思考)를 포함한 그의 존재 일체는 한라산 관음사를 중심으

로 그 둘레를 빙빙 돈다. 그것은 어렸을 때 보았던 주마등 그림이
되어 돌고 빨치산의 모습도 거기에 나타난다. 이들은 인근 동굴을
근거지로 삼는 소부대로 관음사에 자주 놀러 왔다. 중학생이었다
고 하는 어린 소년이 있었는데, 그의 눈은 차가운 물살이 발하는
빛 못지않게 언제나 맑고 생생한 빛을 발했다. 그 소년은 볼을 붉
히며 둘로 갈라진 나라의 통일을 위해서는 외국 군대를 쫓아내야
한다고 침을 튀기며 말했다. 산부대는 친절하고 상냥하다고 생각
했다. 그들은 만덕이를 사람답게 대했다. 그들은 '바보'나 '얼간이'
같은 말을 입에 담지 않았다. 어느 날, 산부대의 소대장 청년이
만덕이의 온몸에 퍼져 기계충처럼 된 종기를 발견했다. 며칠 후
까무잡잡한 피부의 그는, 어이구, 만덕이, 잘 들을 거야, 이 약은!
하고 한 손을 높이 들면서 큰 입을 더욱 크게 벌리고 웃으며 다가
왔다. 그리고는 바로 만덕이에게, 웃통 벗어 보게! 하고 농담조로
명령한다. 그는 만덕이가 등을 까보이자 손끝으로 하얀 연약을 떠
서 이도 충분히 몸을 감출 수 있는 물고기 비늘처럼 곤두서 꺼칠꺼
칠한 만덕이의 그 지저분한 피부 사이를 문지른다. 아픈가? 안 아
프지? 참게, 참아. 누런 점액이 배어 나와 피와 섞여서 손끝의 하얀
약이 변색되는데도 불구하고 그 손끝으로 어깨, 등, 겨드랑이 밑에
이르기까지 계속 발라 주었다. 대자대비를 설파하는 스님은 딱지
가 떨어진다고 해서 만덕이를 방에도 들이지 않았지만.

　만덕이는 다시 몸을 일으켜 가부좌를 틀고 앉았다. 등을 곧추세
우면 뾰족한 머리 때문에 불단이 밀려 금세 뒤집힐 것이다. 그는
눈을 뜨든 감든 어둡고 어두운 그 칠흑 속에서 지그시 눈을 감았

다. 이때 문득, 산부대들은 귀적에 등록된 유령과 다름없지 않을까
하는 생각이 뇌리를 스쳤다. 눈을 뜬다. 이 나라에서 그들은 분명
대낮에 거리를 걸을 수 없다. 그것은 바로 지금 어둠 속의 자신과
마찬가지로 저승의 인간에 속하는 것이다. 하면, 이 나라에서 유령
이 아닌 사람은 도대체 누구인가? 먼저 이승만 대통령이나 그 주
변 관청의 사람들, 미국 병사들이 있다. 그리고 갓 씻은 감자 같은
얼굴의 지서장과 콧수염 대장처럼 도둑 같은 놈들도 있다. 그렇다
면 도둑이 아닌 자나 미국의 병사가 아닌 자, 이승만 대통령이나
관리가 아닌 자는 유령과 마찬가지라는 말인가. 만덕이에게 이런
생각은 아주 중대한 발견이었다. 그는 묘한 부분에서 빨치산들의
처지와 자신의 상황이 겹치는 것을 확인했다. 으음, 그렇다면 산부
대 사람들은 유령일지도 모르겠군……. 혹 하고 뜨끈한 그 무엇인
가가 가슴 속에서 밀어젖히고 나오면서 그것이 동료의식 같은 것
으로 굳어져 간다. 그것은 시간이 지남에 따라 점점 커져가고, 부
풀어 오르는 만큼 확고해져 가고 있음을 느꼈다.

9.

서둘러 절에 돌아온 서울보살은 즉시 파견경관대 대장을 별실로
불렀다. 지프로 그녀를 태우고 온 경찰지서의 콧수염 대장도 참관
시켜, 어젯밤 만덕 유령이 나타난 상황을 자세히 묻기 시작했다.
안녕하세요, 하고 인사를 할 정도라면 유령이 되어서도 여전히

얼간이라고 판단한 그녀는 굳이 쫓아가서 나락까지 떨어뜨릴 필요는 없다고 했다. 섣불리 정을 주는 것이 아니다. 그것이 이 난세의 법칙이다. 가엾지만 어쩔 수 없다. 그리고 상대를 지옥에 밀어 떨어뜨리기 위해 "나무아미타불!" 하고 읊조린다. 이것이 난세에 대처하는 그녀의 방식이다. 서울보살은 기도의식을 공양이 아니라 주문을 외는 형식으로 하기로 하고 그것을 두 대장에게 전달했다. 일단 결심이 서면 가만히 있지 못하는 기질의 그녀는 스스로 밥을 짓고 가져온 과일 등을 씻어 불단에 올릴 준비를 했다.

땅거미가 지고 밤공기가 본당 마루에 올라올 무렵 기도가 시작되었다. 기도가 진행됨에 따라 서울보살의 가는 눈과 갸름한 얼굴은 요염한 귀면(鬼面)의 형상을 선명하게 드러내기 시작했다. 만덕이에게 대나무 매질을 할 때 나타나는 푸른빛을 발하는 눈, 얼굴 위에서 촛불의 그림자가 춤을 춘다. 불단 앞에 앉은 서울보살 뒤에는 콧수염을 깎은 대장과 파견대의 대장을 포함해 다섯 명의 경관이 탈모하고 정좌한 채 의식에 참가하고 있었다. 기도는 마귀를 쫓는 주문으로 일관되었다. 만덕 유령에 대해 사람을 현혹시키는 요괴라고 단정하고 이 절에서 영원히 추방한다는 것이었다. 더욱이 젊은 며느리의 유령에 대해서도 만덕이와 함께 주문의 불로 태워버리는 방식을 택했다. 콧수염을 깎은 대장은 조용히 공양을 올렸으면 했지만 서울보살은 받아들이지 않았다.

여자치고는 굵직한 서울보살의 염불 소리가 본당을 압도하고 있었다. 염주를 격렬하게 세어 넘기며 완급을 조절하는 염불에 경찰들은 얌전히 고개를 떨궜다. "무상심심미묘법, 백천만겁난조우,

아금견문득수지, 원해여래진실의……." 하고 경전과 주문이 뒤섞인 짬뽕 기도를 계속했다. "혁혁양양, 일출동방, 오칙차부, 보탱불상, 구토삼매지화…… 강복요괴, 화위길상, 급급여율령……." 뭔가에 홀린 듯 경직된 표정의 서울보살은 허리를 반듯하게 세우고 크게 벌린 새빨간 입의 위아래 이를 탁탁 소리 내어 세 번 쳤다. 그리고 동쪽을 향해 자세를 바꾸고는 입에 머금은 물을 '푸우' 하고 세차게 내뿜었다. 다음에는 가는 모필로 주사(朱砂)라고 하는 연단을 갈아 주홍색으로 기괴한 모양의 주부(呪符)를 썼다. 절은 마치 기도를 하는 사람들을 포함해 잡귀들의 집합 장소가 된 느낌이었다.

불단 아래 울타리 속에서 만덕이는 가만히 귀를 기울이고 본당의 모습을 살피고 있었다. 어둠 속에서 차츰 눈을 휘둥그레 뜨고 보이지도 않는 장막 바깥을 노려보았다. 만덕이는 곧 가슴이 답답해졌고 움집이나 마찬가지인 불단 아래 공간은 그가 내뱉는 노여움이 서렸다. 만덕이는 그제야 자신의 마음이 분노에 치를 떨고 있다는 것을 알게 되었다. 그는 이제 세상에는 이런 일도 있구나, 하고 체념할 수 없었다. 이런 어처구니없는 일이 어디 있는가! 하고 생각하게 되었다. 죄도 없는 아름다운 젊은 며느리의 영혼에 저주를 내리다니, 세상에 이런 일이 있을 수 있나 생각한다. 감나무가 보이는 마당 툇마루에서 곁에 앉은 자기에게 한때의 따뜻한 행복을 느끼게 해준 그녀와 저주의 기도는 무슨 관계가 있단 말인가. 적반하장이란 말은 이럴 때 쓰는 것이구나. 만덕이는 살아있는 자기는 그렇다 치더라도 젊은 며느리의 영혼에 대한 처사에 화가 치밀어 올랐다.

좁은 우리 안의 곰처럼 분노에 떨고 있을 뿐인, 자유롭지 못한 몸을 주체할 수 없어 바득바득 이를 갈며 고개를 든다. 덜컥하고 불단 천장에 머리끝이 부딪친 순간 철렁한 마음을 쓸어내리며 목을 움츠렸다. 만덕이는 지금이라도 밖으로 뛰쳐나가고 싶었다. 본당으로 뛰쳐나가 경관들과 서울보살에게 분노를 폭발시키고 싶었다. 견디기 힘든 그 충동을 억누른 만덕이는, 어젯밤 빗 냄새에 이끌려 서울보살에게 살아 돌아왔다는 인사를 하러 갔던 자신을 후회했다. 만약 그때, 그녀가 방에 있었다면, 지금쯤 나는 어떻게 되었을까 하는 생각마저 들었다. 그러자 아득히 저 멀리, 까마귀 무리에 덮인 형장의 황폐해진 들판이 보이기 시작한다. 아아, 그곳에 서울보살이 서 있다. 서울보살이 파견경관대의 경관들과 대장에게 둘러싸여 총을 들고 서 있다. 그들은 지금 불단 밑 장막 안에 앉아 있는 자신을 물끄러미 응시하고 있다. 자신을 기다리고 있음에 틀림이 없다.

만덕이는 주르륵 눈물이 났다. 설마? 하고 생각했다. 설마? 그러나 역시, 서울보살이 살아 돌아온 자신을 경찰에 넘길 것이라고 인정하게 되자 갑자기 슬퍼졌다. 여태껏 품어본 적이 없는 서울보살에 대한 섭섭한 감정이 눈물이 되어 흘러나왔다. 그는 지금 어두운 장막 한 장의 건너편에서 이쪽을 향해 자기를 저주하고 있는 도깨비의 형상을 한 그녀의 얼굴이 또렷이 보인다. 장막에서 얼굴을 조금이라도 내밀면, 거기에는 무수한 단두대 장치가 있어서 퍽 하고 그 위로 도끼가 낙하해 올 것이다. 아니, 그것은 단두대가 아니다. 퍼런빛을 발하는 서울보살의 무수한 눈알에서 손이 돋아나 그것이 와락 덤벼든다. 만덕이는 장막을 뚫고 빛나는 그녀의 눈이 두려워졌고, 무의식적으로 불단 아래 어둠 속을 무릎으로 걸어가 뒷벽에 등을 바짝 붙였다.

이 순간 만덕이의 마음은 분명 서울보살을 원망하고 있었다. 하지만 그럼에도 불구하고 만에 하나 서울보살이 만덕이, 만덕아, 공양주야! 하고 부르면 어떻게 될까. 그 목소리가 지금이라도 자신의 상처 입은 귀에 닿으면 어떻게 될까? 만덕이는 어쩔 수 없이 쑥 일어서서 불단을 무너뜨리는 것은 아닐까. 네, 대답하고 불쑥 본당으로 고개를 내미는 것은 아닐까. 그는 서울보살을 몇 년 동안 만나지 못했을 때, 먼 여행에서 돌아오지 않았을 때, 그리움에 사무쳐 몸을 떨었었다. 그녀가 자기를 벌레 같은 놈이라고 해도 좋고 채찍을 휘둘러도 좋다고 생각했다. 단지, 만덕이, 만덕아! 하고 어머니처럼 자기를 부르는 목소리를 원했다. 그 목소리의 울림에는 다른 사람의 상상을 초월하는 끌림이 있어 마침내 주인의 부름을 받은 개처럼 기어나갈지도 모른다. 하지만 다행스럽게도 서울보살은 마지막까지 만덕아! 하고 부르지 않았을 뿐이다. 그것으로 족하다. 그래서 만덕이는 '능지처참', 이 나라에 예로부터 전해지는 처형 중의 하나로 사지, 몸통, 목을 토막 내는 극형을 면할 수 있었던 것이다.

"알동네가 불타고 있다!"

갑작스러운 고함소리였다. 본당 입구 근처에서 나는 소리였다. 알동네에 불이 났다! 누군가 다시 외쳤다. 놀란 만덕이는 잠시 밖을 내다보았지만, 아이고, 봐라, 용케 잘도 타오르는구나! 하고 거듭 외치는 소리에 정신을 차렸다. 바깥에서는 장막 앞의 서울보살만을 제외하고 모두 일어서 있었다. 그녀는 홀로 가차 없는 목소리로 집요하게 주문을 계속 외운다.

두터운 부동의 장막에 가로막힌 만덕이에게도 젊은 며느리가 목을 매단 감나무가 있는 앝동네를 휩쓸고 가는 무시무시한 불길이 보였다. 마침내 지옥불이 찾아왔다. 같은 인간이 사는 지상에서 관청이 업화를 가지고 온 것이었다. 예측하고 있던 불이었지만, 예측하고 있었던 만큼, 슬픔과 분노가 몸 깊숙한 곳에서 솟아오른다. 밤하늘 높이 춤추는 광염이 꼭대기에서, 그래 봐라! 내가 말한 대로다! 결국 마을이 불타버렸구나, 우리 집이 불탔다! 라며 이 노인이 부르짖었다. 만덕이는 이마를 바닥에 대고 무릎을 꿇었다. 그 머리를 양손으로 덮고, 그것은 바로 서울보살에게 맞을 때의 자세인데, 흉포해 가는 몸의 힘을 꾹 억눌렀다. 만덕이는 바닥에 댄 이마를 쿵, 쿵 내리쳤는데 그 울림이 마룻바닥을 타고 서울보살의 몸에 전해질 듯했다.

이윽고 불꽃 꼭대기에서 내려온 이 노인의 목소리는 조용했지만 선명하게 귓가에 되살아나 중얼거렸다. 이 절도 말이야, 마을이 타고 나면 이런 절의 보초막과 경관 파견소 같은 게 필요하다고 생각하는가, 만덕이? 이 절도 말이네, 결국은 불에 타버리네. 그리고 이 일대는 무인 지대가 되는 게지.

만덕이는 그날 밤, 무거운 짐을 지고 높고 가파른 고개를 넘는 듯한 고통 속에서 괴로워했다. 불목하니인 그 스스로 절을 부정할 수밖에 없었기 때문이다. 물론 경관 파견소이지 절은 아니라고 하는 관청의 말을 만덕이 자신이 인정하는 바다. 스님도 가까이 가지 않는 폐사나 다름없는 곳이니, 누가 여기를 절이라 할 것인가. 하지만 법당에 불상이 안치되어 있는 한, 절이라고 하지 않으면 안 된다. 의심할 여지없는 절인 것이다. 그 절에서 죄 없는 가련한 젊은 며느리의 혼을 만덕이와 똑같이 요괴로 취급하며 저주를 내리는 의식이 거행되었다. 만덕이로서는 생각하지도 못했던 기도 방식이 그에게 큰 충격을 안겼다.

만덕이는 불단 아래서 분노의 힘으로 그 충격을 참았다. 동시에 무릎을 감싸고 웅크리고 있자니 신기하게도 자기가 자기의 주인이라는 기분이 들었다. 그는 어두컴컴한 본당으로 고개를 내밀고 손을 뻗어 불단의 제물로 올린 과일을 집어 들고는 독립선언을, 절과 서울보살로부터의 독립을 생각했다.

만덕이는 이윽고 이마의 땀을 닦으며 그 움막을 기어 나왔다. 더워서가 아니다. 텅 빈 본당은 이른 봄이라고 하지만 아직 싸늘한 냉기가 살갗을 파고들어 소름을 돋게 할 정도였다. 그는 더 이상 그 움막에 몸을 가만히 웅크리고 있을 수 없는 어떤 생각에 사로잡혔다. 그것이 어느새 머리에 각인되어 떨어지지 않았고 줄곧 이마에 식은땀이 흘렀다. 게다가 그 생각은 처음부터 어디에선가 대못이 날아와 머리의 말랑한 내부에 내리꽂힌 것처럼 강력하고 힘차게 떠올랐다.

만덕이는 절을 태워버려야겠다고 생각했다.

움막에서 기어 나온 그는 촛불이 꺼진 어두운 본당 입구에서 희미한 달빛에 물든 경내를 오른쪽으로 돌아 본당 뒷산으로 올라갔다.

소나무로 뒤덮여 길이 없는 산을 오르면 돌로 된 성채가 있는 보초막으로 이어진다. 만덕이는 중턱에서 밤이슬에 젖은 소나무 뿌리에 주저앉아 경사면에 가려진 절까지 날려버릴 듯한 기세로 큰 숨을 내쉬며 탄식했다. 소나무 숲을 시끄럽게 지나가는 차가운 바람이 만덕이가 내뱉는 깊은 한숨을 다시 채간다. 아득히 어두운 바다처럼 드넓은 밤에 등불 하나 찾을 수 없다. 알동네도 이제 전소했을 것이다. 불길의 그림자가 사라진 하늘에 깨끗한 반달이 떠 있다. 만덕이는 서리처럼 부옇게 보이는 밤공기를 맞으며 몇 번이고 심호흡을, 아니 몹시 깊은 탄식을 내쉬어야만 했다. 만덕이는 생각한다. 자기가 절을 태우지 않아도 관청이 절을 태워버린다! 그래, 저 깊은 골짜기 관음사를 태운 관청의 손길이 이 절을 태운다. 저 알동네를 태운 관청의 그 손이 이 절을 태우는 것이다. 그는 소나무에 기대어 몸서리를 쳤다. 부들부들 떨리는 주먹을 번쩍 치켜들고 몸을 돌려 힘껏 소나무를 내리쳤다. 얼얼한 주먹의 통증이 상쾌하다. 어째서 관청은 태우고 싶을 때 손에 닥치는 대로 다 태우고, 죽이고 싶을 때 멋대로 사람을 죽여 버리는 것인가. 마치 사람이 이를 잡는 것과 같지 않은가. 관청에게 마을 사람들은 이 같은 존재인 것인가? 원래부터 벌레 같은 인간이니까, 그렇기 때문에 같은 이인 것인가. 도대체 이제부터 어떻게 하면 좋은가? 어디로 가면 좋은가?

그는 갈 곳이 없었다. 지금의 처지도 저승의 인간과 다를 바

없었지만, 절이 타버리면 이제 몸을 숨기는 불단 밑 움막도, 한밤중에 허기를 달랠 부엌도 사라지고 만다. 그러나 그보다 만덕이의 마음 속 깊은 곳에서 이미 분노를 느꼈고, 그것은 지금 점점 부풀어 오르고 있었다. 오 노인의 아름다운 젊은 며느리에 대한 저주에 이은 알동네 방화가 그의 분노에 더욱 불을 지폈다. 만덕이는 관청에게, 그 더러운 손에게만은 절대 절을 양보하지 않겠다고 다짐했다. 설령 자기가 절을 태우고 그 죄로 지옥에 거꾸로 곤두박질치더라도 다시 관청 놈들 손에 어찌 절을 맡길 수 있겠는가.

만덕이는 새삼스레 역시 나는 사람들 말대로 얼간이로구나, 생각했다. 자기가 사는 세상이 이렇게까지 되어 버린 것을 몰랐던 것이 얼간이라는 증거가 아닌가. 자기 얼굴에 달라붙은 똥 덩어리를 모르는 것과 뭐가 다르다고 할 수 있겠는가? 그는 무심코 자기 뺨을 만지면서 빙긋이 혼자 웃었다. 어릴 적 관음사에 왔던 신자의 아이에게 얼굴에 똥칠을 당한 적이 있었는데 그 흔적이 지금에까지 남아있을 리가 없다. 그렇다. 갓 씻은 감자 같은 얼굴의 지서장은, 똥만도 못하고 도움도 되지 않는 유해무익한 빨갱이를 세상에서 없애버리기 위해서는 무슨 짓을 해도 상관없다고 말했다. 지금쯤 푹 자고 있을 경관 파견대의 노름을 좋아하는 대장도 자주 그런 류의 이야기를 했다. 경관들은 경내 잔디밭에 앉아 사람을 죽일 때, 사람이 죽을 때의 모습에 대해 자세히 큰 소리로 떠들어댔다. 자신이 그 앞을 지나가면, 잠깐 오라고 불러놓고는 그 반열에 합류시켰다. 여자를 사살할 때는 여러 명을 한꺼번에 옷을 벗겨 나무에 묶는다. 그 가랑이 사이로 경관들이 손에 쥔 총부리가 깊숙이 꽂힌다. 이봐, 공양주, 너도 알 건 알 나이지? 이런 찐한 얘길 들려줘도 거기가 괜찮은가? 음, 좀 보여주게나. 경관들은 껄껄 웃으면서…… 아아, 손으로 만덕이의 가랑이 사이를 확인하려 했다. 어째서 그때, 그 장소에서 일어섰을 때 이히히히 하고 괴상하게 웃었을까? 이히히힛, 이히히힛…… 만덕이는 그때의 경관들이 만드는 분위기에서, 어쩐지 그 웃음소리가 괴상하고 야릇하게 떠올랐다. 여자를 총살할 때 경관들의 동작과 자신의 괴상한 웃음소리가 지금은 용서할 수 없는 형태로 선명하게 눈에 비치고 귀에 들렸고 순식간에 자신에 대한 분노로 변해갔다. 아아, 그 손이, 자기 가랑이 사이를 만지작거리려고 하고, 나무에 묶인 여자들의 알몸을……. 만덕이는 자기도 모르게 두 손으로 얼굴을 가렸다.

얼굴을 가린들 어두운 밤공기에 떠오르는 그 모습이 사라지는 것도 아니지만, 만덕이는 여자들의 알몸을 상상하는 것이 두려워 두 손으로 꾹 얼굴을 가리고 또 눈을 굳게 감았다. 아아, 그 손이, 지저분한 그 손들이 모여 생긴 더 큰 관청의 손이 저 알동네를 태워버리고 머지않아 이 S오름의 절도 태우려고 한다…….

만덕이는 엉겁결에 일어섰다.

"아아, 스님!" 만덕이는 소나무의 거친 살갗을 양팔로 감싸 안고 어두운 하늘을 올려다보며 길고 흰 수염을 늘어뜨린 선대의 자비로운 스님을 불렀다. "만덕이는 외톨이입니다……. 스님이 안 계셔 저는 외롭습니다. 저는 외톨이예요…… 스님, 알려주세요. 저는 어떻게 하면 좋을까요? …… 저는, 절을 태우겠습니다. 절을 태워버리겠습니다. 공양주가 절을 태운다고요. 공양주가…… 하지만, 알동네 사람들은 불에 타도 되는 이가 아니에요. 죄 없는 선한 사람들입니다. 이는, 관리들이, 사람의 피를 잔뜩 빨아 마시고 기뻐하는 관리들이 이라구요. 스님, 저는 말이에요, 이들을 불에 태우고 싶어요. 이놈들을 불구덩이에 내던지고 싶어요. 스님, 부디 제게 힘을 주세요. 만덕이에게 힘을 주세요."

잠시 후, 소나무 숲의 위쪽 하늘에서 스님의 목소리가 내려와 만덕이의 귓가에 들러붙어 천천히 "부처님은 네 마음 안에 있단다." 하고 속삭인다. "스님은 부처님과 함께 네 마음 안에 있단다." 하고 말한다. 그 신비로운 밤의 목소리는 계시적인 울림을 만들며 만덕이의 귓속에 들어온다. 부처님은 네 마음 안에 있단다, 부처님은 네 마음 안에 있단다. 스님은 네 마음 안에 있단다. 부처님은, 부처님은, 부처님은……. 스님은, 스님은, 스님은……, 네 마음, 마음, 마음…… 만덕이는 퍼뜩 눈을 떴다. 그는 어느새 소나무를 껴안은 채 깊은 상념에 빠져 있었다.

마침내 각오를 다진 만덕이는 늘어진 가지와 땅에 뻗어있는 나무뿌리에 걸려 넘어지면서 오름 정상까지 올라갔다. 인기척에 놀라 날아오르는 밤새가 나뭇가지에 부딪히는 맹목적인 날갯짓에도 아랑곳하지 않고 정상을 향해 갔다. 그곳에서는 나무에 가로막혀 절도 보이지 않고 반대편의 보초막이 있는 성채도 내려다볼 수 없었다. 만덕이는 S오름 정상에서 어두운 하늘을 우러러보며 깊디깊은 숨을 들이마시고 천천히 오름을 내려왔다.

본당에 돌아온 그는 우선 불단에 올린 제물을 모조리 먹어 치웠다. 어둠 속에서 목구멍을 지나 위 밑바닥으로 떨어진 과일과 산나

물, 쌀밥으로 뱃가죽이 부풀어 오르고 온몸에 새로운 힘이 퍼져가는 것을 느낀다. 그런데 제물 쟁반을 비우자, 문득 만덕이는 자기가 중요한 것을 잊고 있었다는 것을 깨달았다. 그는 절을 불태우는 것에만 마음을 빼앗겨 어떻게 절을 태울지 그 방법을 전혀 생각하지 않았다. 아니 모처럼 오름 정상에서 스님의 목소리와 대화를 해놓고도 그 방법을 깜빡했던 것이다.

각오를 다진 지금은 무슨 일이 있더라도 관리들 앞에서 한 발짝도 물러설 수 없는 심정이었다. 이럴 때는 얼간이일수록 막다른 곳에 몰린 마음이 되레 뻔뻔스러워지고, 또 바위처럼 대담해지며 꼼짝하지 않는 법이다. 가능하면 오늘 밤, 날이 밝기 전에 어떻게든 해야만 한다.

자, 어떻게 하면 흔적도 없이 깨끗하게 태워버릴 수 있을까. 현명한 사람의 지혜는 사전에 앞을 읽고, 바보의 지혜는 항상 나중에 떠오르는 법이라고 서울보살이 자주 말했는데 아아, 아까 소나무 숲 위 하늘 쪽에서 들려온 스님 목소리에게 차분히 물어봤더라면 좋았을 것을…… 하고 만덕이는 생각한다. 그는 또 한 번 오름 정상에 올라갈까 말까 망설였다. 그러자 본당의 어둠이 빠르게 움직여 흘러가는 것처럼 느껴졌는데 거기서 다시 '스님은 부처님과 함께 네 마음 안에 있단다' 하는 목소리가 들려왔다. 신비로운 목소리에 놀란 만덕이는 무심코 어둠 속의 불상을 바라보며 그 아득한 메아리 같은 깊은 목소리가 홀연 귓가에서 속삭임으로 변하는 것을 깨닫는다.

만덕이는 그 목소리가 감사하여 가능하다면 촛불을 켜고 향불을 바쳐서 염불을 올리고 싶었지만, 지금은 유령과 다름없는 몸이기에 그 마음을 억눌러야만 한다. 게다가 이제부터 엄청난 일을 치러야 한다. 만덕이는 이마에 촉촉하게 식은땀이 베이는 것을 느끼고 그것을 팔로 훔쳤다. 부처님은, 부처님은, 부처님은……. 스님은, 스님은, 스님은……. 네 마음, 마음, 마음, 마음……. 깊은 밤 깊숙이 가라앉는 소리와 겹치는 목소리가 어느새 귓속에서 떼를 지어 움직였고, 다시 자신의 중얼거리는 목소리로 바뀐다.

그렇구나, 그것은 나의 마음속에 있구나……. 만덕이는 비로소 웃었다. 그는 생각한다. 절을 태우겠다는 가장 중대한 결심은 이미 끝났다. 그렇다면 이제 어떻게 태울지 방법을 정하고 그 생각대로 움직이면 된다. 그렇다, 그것은 자기가 결정할 일이라 생각한다. 우리 만덕이는 고개를 위아래로 크게 끄덕이고 뻔한 일을 새삼스레 감탄하며 생각하는 것이다. 그러자 그의 눈 가득히 새빨갛게 타오르는 알동네의 불바다가 펼쳐졌다. 불단 아래 움막 속에 있던 그는 끝내 보지 못한 마을을 휩쓴 지독한 불길을 또렷이 볼 수 있었다. 그것은 눈으로 뒤덮인 한라산이 하얗게 빛나며 참으로 아름답게 보이던 날, 느닷없이 산 중턱에서 검은 연기를 내뿜으며 타오르던 관음사의 불길과 같았다. 관청은 부락을 태워버릴 때, 아니 이 섬의 모든 것을 태워버릴 때는 반드시 가솔린을 사용했다. 아메리카에서 얻어 왔다고 하는, 그 섬광을 발하는 가솔린을 아낌없이 아무 곳에나 마구 퍼붓는 것이다. 그렇다. 그 가솔린이라고 하는 것이 여기에도 있을 터였다. 아니, 그것은 반드시 있다. 만덕이는 절의 문짝이 없는 출입구 옆 헛간의 한쪽 모퉁이를 점령해

만든 창고 안에 탄약 상자와 가솔린 통이 몇 개 있다는 것을 알고 있었다.

마귀를 쫓는 기도를 끝낸 절은 깊은 밤에 싸여 곤히 잠들어 있었다. 12시의 보초 교대 시간이 이미 지나 있었기 때문에 두세 시가 됐을 터다. 아직 새벽까지는 시간이 있다.

가솔린이라는 훌륭한 폭발물을 생각해 낸 만덕이는 달빛이 비치는 경내를 지나 출입구 옆 창고에 가봤다. 문짝을 더듬어 살펴보니 거기에는 커다란 자물쇠가 걸려 있었다. 경관 파견소에 도둑이 나올 리도 없는데 하고 생각하면서 만덕이는, 튼튼한 손으로 자물쇠를 움켜쥐고 힘껏 비틀어 올렸다. 물림쇠를 통째로 떼어내려고 했는데 의외로 튼튼해서 바로 생각대로 되지 않았다. 거푸 비틀어 올리자 마구 삐걱거리는 금속성 비명만 내지를 뿐인지라 도무지 안심하고 몰두할 수 없었다.

문이 열리지 않으면 어떻게 해야 하는가. 자물쇠를 부수어서 열릴 때까지 할까. 난처해진 만덕이는 온몸에 달빛을 받으며 창고 앞에서 잠시 생각에 잠겼는데 뭔가 뒤통수 부근에서 어떤 생각이 꿈틀거렸다. 이윽고 뭐야, 하고 흔한 것을 생각해냈을 때처럼 낮은 목소리로 중얼거리며 만덕이는 느릿느릿 부엌 쪽으로 걸어갔다. 부엌은 문 입구를 사이에 둔 맞은편에 있었는데, 음, 거기에도 기름이 있지, 하는 생각이 났던 것이다. 가솔린만이 기름은 아닐 테고, 기름은 그 밖에도 여러 가지가 있다고 생각했다.

부엌에는 만덕이가 보관하던 석유램프용 석유통이 세 개 있고 참기름 한 되가 세 병 있었다. 그는 부엌의 나무문을 슬며시 열고,

밤의 옅은 빛을 부엌에 끌어들여 석유통을 밖으로 옮겼다. 석유는 경관들이 멋대로 쓰고 있어서 모두 다 조금씩 줄어들었기 때문에 손잡이를 잡고 들어 올리면 후둑, 후두둑 하고 이상한 소리를 낸다. 만덕이는 나무관세음보살, 나무관세음보살 하고 마음을 달래며 문밖에 살며시 놓았다. 참기름 병을 손바닥 위에 올려놓고 조금 핥고 나니 정말 아깝다는 생각이 들었지만 전부 부엌에 쏟아부었다. 어느샌가 어둠 속에서 숨이 턱턱 막힐 정도로 들어찬 고소한 냄새가 묘하게 마음을 가라앉혀 주었다. 만덕이는 이마의 땀을 훔쳤다. 평정심을 잃지 않는 만덕이도 긴장이라는 것을 하고 있었던 것이다.

이렇게 만덕이는 아이와 같은 잔혹함으로 경관들이 도망가지 못하도록 계산을 했다. 그는 우선 땔감으로 사용하는 소나무의 마른 잎과 나뭇가지 등을 문 입구에 가득 쌓아놓고, 그 위에 석유를 뿌렸다. 그리고는 창고 문 밑에서부터 가솔린에 불길이 붙기 쉽도록 석유 한 통을 다 쏟아부었다. 그로서는 충분히 계산을 한다고 한 것이었는데, 그러자 석유가 한 통밖에 남지 않았다. 아이고, 좀 과했군, 만덕이는 중얼거리면서 마지막 한 통을 소중히 끌어안고 본당으로 향했다.

그는 처음부터 본당을 먼저 태우기로 결심하고 있었다. 절이라는 것은 본당 없이 성립하지 않는다는 것쯤은 만덕이도 안다. 아니 만덕이 같은 사람이 누구보다 그것을 잘 알고 있다 해야 할 것이다. 본당이야말로 정성껏 태워야 한다고 생각하고 있다. 그리고 그 중심부를 조금이라도 남기지 않겠다는 생각을 하면서 불단 앞부터 기름을 뿌리기 시작한 만덕이는 다른 데보다 제일 먼저 여기에 기름을 가져왔어야 했었다는 후회까지 했다. 본당에 기름을 다 뿌린 만덕이는 얼마 남지 않은 석유를 절정을 향해 치닫는 경관들의 코 고는 소리를 들으며 그 방문 앞에 뿌렸고 마지막 한 방울이 다 떨어질 때까지 기다리며 히죽 웃었다.

이제 성냥 한 개비로 이 절은 확 불타오를 것이다. 그리고 곧 불바다가 된다. 지금 불에 쫓기면 도망갈 길은 어떻게 되는가. 본당 뒤로 올라가면 그 너머로 못 넘어갈 것도 없을 테지만 본당에 불이 붙어 버리면 밤중에는 쉽지 않다. 남은 길은 절의 문밖에 없었다.

본당으로 돌아온 만덕이는 불단 앞에 섰다. 지금은 그저 '부처는 네 마음 안에 있단다' 하고 소나무 숲 위에서 내려온 노스님의 말씀에 모든 것을 맡기고 있었다. 그는 아무것도 보이지 않는 어둠 속 불단을 향해 합장하던 손으로 성냥을 그었다. 코가 찡하고 눈물이 핑 돈다. 불은 기름을 타고 생물처럼 어두컴컴한 마루 위를 달려가 불단에 옮겨 붙으며 아래에서 불상의 미소를 붉게 비추었다. 만덕이는 아랑곳하지 않고 불길이 비추는 위대하고 불가사의한 미소를 물끄러미 응시한다. "부처는 네 마음 안에 있단다." 만덕이는 천천히 중얼거렸다. 마룻바닥에서 타오른 불길이 사방으로 치달리며 불꽃의 날개를 펼친다. 크게 펼쳐진 불꽃의 날개가 천장에 닿으려고 한다. 만덕이는 이윽고 연기를 내뿜으며 불길에 휩싸인 불단을 확인하고 본당을 떠났다.

경내 중앙까지 나왔을 때, 만덕이는 깜짝 놀라 뒤를 돌아보았다. 만덕이! 만덕아! 하고 서울보살이 부르는 소리를 분명히 들었기 때문이다. 하지만 돌아본 그곳에는 아무도 없었다. 시뻘건 불길과 연기를 토해내는 본당이 보일 뿐이었다. 다시 한 걸음 내딛자 또다시, 만덕아! 만덕아! 하는 소리가 본당 뒤쪽에서 들려왔다. 그것은 땅에서 신음하는 서울보살의 목소리이자 하늘에서 내려오는 선대 노스님의 목소리였다. 또, 그 둘이 합쳐진 목소리이기도 했다. 그, 만덕아! 하는 목소리가 멎더니 아득히 먼 저편에서, 개똥아! 개똥아! 하는 애처로운 목소리가 귀 안쪽에서 울려 퍼졌다. 그것은 만덕이를 업고 한라산 관음사로 향하는 산길을 오르던 어머니의 목소리다. 만덕이는 안주머니를 꾹 눌러 반달 모양 빗의 감촉을 손바닥에 머금은 채 서울보살의 방으로 향했다. 팔자걸음으로 한 발짝 크게 내디뎠다. 어째서 서울보살님을 잊어버렸을까? 만덕이는 자신이 잊은 것이었지만 신기했다. 그는 결코 그녀를 경관들과 완전히 같은 존재로 생각한 것이 아니었지만, 그대로 본당을 나와 경내를 지나고 있던 것이었다.

만덕이는 이미 불길이 장지문을 환하게 비추고 있는 서울보살의 침실에 들어섰다. 그가 장지문을 열자마자 그녀는 벌써 그 눈을 부릅뜨고 이불 밖으로 나오려 하고 있었다. 만덕이는 문지방에 가만히 선 채 그녀를 바라보았다. 이상하게 말이 나오지 않았다. 어떻게 된 영문인지 갑자기 가슴이 뜨거워지고 꽉 막힌 목구멍을 뚫고 슬픔이 왈칵 쏟아질 것 같았다. 예전의 만덕이라면, 한라산 관음사에서 하산했을 때처럼 그녀의 품에 머리를 묻고 엉엉 울었을지도 모른다. 그러나 그는 슬며시 그녀 곁에 다가가 등에 업히라는 자세를 취하며 말없이 그녀에게 등을 보였다. 하지만 역시 서울 보살은 서울보살이었다. 에잇! 퉤! 하고 기합을 넣고 주저 없이 이를 딸깍거리며 주문을 외친다. 주문을 외치다가 마지막에 무언가 알아들을 수 없는 말로 악을 썼다. 그녀가 외우는 주문의 힘이 아무리 절대적이라 해도, 설마 살아있는 인간에게 그 효과를 발휘하기는 어려울 것이다. 이윽고 그녀는 새파랗게 질린 채 휘청하고 비틀거리며 쓰러지려 했고 만덕이는 그녀를 두 손으로 안아 들었다. 쿵! 가슴이 크게 고동치며 만덕이는 태어나서 처음으로 여자의 몸을 안아 올린다. 안아 올린 순간 그녀의 몸은 축 늘어졌다. 만덕이는 그 서울보살의 몸을 한 번 더 번쩍 안아 올렸다.

그녀의 얼굴에 가까워진 만덕이는 그녀의 흐트러진 머리칼에서 콧속 깊숙이 스며들어 떨어지지 않는 냄새를 맡았다. 동백기름 냄새가 섞인 그것은 어머니의 냄새이자 여자의 냄새였다. 만덕이는 서울보살을 꼭 껴안고 있었다. 온몸이 단단히 죄어지고 가슴이 뜨겁게 벅차오르며 눈물이 왈칵 쏟아졌다. 만덕이는 눈물을 흘리며 웃는다. 이윽고 타오르는 불길이 큰 소리를 내며 임박해오자 묘하게 가랑이 사이 부분이 굳어지기 시작하는 것을 느낀다. 점점 더 붉고 밝게 타오르는 불길의 기세와 그 격렬한 소리는 무구한 쾌감을 불러일으키며 급격히 심지를 일으켜 소용돌이를 일으키고, 그녀의 몸을 하늘을 향해 당장에라도 비상시킬 듯이 밀어 올린다. 이게 어찌 된 일인가. 불단 밑 움막에서 그녀를 증오하고 원망한 그의 육체 속에 그녀는 쓰러지고 나서도 여전히 비정상적인 흥분을 불러일으켜 그녀와의 합체를 욕구하게 만들고 있다. 그는 순간 눈을 감고 스르륵 가랑이 사이로 뻗어 오는 그녀의 손을, 아니, 관세음보살의 손길을 느낀다. 그것은 가랑이 사이의 것이 딱딱해지는 것에 비례하면서 과격하게 잡는다. 거기서 나오는 힘은 만덕이의 온몸에 새로운 무진한 힘을 넘쳐흐르게 하고 몸이 가볍게 비상하고, 그녀도 함께 몸이 가볍게 비상하려고 한다. 그 매우 이상한 힘은 몸 그 자체 속에서 치달아 오르는 힘이었다. 그것은 그 여름날 헛간에서의 일처럼 께름칙한 마음을 조금도 불러일으키지 않았다. 만덕이는 불타는 절을 나와 이제 걸어가야 할 그 밤길에 빛이 비치는 것을 보았다. 눈을 떠 가랑이 사이에서 사라진 그녀의 손을, 관세음보살의 따뜻한 손길을 의식하면서 경내를 지났다. 그는 절의 문간 근처에서 불에 타는 막대기를 손에 들고 석유를 머금은 마른 잎과 짚더미에 불을 지폈다. 한순간에 솟아오른 불길은 주위를 휩쓸며 빠르게 헛간 쪽으로 달려간다. 헛간에서는 가솔린과 탄약 상자가 불길을 이어받기 위해 대기하고 있었다.

만덕이는 불이 닿지 않는 근처 길가에 서울보살을 살짝 눕혀주었다. 땅에 밀착된 그녀는 미동조차 하지 않았다. 그녀의 몸에서 마지막으로 손을 빼내고 구부러진 허리를 펴 주었다. 순간, 만덕이는 깊은숨을 내쉬었다. 신기하게도 그녀를 위급한 불길 속에서 구해냈다고 하는 의식이 없었다. 단지 절 안에서 밖으로 옮겨와 거기에 둔 것이다. 그와 동시에, 벌레를 태워 죽이듯이, 아궁이 불로 이를 잡듯이 지금 경관들을 태우고 있었지만 그것이 살인이라는 의식도 없었다. 만덕이는 문득 생각난 듯 안주머니에 손을 넣어 빗을 꺼냈다. 그 냄새를 깊게 들이마신 만덕이는 빗을 그녀의 가슴

언저리에 살포시 내려놓았다. 원래 주인에게 돌려주는 것이었다.

걸어 나온 길을 되돌아간 만덕이는 문밖에 구르는 빈 석유통을 탕탕 두들겨대기 시작했다. 아직 잠들어 있는 경관들도 있는 듯하다. 부처님은 마음속에 계신다, 부처님은 마음속에 계신다, 얼마 후 주위를 갑자기 환하게 비추며 치솟는 불길 위에서 하늘의 소리가 났다. 절은 불길에 휩싸였다. 불길에 휩싸인 절과 길가의 서울보살을 빗과 함께 남긴 만덕이는 보초막과는 반대쪽으로 느릿느릿 걸어갔다. 머지않아 그곳은 이미 숲속이었다.

10.

그로부터 열흘쯤 지난 1949년 3월에 접어든 어느 날, 마침 성내 축항에 미국의 LST형 수송선에서 제주도 공비 섬멸 3월 작전을 위해 증강된 정부군이 토하듯 모습을 드러냈다. 경찰 당국은 만덕이 일행의 사형집행 대장을 재조사했고 그 현장검증을 위해서 길을 나섰다.

그도 그럴 것이 그동안 당국은 S오름의 절 화재 문제로 고심하고 있었기 때문이다. 게다가 자칫 잘못하면 공비 토벌 공동 작전에 있어서 대립각을 세우고 있는 군부에게 발목을 잡힐 수도 있는 일이었다. 조사과정에서 항간에 떠도는 만덕이의 유령설 근거가 박약해지기 시작했는데, 그것은 현장의 유일한 생존자이며 증인인 서울보살의 증언에 의한 것이었다. 그리고 그 만덕이의 방화를 뒷받침하는 증거로 새까맣게 탄 경관들의 시체가 있었다. 그런데 그것만으로는 서울보살의 결백이 증명되는 것은 아니다. 유령이 방화를 할 리가 없기 때문이다. 자기에게 씌울지도 모르는 혐의를 두려워한 그녀는 필사적으로, 절에 나온 것은 유령이 아니라 제대로 육체를 갖춘 살아있는 만덕이라고 주장했다. 그 만덕이의 품에 안겨 있는 동안, 확실히 실눈을 뜨고 그 얼간이가 하는 짓을 가만히 보고 있었다는 것이다. 당국은 상대가 서울보살이라 곤혹스러웠다. 증인이 서울보살만 아니라면 증인을 사형에 처해 사건을 속전속결로 해결해 버렸을 것이다. 게다가 서울보살의 증언을 인정하는 것은 만덕이의 방화를 인정하는 셈이다. 그 말은 결국 만덕이의 생존을 인정하는 것과 다름없지 않은가. 천만의 말씀이다. 그는 진작 사형에 처해졌고, 유령이 되어 방황하고 있는 것은 만인이 인정하는 바다.

일단 결정, 집행이 완료되면 이 모든 것은 정의를 구현한 것이며, 그 잘못을 인정하거나 뒤집거나 또 뒤집으려고 하는 것은 절대로 용납되지 않는다. 그것은 본래 정의로서의 질서 그 자체의 요구이다. 그것을 지탱하는 무수한 소질서도 당연히 마찬가지였고, 이미 끝난 일을 재검토해 일일이 수정하고 있노라면 결국 산산조각이 날 수밖에 없다. 그래서 질서에 충성하는 경찰 당국은 가장 현명한 자가 가는 길을 택했다. 어차피 상부에 올라가도 흐지부지된다면, 이쯤에서 늦기 전에 무마하여 자기들 목의 안전을 확보하겠다는 누구나 비슷비슷한 생각을 한 것이다.

군용비행장 한구석의 작은 언덕 아래 잡초 지대를 이용한 사형장에 도착한 일행은 현장검증반의 심사계장과 경비부장, 그리고 당일 사형집행계의 순경 다섯 명이었다. 순경들은 그날 만덕이를 포함한 죄수들을 트럭으로 운반한 당직자였다. 간밤에 내린 비로 땅은 질퍽거렸고 물웅덩이가 여기저기에서 빛을 내고 있었다. 일행을 태운 트럭의 타이어는 지면을 깊이 파고들며 나아갔고 경관들은 의외로 간단하게 만덕이와 일행들을 묻었던 장소를 찾아냈다. 트럭에서 뛰어내린 순경들의 이미 새파랗게 질린 얼굴은 더욱 경직되었고 긴장한 기색이 역력했다. 묘혈(墓穴)의 현장검증. 이것은 오로지 무덤을 다시 한번 파내는 것이다. 애당초 죽은 사람이 무덤에서 기어 나온다……. 그런 바보 같은 괴담이 세상에 있을 수 있는 일인가. 유령이 나온다는 이야기라면 이해가 갈 만하다. 실제로 만덕이는 유령이 되어 나와 있지 않은가. 그게 유령이 아니고, 진짜 묘혈에서 기어 나와 도망쳤다는 것은 바보 같은 말이 아닐 수 없다. 순경들의 속내는 상사에 대한 울분과 자신에 대한 불안이 격렬하게 뒤엉켜 있었다.

　시체는 여러 가지 방법으로 처리되었다. 지상에 방치하는 경우도 있고 바다에 던지기도 한다. 또 집행 직전 본인에게 직접 구덩이를 파게 한 뒤 사살하여 거기에 떨어뜨린다. 또 소위 생매장을 하는 일도 있다. 만덕이와 일행들이 처형된 그날, 경관들은 어스름한 새벽녘에 경찰서로 되돌아갔다. 그리고 대낮에 다시 찾아와서 마을 사람들을 동원해 그곳에 큰 구덩이를 파게 하여 시체를 묻게 했다. 틀림없이 모든 처형자를 묻었을 터였다. 당직 순경 중에는, 자기가 분명히 두 눈으로 그 중이 구덩이로 굴러떨어지는 것을 보았다고 단언하는 자조차 있었다.

순경들의 직속상관이자 S오름 경관 파견소의 지휘권을 가진 경비부장과 이른바 죄수들의 생사여탈권을 쥔 심사계장이 그 시체가 묻혀있는 곳으로 걸어갔다. 묘혈은 겹겹이 쌓인 시체 위에 흙을 덮고 땅을 평평하게 다지면 그다지 눈에 띄지 않지만, 오늘은 그것이 확연히 그럴듯하게 보인다. 그 부분만 움푹 파인 직사각형 지면이, 묘혈이라고 생각하자 묘하게 선명하고 강렬한 인상으로 바뀌었다. 평평한 지면의 움푹 파인 부분, 약 1.5m와 2.5m 면적의 그 지면은 함몰되어 20cm 정도 가라앉아 있었고 그 밑바닥은 빗물이 고여 반짝이고 있었다. 흐린 하늘 아래 부는 세찬 바람에 미세한 잔물결이 일며 빛을 반사한다.

이제부터 순경들은 그 가련한 묘혈을 파헤쳐 시체들 속에서 만덕이의 시체 유무를 확인해야 한다. 불안은 삽의 손잡이를 잡은 순경들 손에 집중되었고, 그 손은 눈에 흔들거리며 주저하고 있었다. 만약에 여기서 만덕이의 시체가 발견되지 않는다면 그 책임은 실로 중대하며 그것은 순경들 직속 상사에게 미칠 수밖에 없다.

첫 삽을 푸기 위해 힘껏 내리꽂자 탁하고 작은 돌에 부딪히는 소리가 났다.

"잠깐!" 하고 경비부장이 손으로 제지하였다. 곁에서 심사계장이 고개를 끄덕이며 말없이 동조의 뜻을 표했다. 심사계장에게 보내던 시선을 거둔 경비부장은 다음 말을 기다리는 순경들을 둘러봤다.

"이 구멍은 이상하게 움푹 파인 것 같은데, 어째서인가? 왜 흙을 더 단단하게 덮지 않았나?"

"……."

"흙은 묻힌 인간의 분량만큼 나왔을 것이네. 근방에 얼마든지 흙더미가 생겼을 텐데, 왜 확실히 흙을 덮지 않았나?"

"흙은 수북이 덮었습니다만 그새 썩었습니다."

"썩었어? …… 흙이 썩었다고?"

"아니, 아닙니다. 시체가 썩었습니다."

"시체가 썩었어? 그게 무슨 말이야?"

"썩으면 작아집니다. 그래서 밑으로 가라앉았습니다."

"…………." 심사계장과 다시 시선을 교환하고 나서 경비부장이 말했다.

"흐음, 그래서 땅이 꺼졌다는 것인가? 그렇군."

"그렇군." 하고 곁에서 심사계장이 동조를 표하며 말했다.

"당연지사, 시체는 썩는 법이지. 예부터 사람은 흙으로 돌아간다고 하니까 농민들이 기뻐하는 것도 무리가 아닐 테고."

그는 담배를 물고 럭키 스트라이크 한 개비를 경비부장의 손가락에 쥐여 주었다. 비 온 뒤 아직 맑게 개지 않은 사형장 한구석에 보랏빛 담배 연기가 피어오른다. 그것은 허공에 흔들거릴 틈도 없이 줄줄이 바람에 휩쓸려 사라졌다. 순경들은 두 개비의 담배 연기가 상사 둘 사이의 암묵적인 대화의 신호임을 직속 부하로서의 육감으로 감지한다.

"어떻게 할까요?"

"뭐, 허사겠군."

심사계장은 허사라는 말에 힘을 주며 거의 단정적으로 말했다. 게다가 그는 아무렇지도 않은 듯한 이 한마디를 부하들의 귀에 잘 들리도록 큰 목소리로 말했다. "썩는다는 것은 말이야, 파헤친들 누가 누군지 알 수 없다는 말인 게지. 어떤가, 이 순경."

"말씀하신 그대로입니다, 부장님."

사형집행인들의 얼굴은 위기 타개에 대한 기대감에 환해지기 시작한다. 두 명의 상사는 부하들의 뜨거운 주시를 받으며 서로 눈짓을 주고받았다.

"좋아! 너희들은 새로 이 구덩이에 흙을 수북이 덮어야 한다. 알겠나, 빨리해! 사체 검증은 이상이 없으며, 오늘 현장검증은 이것으로 종료한다. 그럼, 수고. 이상!"

아아, 이 얼마나 이해심 많은 경비부장과 심사계장인가! 순경들은 그야말로 만면희색. 그들의 주체할 수 없는 기쁨은 곧, 우와! 하는 기쁨의 포효로 바뀌었다. 그들은 상사에 대한 거수경례를 깜박했을 정도였다.

만덕이가 처형되었다는 것이 다시 확인됨으로써 절의 화재는 파견경관대 대장의 책임과 관계되는 실화(失火)로 처리되었다. 비록 서울보살처럼 만덕이의 생존을 주장한들, 그 시체가 분명히 확인된 이상 상황은 변하지 않는다. 게다가 시간이 지나면 완전히 썩는다. 이미 사망자가 된 대장을 문책하거나 처벌할 수는 없는 노릇이기 때문에 절의 화재는 모든 문제를 흐지부지하게 해서 끝내버렸다. 그리하여 관계자 일동을 안심시킨 것이다. 한때 자기에게 쓰인 혐의를 염려하던 서울보살도 만덕이의 생존설을 철회했다.

그런데 천 리를 달린다는 그 소문을 타고 만덕 유령이 도처에 나타났다. 게다가 그 소문에는, 만덕이가 경찰서에서 빨치산에게 총을 겨누는 것을 거절했다는 것과 본서 심사실에서 내려진 사형 선고에 빙긋이 웃었다고 하는 것까지 더해졌고, 또 그것이 각색돼 퍼져 나가 사람들의 마음에 힘을 주었다. 어느 마을에서는 만덕 유령이 순찰 중인 경관을 뒤에서 경모를 벗겨내고 겨드랑이 밑으로 양팔을 넣어 총을 빼앗아 사라졌다고 한다. 불에 탄 S오름 절터에 나타나거나 불에 탄 알동네에 오 노인의 젊은 며느리 유령과 함께 산책하고 있었다고도 한다. 어느새 만덕 유령의 활동 무대는 마을에서 한라산 일대까지 확대되어 갔다. 저 깊은 골짜기 관음사의 불탄 자리에서 밤이면 밤마다 만덕 유령이 통곡하는 소리가 울리고 염불하는 소리가 흘러나왔다. 게다가 해 질 녘 산기슭에 만덕 유령이 총을 어깨에 메고 나타났다는 소문과 그것을 목격했다는 것이 '제주도 게릴라 섬멸 3월 작전' 토벌 대원의 입을 통해 퍼졌다. 총을 가진 유령의 출현은 당국과 사람들에게 내용이 각기 다른 충격을 주었다.

젊은 나이에 대한민국제 귀적에, 본디부터 이름 없고 호적이 없는 만덕이가 그 이름을 올린 유령 이야기는 사람들의 이야기보따리 속에 소중하게 담겼다. 그리고 그 이야기보따리의 끈이 풀릴 때마다 유령은 그곳을 뛰쳐나와 이 지상을 방황하게 되었다.

이윽고 이야기가 점점 더 퍼지면서 세상 사람들은 이를 '유령기담'이라 하였고, 거기에 이름을 붙여 '만덕유령기담'이라 했던 것이다.

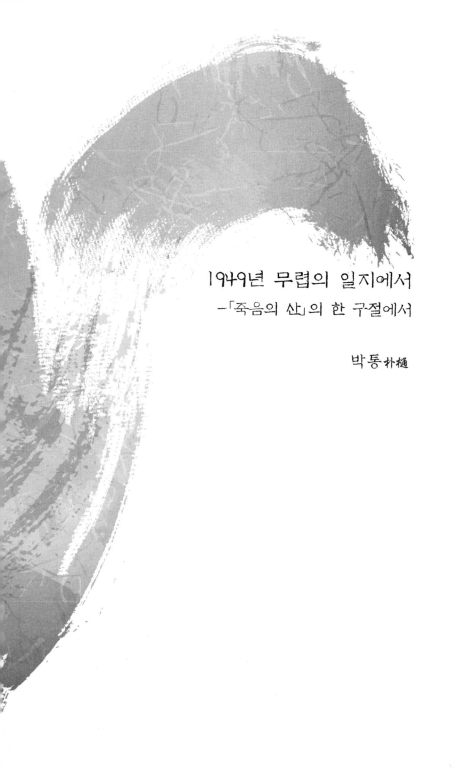

1949년 무렵의 일지에서
─「죽음의 산」의 한 구절에서

박통 朴樋

　．．．．．．．．．．．．．．．．．．．．

- 초출은 『朝鮮評論』(창간호, 1951년 12월호). 『在日朝鮮人關係資料集成 〈戰後編〉 제9권』(박경식 편, 不二出版, 2001년) 수록. 번역은 『金石範作品集Ⅰ』(平凡社, 2005)에 수록된 것을 저본으로 하였다.

- 김석범(1925~)은 자신의 작품 중 처음으로 활자화된 이 작품에 '박통'이라는 필명을 사용하였는데, '배불리 먹고 별 쓸모도 없다'는 '밥통'이라는 의미를 담았다고 한다. 이 필명을 쓴 것은 이 작품이 처음이자 마지막이다. 그 이후에는 줄곧 '김석범(金石範)'이라는 필명으로 활동하고 있다. 참고로 그의 본명은 신양근(愼洋根)이며, 통명은 김석범(金錫範)이다.

　이것은 그지없이 소극적인 '나'라는 인간의 눈을 통해 볼 수 있었던 하나의 사소한 현실입니다. 제주도 사건의 한 단면⋯⋯.「죽음의 산」에서 한 구절을 떼어내 앞뒤 맥락이 뒤죽박죽이라는 느낌을 지울 수 없어 우선 '1949년 무렵의 일지에서'라는 가제를 붙였습니다. 이것은 일기도 아니고 기행문도 아닌, 그저 작문 정도의 글입니다.

　⋯⋯⋯⋯⋯⋯⋯⋯⋯⋯⋯ 계절풍에 누런 흙먼지가 소용돌이치는 식민지의 항구. 그늘에서 썩은 소변 냄새가 바싹 마른 말똥 바스라기에 섞여, 마치 재처럼 빌딩 옥상의 유리창까지 치부는 국제적인 항구 도시, 먼지 막이 안경조차 제구실하지 못하는 대한민국의 대도시 부산의 항구, 군화의 울림이 뇌수를 들이쑤신다. 유화한 새 차가 모래 먼지를 일으키며 유유히 미끄러지듯 달린다.
　우리는 부산에 닷새간 머물렀다. 이 도시의 인간풍경은 국어를 쓰는 이국인(한국인)으로 부조화를 이루고 있었다. 고국으로서 땅을 밟은 이의 마음을 포용하는 항구도 없고, 산도 없고, 아무것도 없다. 항구에는 낯선 외국의 군함이 정박해있고, 산 정상에는 외국의 깃발이 나부끼고 있다. 부산이 조선은 아니거니와, 조선도 더 이상 조선이 아니었다. 조국 사람이라면 누구나가 느끼는 쓸쓸한 인상이었을 것이다.

작년(1948년 10월)에 있었던 여수·순천 사건의 여파는 이미 누그러져 있었다. 하지만 눈에 보이지 않는 적을 쫓는 한국의 군대와 경찰의 모습이 거리의 분위기에 살기를 더하고 있다.

조선에서는 돈다발 두께에 비례하여 그 어떤 어려운 일이라도 눈 녹듯 풀린다. 나는 부산의 시민등록증(경남도민 등록증)과 지사가 발행한 여권을 입수했다. 배는 이제 부산항 재적(在籍) 상태였다.

"어이! 불이야, 불! 불이 났다고!" 조타실 주변에서 노성이 들려 왔다. 부산을 출발하여 거짐 스무 시간을 달린 배는 지금, 바람과 파도로 유명한 제주해협을 건너 소위 '고향'이란 곳에 근접해가고 있었다.

"마을이 깡그리 타고 있어!" 떼걱거리는 피스톤 굉음을 뚫고 띄엄띄엄 날카롭게 울렸다. 선원을 다 포함해도 몇 명 되지 않는 인원들이 모두 일어섰다. 배가 출렁거려 나가떨어질 뻔하면서도 갑판에 버티고 서서 눈동자에 힘을 주었다. 칠흑 같은 어둠 속에서 시뻘건 요괴가 출렁거리며 활활 미쳐 날뛰고 있다. 해면을 진홍빛으로 물들이며 이글이글 타오르고 있었다. 휘발유라도 들이붓고 있는지 확확 솟아오른다. 간헐적으로 들이마시고는, 한층 더 밝고 희게 흑룡이 승천하듯 거무스름한 화염이 하늘 높이 솟아올랐다. 소문은 들은 바 있었다. 하지만, 첫 마중이 이리도 적나라하리라고는 생각지 못했다. 배와는 아무런 관계도 없을 것이다. 어찌할 도리가 없는 일이다. 아비규환은 인간이 만들고 있다. 운 좋게 나는 저 마을에 사는 사람이 아니었다. 그렇다 치더라도 우리 집이 불살

라지고 내가 총검에 찔릴 이유는 없다. 그런데도 나는 찔려 죽었을
것이다. 생각할 새도 없이 죽임을 당했을 것이다.

아마도 아침부터, 아니 이삼일 전부터 타오르고 있는 불길인
듯하다. 천 세대는 족히 돼 보이는 마을이 타오르고 있는 불길이었
다. 절반은 불타 죽고, 절반은 피난, 불보다 무서운 게 마을 주위에
진을 치고 있다. M1소총과 기관총을 비치한 채. 불을 피한 자는
칼을 맞고, 칼을 가까스로 피해 도망친, 손에 꼽을 정도의 이들은
길거리를 헤매야 한다. 이는 부정할 수 없는 확증이다. 나는 기도
를 하기보다는 그것을 믿지 않으면 안 된다. 사람들은 밤의 정적
속에 갯바람을 맞으며 이야기하고 또 이야기했다.

지금, 외면하려 하는 것도 감상(感傷)이고, 인내하며 응시하는
것도 감상이다. 나는 선창으로 돌아가고 싶었지만, 발길이 떨어지
지 않았다. 이윽고 모두 다 선창으로 돌아간 듯하다. 이미 알고
있었지만, 그들과 얼굴을 마주하는 것이 왠지 무척 어색할 것 같았
다. 조타실을 들여다보니 여전히 사람이 키를 잡고 있다. 나는 피
스톤이 만들어내는 단조로운 굉음에다가 복잡다단한 감정들을 죄
다 내던졌다. 앞에는 한 개의 '비극'이 있다. 나는 칠흑 같은 어둠
의 바닷속을 향해 직선으로 곤두박질치는 듯한 절망을 느꼈다. 감
상이란 인간의 마음속 깊숙이 자리를 차지하고 있는 샘물로, 의지
의 틈새를 엿보고 내솟는 것일지도 모른다. 온갖 것에 관심을 잃은
혼이란 무엇일까. 무관심이 적어도 현실을 방어하는 하나의 방법
일지 모른다. 그에게 그것이 '보호색'이 되면 좋을 것이다.

내일은 어머니를, 빈사지경에 있는 어머니를 뵈려고 했다. 하지

만 이제 됐다. 눈물이 돌멩이처럼 목구멍에 걸려 욱신거리는 것을 느꼈다. 그런 내가 우스워져 눈물을 꾹 밀어 넣었다. 이 묘한 액체는 사람의 혼을 씻어 내린다고 한다. 눈물로 심신을 소모케 할 만큼 나는 나 자신에게 너그럽지 않았다. 아직 여전히 타오르는 불길을 그대로, 진홍빛 바다를 한번 흘겨보고는 선창으로 내려갔다.

항구의 방파제에 들어선 것은 오전 한 시경이다. 밤 아홉 시부터 아침 여섯 시까지는 통행금지라 새벽을 기다려야만 한다. 나는 꾸벅거리며 잠시 잠이 들었다.

'상륙' 소리와 함께 누군가가 흔들어 깨웠다. 항구에 배를 가로 대고 있었다. 배가 사오백 톤 되면 항내가 얕아 배를 가로대지 못한다. 앞바다에서 기다렸다가 '거룻배'로 오가야 한다. 수많은 무장 헌병들이 삼엄하게 지키고 있었다. 카키색 옷에 찬 빨간 완장이 눈에 스며 따갑다. 건너편 해안가에서 아이들과 두세 명의 여자들이 깨나른한 얼굴로 쳐다보고 있다. 물이 옥빛 거울처럼 청징한 것도 왠지 역설적이었다. 검열을 마친 열한 시경 겨우 하선 허가를 받았다. 평상복 차림의 한 사람이 예리(藝莉) 아버지에게 함축적인 인사를 했다. 그게 CIC라는 것은 나중에 알았다.

옛 알코올 공장의 흔적과 언덕 위에 서 있는 붉은 벽돌 기상대가 왼편에 보인다. 갈매기가 큰 호를 그리며 선회한다. 안테나는 높고 전선이 연결되어 있다. 전선이 가느다랗게 뻗어 있는 구름 사이로 아득히 한라산이 우뚝 솟아 있다. 어깨를 나란히 하는 흰 구름 아래로 완만한 능선이 담담히 흐르는데, 마치 바다를 향해 조용히 입맞춤하는 듯하다. 분화구, 백록담 부근에는 아직 새하얀 잔설이 석별을 아쉬워하고 있었다. "한라산……." 입안에서 외쳐봤다. 떫은맛이 느껴지는 듯했다. 분명 그리운 말이나, 아련한 감상에 불과하다. 저 눈이 녹아내리는 벽계수 부근에, 어떤 오뇌와 고투가 서려 있을까. 어젯밤 꿈이 아닌 바로 그 일. 꼬리에 꼬리를 무는 생각들을 하다가 정신을 차려보니, 빈약한 선박회사의 건물과 처마를 맞대고 늘어서 있는 낮은 초가지붕 집들, 그리고 이 섬 특유의 검은 돌담이 마치 집과 집 사이를 꿰매듯 달리고 있었다. 분명 너무나 반가운 풍경들이었지만, 그 어떤 감격도 자아내지 못했다. 북소학교, 우편국, 관덕정, 성당, 그냥 지나친 이 덧없는 추억들이 작은 요정처럼 그늘에서 춤을 추었다. 우편국 건너편에 경찰서가 있었는데, 카키색 트럭이 세 대, 그리고 경관, 군병들이 바쁘게 드나들고 있었다. 경찰들도 모두 중무장 상태였다. 도로를 메운 통행인은 주로 경관과 군병들이었다. 그들의 표정과 옷차림새조차 외부로부터 부여받은 힘이 배어 있었다. 옛 남문통으로 올라가서 예리 아버지의 조카딸에게 신세를 졌다.

그건 그렇고 길을 오가는 거무스름한 사람들의 발걸음은 느릿느릿하고 활기가 없다. 아이와 노인이 갑자기 솟아 나온 건지, 젊은 남녀를 찾아보기 힘들었다. 상점을 들여다보면 노파가 안쪽에 홀로 앉아 흙 같은 얼굴을 찌푸리고 눈빛 없이 바라보았다. 마을은 고요했다. 닭도 울지 않고, 개도 짖지 않았다. 점심 무렵임에도 들리는 것은 트럭이 돌진하는 소리, 먼지를 일으키는 바람의 웅웅거림, 공포탄인지 위협포인지 끊임없이 총성이 스친다. 특별히 적이 보이는 것도 아니었다. 군병들의 웃음소리와 노성은 파도처럼 좁

은 거리를 범람하며, 사람들의 마음을 뒤흔들고는 썰물처럼 그 눈
동자와 공포를 총검과 군복에 휩쓸어 갔다. 이러한 반복이 사람을
이상한 무감각으로 만드는 것이다. 이 마을은 개나 닭까지 조마조
마해 하며 걷고 있는 것처럼 보였다.

우연히 한 소녀의 모습을 발견했을 때, 참으로 뭐라 형용할 수
없는 청량함과 온화함이 마음에 돌아왔다. 제주도에 '처녀'가 하나
도 없다고 떠들썩하게 이야기해도 역시 그녀들은 아름다웠다. 겁
을 먹고 있는 듯 침울하고 일그러진 애수가 각인된 표정에서 그녀
들의 비참한 처지를 뼈저리게 느낄 수 있었다.

어딜 가든 소곤소곤하는 소리가 멎지 않았다. 곁눈으로 힐끗
혹은 흘끔, 배뚜로 주고받는 시선에 사람의 숨을 읽는 예민한 훈련
이 깃들어 있었다. …… 어제는 아무개가 죽임을 당했다. 농학교에
서 서른 명이 처형을 당했다. 오늘도, 아직 늦지 않았을 테다. 오늘
은 몇 명 정도일까. 쉰 명일까, 내일은……. 어제도, 오늘도, 내일도
숨을 거둔다. 죽으면 더 이상 걱정할 일도 없겠네만. 이렇게 말하
며 서로 얼굴을 마주 본다. 이런 얘기가 끊이지 않았다.

예리 아버지의 조카딸은 가정주부로, 그 남편은 우편국 전신계
장이었다. 무사 이런 데 굳이 왔수까? 서른 살 정도 돼 보이는 그녀
는 한심하다는 듯 구슬프게 말했다. "오늘은 새벽부터 닭 한 마리
가 뒷마당 감나무에서 지겹게 울어댔는데……." 나중에 알게 됐는
데, 그녀의 열두 살짜리 아들이 두어 달 전에 처형을 당했다. 이제
는 이 섬사람들의 얼굴에서 웃음이 사라졌는지, 모든 이의 표정에
피로한 비애가 노골적으로 늘어져 있었다. 아이들조차 웃지 않는

다. 우는 일도 절대 없었다. "울어? 이 새끼야! 농학교(농학교 뒤에
사형수용소가 있었다.) 알지?" 이 말은 아이들보다 어른들에게 전율
과 혐오감을 안겼다. 그런데도 그들은 이 말을 잊지도 않고 무턱대
고 썼다. 석상 같은 무표정, 다소 보기 흉한 슬픔이 주조되어 있었
다. 그 안에 무시무시한 온기가 엿보인다.

　이 마을, 이 섬 전체에 병균처럼 전파되어 있는 이 백주의 정령
에게는 산의 '귀신'들도 접근하지 못할 것이다. 그렇다면 성내는
죽음의 마을인 것일까. 죽음에는 처참함이 없는 체념이 있다. 죽음
의 마을에는 온기가 없다. 지금, 이 마을에는 처참함이 목소리 없
이 떠돌고, 온기와 저주가 탈진한 혼의 뒷마당에서 조용히 예리한
칼날을 갈고 있다. 살아 있는 한, 체념이 복수에 희망을 잇고 있는
것이었다.

　울적한 기분으로 점심 끼니를 때우고, 우리는 은은한 술기운
속에 느긋하게 쉬고 있었다. 예리 아버지와 그의 조카딸, 선원들,
일본에서 동행한 상인 이(李) 아무개, 그리고 나. 어느샌가 당연하
다는 듯이 학살과 인민군에 관해 얘기하기 시작했다.

　자기들 형제가, 부자가, 혹은 젊은 모녀가 모여 있는 한라산의
궁핍함, 식민지를 침략하듯 속속 증원되어 바다를 건너오는 이승
만의 군대, 포학무도한 '서북청군백골부대'의 광기. 조용한 긴장
속에서, 하지만 부드럽게 이런 얘기들을 나눴다. 죽음을 맞이하는
것 외에 이 지옥의 종언을 보는 것은 불가능한 것일까, 우리의 빨
치산은 섬처럼 고립무원의 상태인 것일까, 우리 내부의 이들이 조
국의 자유와 통일을 이토록 방해하고 박멸하려고 하는 것은 이제

슬픈 웃음에 가깝다. 이승에서 일어날 수 있는 일이 아니다. 이 작은 섬에서 주민들의 피폐한 힘으로 싸움을 이어나가는 것은 하나의 기적일 거라는 얘기가 오갔다. 낮은 목소리긴 하나 이런 얘기를 나눈다는 것이 미더웠다. 빨치산이 같은 고향 사람들이고, 피붙이 형제라는 소박한 섹셔널리즘(sectionalism)에서 오는 감정일까, 그렇다 치더라도 이 경우에는 그들이 옳다.

우리가 둘러앉아 화투를 치기 시작했을 때 갑자기 사이렌이 울렸다. 물속을 달리는 전파처럼 경련을 일으키며 정적을 깨더니, 높고 길게 꼬리에 꼬리를 물며 음침하게 쩌렁쩌렁 울려 퍼졌다.

"음, 오늘은 낮부터 시작이네." 조카딸이 중얼거렸다. "뭐가 말입니까?" 나는 나한테 말한 줄 알고 바로 대답을 했다. 직감적으로 불길한 것을 예측하면서도 왠지 모를 흥미가 있었다. "통행금지야……." 쉰 목소리로 선원 하나가 확신에 찬 태도로 화투짝을 내던졌다. 나는 입을 다물고 있었다. 누군가 다른 사람이 설명하리라고 내심 생각하고 있었지만, 침묵이 이어졌다. 담뱃불을 재떨이에 비벼 끄는 자, 상대도 없는 화투를 만지작거리는 자…….

"이제부터 아마, 50명 정도가 처형될 겁니다." 조카딸이 조용히 입을 열었다. 식모인지 친척인지 열일곱 정도 돼 보이는 여자에게 눈짓하며 바깥채 쪽에 여전히 주의를 기울였다. "보통은 밤 아홉 시 이후에 비밀리에 이뤄지는데, 이따금 지금처럼 한낮에도 이뤄집니다. 사이렌 소리가 울리면 사람들은 깊은 한숨을 내쉬며 이렇게 말하지요. '아이고야! 오늘도 몇 명이 저승길로 가겠구나. 사랑스러운 생명이 이슬처럼 사라져가네.' 지금 경찰 감방을 나와 트럭에 실려 어디론가 끌려가고 있을 겁니다. 오늘은 아마 비행장이겠지요. 아무도 근처에 얼씬댈 수 없습니다. 이 길 조금 아래쪽에는 새끼줄을 친 헌병들이 깔려 있어 한 발자국도 드나들 수 없어요. 헌병과 경관들은 총칼로 위협하며 목소리를 내는 이, 잘못하여 새끼줄을 밟는 이들을 찔러 죽입니다. 우리 아이가 그렇게 죽었습니다." 다부지게 말하던 그녀의 말투가 점차 무뎌지더니 눈이 충혈되고 눈물이 비치기 시작했다. "가서 한번 봐 보세요. 아이고, 그놈들이 하는 짓거리를요. 가면 볼 수 있습니다. 요전까지만 해도 사이렌이 울리면 집밖에 얼씬하지도 못했는데, 이제는 밖에 나갈 수 있습니다." 예리 아버지는 턱을 찡그리며 화투짝을 다시 맞추기 시작했다. 사람들은 어찌할 바를 모르고 아무개에게 눈길을 주고 있었다. 화투패가 짝짝 겹치는 딱딱한 소리가 날카롭고 맑게 들렸다.

초여름 오후를 내리비추는 태양이 지독하다. 눈이 아플 정도로 빛을 반사하는 백의(白衣)의 무리가 점점이 마을 중심으로 흘러갔다. 그것이 마을의 납덩이같은 공기에 백장미 같은 청초함을 띠게 했다. 이 거리의 출입금지 지점에서는 배에 갈색 탄창을 낀 헌병 두 사람이 장전한 총에 대검을 낀 채 안쪽을 오가고 있었다. 여기에는 사람이 별로 없다. 사람들은 모두 그 앞에서 좌우 골목길로 흩어졌다. 그도 그럴 것이 이 남문통은 북으로 곧장 가면 해안에 다다르고, 도중의 십자로에서 동서를 잇는 신작로와 교차한다. 경찰서는 좌측 신작로에 면해 있어, 여기서는 도저히 상황을 볼 수 없다. 나는 오른편의 군중들 뒤를 따랐다. 대부분 노인들이었지만, 그 사이를 손자와 며느리가 잇고 있었다. 골목을 몇 번이고 우회하여 가려고 했던 길로 나왔다. 꽤 많은 군중이 넓지도 않은 길을 메우고 있었다. 아이가 울기 시작하자, 부모가 표정을 바꾸며 혼을 냈다. 새끼고양이처럼 온순해진다. 그런데도 젖먹이가 거침없이 불붙듯 울어대기 시작하면, 부모는 그 군중 속을 조용히 떠난다. 어디라도 이런 식으로 사람들이 모이기만 하면 반드시 소곤거림과 탄식이, 진애가 피어오르듯 뜨겁게 부풀어 술렁거린다. 탄식, 침을 삼키는 소리, 코를 훌쩍이는 소리조차 침묵을 촉구한다. 이 사람들은 싫증도 나지 않는 걸까. 매일 사이렌이 울리고 매일 사람이 죽고 있지 않은가. 이 사람들 모두가 수형자와 연고가 있다는 생각은 들지 않았다. 그렇다면 파리 한복판에서 기요틴을 구경하는 관중 같은 것인가. 여기에는 비극마저도 호기심을 가지고 애타게 기다리는 듯한 구경꾼들의 떠들썩함도 없고, 입맞춤 장면을 바라보며 무의식중에 꿀꺽 마른 침을 삼키는 소녀의 침묵 비슷한 조용함도 없고, 그레이브 광장(파리 한복판에 있었던 사형광장)의 피에 굶주린 군중들의 광기 비슷한 아우성과 탐욕스럽고 잔인한 눈동자도 없었다. 나는 주위를 개의치 않고 앞으로 나갔다. 이것은 어찌 되든 상관없는 일이 아니다. 도로를 절단한 새끼줄은 그대로 앞으로 꺾여 양쪽 집들을 경계하고 있었다. 헌병이 우리 안 구경거리처럼 우왕좌왕하고 있었다. 이 구경거리들이 권력을 손에 쥐고 있다. 원할 땐 언제든 자유롭게 우리를 박차고 나와 우리를 죽일 수도 있었다. 총검을 직각으로 세워 몸에 붙인 채 때때로 천박한 냉소를 띠며 이쪽을 빤히 쳐다보았다. 한 명이 내 앞에서 다소 길게 그 시선을 보냈다. 분명 오늘 아침 항구에서 만난 놈이란 것을 떠올릴 수 있었다.

십자로 주변은 무대가 간소하여 왠지 구성적이었다. 그곳을 '그들'이 매우 진지하게 스타일에 무척 신경을 쓰며 오가고 있다. 양쪽의 온 창틈으로 고개가 엿보고 있었다. 한 발자국 발을 잘못 들이면 탄환이 깨끗이 배를 뚫고 지나갈 것이다.

쨍쨍 내리쬐는 볕은 무거웠다. 물도 뿌리지 않은 회색의 마른 십자로에 아지랑이가 피어오른다.

까마귀가 깍깍하고 난데없이 울었다.

두세 채 떨어진 이발소 앞에 전주가 하나 서 있었다. 얄따란 전선 위에서 홀로 검은 몸을 흔들며 맞장구라도 치듯 까마귀가 울어댔다. 기괴한 모양을 한 이 새의 내장이 꿀꺽꿀꺽 검게 맥박치는 장면을 생각했다.

경찰서 앞에 지프가 두세 대 정차되어 있었다. 사람이 계속 드나들었다. 무시무시하게 힘에 넘치는 헌병의 규칙적인 구둣발 소리가 고요함을 한층 더 부각했다. 사람들은 지프 주변으로 시선을 모으고 있었다. 트럭의 엔진 소리가 서서히 울리더니, 이내 급격히 고조되며 굉음을 냈다. 백 미터 정도 떨어져 있었지만 선명하게 들려왔다. 아지랑이가 대기의 섬유처럼 춤추며 열기를 발산시켰다.

파닥대는 날카로운 날갯짓 소리가 들렸다. 까마귀가 날아올랐다. 파계의 대가를 온몸으로 받아들인 듯 이 불운한 검은 새가 소리를 내며 날아갔다. 내 시선은 지상을 떠나 있었다. 타인의 사정은 모른다. 인간으로부터 영원히 증오받을 숙명의 이 가련한 새의 날갯짓이 묘하게 암시적이었다. 그러나 이게 어찌 된 일인가. 까마귀 무리가 경찰서 상공에서 세찬 날갯짓을 하며 흩어진다. 파란 하늘에 칠흑 같은 그림자의 파편이 흩뿌려진 것처럼 교차하며 날개를 친다. 아직 죽지 않은 인간에게서 시체의 냄새를 맡으려는 듯하다. 높이는 지붕에서 20미터 정도 돼 보인다. 그것보다 높지도 낮지도 않은 10미터 사방의 공간에서 가볍게 호를 그리며 날고 있다. 악마가 여는 밤의 연회를 축하하기 위해, 인간의 죽음과 저주를 축하하기 위해, 슬픔과 절망을 축하하기 위해 황천에서 온 검은 죽음의 사자가 무수한 까마귀로 변신하여 어지럽게 춤을 추는 것 같았다.

경찰서 구내에서 트럭이 모습을 드러냈다. 덮개를 치고 있어 처음에는 안쪽을 들여다볼 수 없었다. 군중 속에서 은은한 형태의 어떤 웅성거림이 들렸다. 정확한 인원수는 알 수 없었지만, 어스레한 내부에 존재감 없이 야윈 대여섯 명의 모습만은 알아볼 수 있었다. 하지만 얼굴이 전혀 보이지 않는다. 헌병들이 수고스럽게도 죽으러 가는 사람들을 호위하고 있다. 총검은 뙤약볕을 쪼글쪼글 몸이 오그라드는 듯이 반사했다. 검은 보이지 않는다. 그저 빛만이 보인다.

두 대째도 마찬가지였다. 세 대째에는 여자들의 모습이 보였다. 모두 어두운 덮개 밑에서 바깥세상의 빛을 잠시라도 흡수하고자 젖 먹던 힘을 다해 응시하고 있는 듯했다. 새끼줄 저편에서, 아버지와 어머니, 친구들과 자매들이 자신을 보려고 와 있는 게 아닐까, 아아 가여운 사람들이여! 조국의 이들이여! 한순간이라도 보고 죽고 싶다. 하지만 손가락 하나 마음대로 움직일 자유가 없다.

트럭이 나오고 지프가 움직이기 시작했을 때, 십자로 반대편의 새끼줄이 쳐진 집에서 노파가 아우성치며 뛰쳐나왔다. 마지막 트럭의 덮개 안에서 젊은 여자가 머리칼을 마구 흩날리며 날뛰었다. 동요한 군중의 움직임에 새끼줄이 지금이라도 끊길 듯 팽팽해졌다. 놀란 헌병이 눈을 흘기며 총검을 들이댔다.

"어이! 이놈들!"

흰옷을 입은 노파는 넘어지고 나뒹굴면서도 이름을 불러 외치며 2, 30미터는 달렸을 것이다.

기관총이 침착하게 그녀를 겨눴다. 클라이맥스를 기다리며 일부러 긴장의 활을 당기고 있는 듯 매우 침착했다. 말발굽 소리와 노성의 울림이 동시에 폭발하자, 건물에 가려진 십자로 옆에서 기마병이 맹수처럼 공중에서 발길질했다. 모래가 소용돌이치며 숨을 쉴 새도 없이, 군마(軍馬)는 노파를 한 번에 뛰어넘으며 쓰러뜨렸다. 그런데도 노파는 몸을 일으켜 다시 한 발을 내딛는 것이었다. 기관총이 대기를 뚫고 불을 뿜었다. 이번에는 그걸로 끝이었다. 까마귀는 사방팔방 상공으로 흩어졌다.

세 대째 트럭이 급정차했다. 젊은 여자가 끌려 내려왔다. 똑똑히 볼 순 없었지만, 음영이 짙은 상당한 미인이었다. 심홍색 저고리가 너덜너덜해져 하얀 가슴이 드러나 있었다. 시체를 보고는 "어머니! 어머니! 아이고! 어머니!" 하고 울부짖는 여자를 세 명이 달려들어 땅에 내동댕이쳤다. 청춘을 담은 총검의 뾰족한 주둥이가 아름다운 젖가슴과 젖가슴 사이에 최후의 빛을 남긴 채 푹 가로질렀다. 나는 내가 기도를 하고 있다는 것을 깨달았다. 동시에 총성이 울렸다. 어렴풋이 움직인 듯싶더니 여자는 조용히 가로누웠다. 검을 빼내곤 진홍빛 피를 닦아내려고도 하지 않고 허리에서 권총을 꺼내 잠든 처자의 관자놀이에 두 발 쏘았다. 그리고는 유유히 여섯 개의 발이 움직여 처자의 육체를 굴렸다. 뒤로 꽁꽁 묶인 팔이 피로 물들어 너무나도 아파 보였다.

뒤로 젖힌 평평한 모자에 뭔가 의미가 있는 듯한 극채색의 훈장들을 늘어뜨린, 키가 크고 검게 그을린 남자가 스피커와 함께 십자로에 나왔다. 그리고 이렇게 말했다. "충량한 대한민국의 신민 제군! 법은 신성해야 하는 법이다. 우리 대한민국의 법은 신성불가침이다. 제군들도 주지하는 바와 같이 우리의 거룩하신 이승만 대통령 각하께서는 라디오를 통해 이렇게 말씀하셨다. '제주도민은 모두 빨갱이다. 이는 우리 거룩한 대한민국의 국시와는 절대 양립할 수 없다. 그러하기에 한 사람도 남김없이 소탕해야 한다. 이는 우리 대한민국에 대한 충성이다.' 제군! 제군들은 사형에서 한 등급 감형되었다. 제군들은 '양민'이 되어가고 있다. 한라산의 폭도들에게서 벗어나고 있다. 그런데 오늘 이 같은 꼴은 아주 유감을 금할 길이 없다. 타산지석으로 삼아 앞으로 이러한 일이 없도록 충심으로 우리 친애하는 제군에게 부탁하는 바다."

더위와 피로로 땀이 괴로웠다. 나는 모녀인 듯한 그 시체 수습 장면을 망연히 바라보고 있었다. 머릿속이 푹 무너져 내리는 것 같은 공허함이 마음 전체를 채우고 있었다.

사람들은 모두 흩어졌다. 나는 다시 처마 밑 그늘에 몸을 숨겼다. …… 그 트럭은 관덕정 주변에서 기다리고 있던 앞선 두 대와 합류하여 움직이기 시작했다. 세상 모든 일과 마찬가지로 슬픔을 주는 자는 슬퍼하지 않았다. 모든 게 아무 일도 없었다는 듯 원상태로 돌아갔다. 지프가 양쪽에 세 대씩, 모두 아홉 대의 사형집행차가 모래바람을 일으키며 빠져나갔다. 비행장으로 가는 것이다. 거기에서 비밀리에 죽임을 당한다. 까마귀의 큰 무리가 어느샌가 유유자적하게 상공을 선회하며 따라간다.

덮개와 길 위에 죽음의 표식 같은 그늘을 드리우며 능숙하게 날아갔다. 멀리서 한 발의 총성이 울렸다. 두 발, 세 발, 연이어 울려 퍼졌다. 불길한 까마귀 두 마리가 시체가 되어 점점이 떨어졌다. 까마귀 무리는 흩어졌다가 바로 되돌아왔다. 망을 던졌다 끌어당기는 듯했다. 사형집행인들도 까마귀라는 새가 기호에 맞지 않을지 모른다.

이 마을의 군중에게는 질서가 있는 듯하다. 멀리 떨어진 촌락과 산기슭에서 가족의 마지막 출발을 보기 위해 모인 사람들도 있을 것이다. 하지만 그들은 보지 못한다. 어젯밤 트럭에 실려 간 것일까. 지금 눈앞에서 운반되어 가는 것을 보지 못한 것일까. 그들은 모른다. 죽어가는 저 사람들 속에는 자기의 아들과 딸, 남편과 아버지, 형제와 친구가 있을 터다. 이것이 덧없고 막연한 바람인 것이다. 땅거미가 지는데 그들은 어디로 돌아갈 것인가, 또 내일을 기다릴 것인가, 그들은 어디에서, 어떻게 기다릴 셈인가. 어떻게든 되겠지, 되지 않으면 안 된다. 그들은 죽진 않을 것이다. 반드시 살아내야만 한다.

헌병 앞에서 발을 헛디뎌 꼬치구이 이상으로 무참하게 찔리는 바보 같은 흥분은 하지 않는다. 지금은 충분히 냉정해져 있다. 경험이, 현실이, 그들에게 그것을 가르쳐 주었다.

내 옆에 젊은 엄마와 아이가 있었다. 아이는 공포에 떨면서도 천진난만한 눈동자를 반짝거린다. 젊은 엄마는 그런 아이의 어깨를 두 손으로 감싼 채 치를 떨며 창백한 얼굴로 진주 같은 눈물을 흘렸다. 어깨에 댄 두 손은 오한일 때처럼 부들부들 떨렸다. 노인 하나가 중얼거리듯이 말했다.

"아주머니! 저 개 같은 놈들에겐 눈물을 보이지 마쇼!" 흘낏 눈길을 주었다. "눈물의 빛과 검의 빛이 바뀝니다."

나도 슬슬 발길을 돌렸다. "조금 전에 연설한 양반은 누게꽈?" 노인에게 고향 사투리로 물어보았다. "아이고! 이 사람아, 정말 모른단 말이오, 모르는 사람이 없소. 저이는 양(梁) 헌병대 사령관님이지. 객지에서 왔나 보군. 이봐, 젊은 양반! 조심하시게, 알겠지, 젊은 양반!" 구부러진 허리 뒤로 뒷짐을 지고, 긴 곰방대를 든 채 터벅터벅 자리를 떠났다. 감사했다. 나는 뒤를 돌아보았다. 십자로 주변을, 적어도 혈흔이라도 눈에 담아 두고 싶었다. 멀기 때문인지, 아니면 흙으로 덮어서인지 알아볼 수 없었다. 개새끼들이 알짱거리고 있다.

경찰서 앞의 넓은 공간에 한 처녀의 꽃 같은 신선한 피가 모래에 묘하게 뒤섞여 진홍빛으로 물들어 있었다. 하얀 그 볼에, 눈물이라도 흘리고 있었을까……

유방이 없는 여자

1.

S가 모친과 처자를 데리고 니가타(新潟)에서 귀국선을 타고 북의 공화국으로 간 것은 1971, 2년 무렵이니까 벌써 10년이 지났다. 당시의 그는 재일조선인 조직 쪽에서 건축기사로 일하고 있었고 나이는 서른셋인가 넷이었다.

그는 조선으로 치자면 나와 십촌 관계로 나를 항상 형님이라 불렀다. 십촌을 구체적으로 설명하자면 사촌의 증손 사이로, 일본에서는 친척이라고 하기에 느낌상 조금 낯설다. 하지만 본관이 하나의 계보로 되어 있는 조선의 씨족제도로 보자면 십촌은 엄연한 친척이다. 만약 그것을 부정하기라도 한다면, 어르신들에게 친족 개념이 없는 짐승이라고 매도당할 것이다. 하지만 사실 일반적으로 젊은 세대에게 그런 개념이 희미해져 있고, 특히 재일조선인 2, 3세 중에는 그런 지식조차 없는 이들도 있다.

하지만 조선에서도 역시 가까운 친척이라고 하면 팔촌 정도까지고, 십촌이 넘으면 약간 멀지만 S와는 촌수와 상관없이 가깝게 지내는 사이였다. 오사카에서 한때는 같은 연립주택에 살며 늘 얼굴을 마주했고, 또 지금은 고인이 된 그의 아버지와는 그 전부터 가깝게 지냈기 때문에 말하자면 그와 나는 촌수를 초월한 관계였다.

귀국을 앞둔 S는 오사카를 떠나기 전, 볼일을 보러 도쿄에 왔다가 우리 집에 인사차 들러 하룻밤 자고 갔다.

초봄이었던 그날 밤은 아직 쌀쌀했고, 우리는 밤이 늦도록 술잔을 기울였다. 우리는 술이 부족하여 아직 다 익지도 않은 매실주까지 꺼내 마셨는데, S는 자기 아버지 얘기를 하다가 충격적인 사실을 나에게 전했다. 말하는 품새로 봐서는 취기에 하는 말이 아니었다. 아직 취기가 오르지 않은 초저녁이었고 그는 의식적이었다.

"…… 저기, 형님, 아버지가 돌아가시고 이런 일이 있었어요. 유품을 정리하는데 일기가 나옵디다. 아버지는 그때 제주도에서 일본으로 피신해왔고 그때부터 한 10년 동안 형님도 알다시피 거의 누워서 생활했잖수? 이것저것 그간의 일들을 적은 대학노트 몇권 있습디다. 그 일기에 형님이 밀항해온 우리 어머니네를 데리러 대마도에 가준 일, 또 내가 밀항에 실패해서 오무라수용소에 있을 때 형님이 탄원서를 준비해준 일도 있고. 그 전후로 한 일들이 이것저것 적혀 있는데……, 그게 말이오, 이런 일도 적혀 있습디다. 아버지가 제주의 경찰들한테 고문당하고 있을 때 어머니가 그 현장에 끌고왔고, 거기서 개새끼들이 아버지 눈앞에서 어머니를 발가벗기고 음모 털을 라이터 불로 지졌던 모양이오. 그때 일을 잊을수 없다고 구구절절 썼더라고요. 좀 놀랐어요……."

"으음……." 나는 술잔을 천천히 입으로 옮기면서 내심의 충격을 감추고 있었는데, 그것은 그렇다 치더라도 담담한 미소를 띠며 얘기하는 S의 품새는 어찌 된 일인가. 그의 아버지가 돌아가신 지 이미 10년이 지난 그 세월 때문일까. 아니면 그 당시(제주경찰서의 고문이라는 것은 1948년 4월 3일에 일어난 제주도 4·3 무장봉기 당시의 일이었다.) 어머니와 함께 제주도에서 생활하면서 어린 눈으로 끊임없이 학살이 이어지던 고향의 비극을 이미 목격했기 때문일까.

"자네 아버지한테 당시 제주도에서 일어난 일을 들은 적이 있다네. 무시무시한 체험담도 들었지. 그런데 그건 처음 듣는 얘기네. 그래서, 뭐랄까, 아버지가 살아 계실 적에 뭔가 그 비슷한 얘기를 자네나 어머니한테 하신 적이 없나?"

"아니오. 그게 전혀 그랬던 적이 없단 말이에요. 내가 일본에 와서 아버지하고 3, 4년 동안 같이 살았지만 그런 내색은 전혀 없었수."

"일기에 적은 거니까 거짓말은 아니겠지."

"맞아요. 내가 어머니한테 일기를 보여주면서 물어봤어요. 아버지가 이런 일들을 구구절절 적어놨는데 정말이냐고. 그랬더니 제주도에서 그런 일이 있었다고 합디다. 아무리 그래도 용케 돌아가실 때까지 아무 말씀 안 했다는 거잖아요. 그럴 수 있다고 보시오? 형님 어떻수?"

"어머니는 뭐라고 하시던가?"

"웃습디다."

"웃었다고? 허 참……."

하지만 S는 그 이상 많은 말을 하려 하지 않았다. 혹은 어머니에게는 사실 확인 정도의 말밖에 듣지 못했을지도 모른다. S는 얘기를 중단했고, 나 역시 더 이상 깊이 캐물을 수도 없었고 내키지도 않았다. 나는 그의 어머니가 그때 아마 강간을 당했을 것이라고 상상했다. S도 그런 상상을 했는지 어떤지 그런 생각까지 하는 것은 괴로운 일이었지만, 역시 그때 강간을 당했을 거라고 생각했다. 그녀는 당시 아직 서른 전후로 젊고 고왔기 때문에 S 아버지에 대한 고문으로서도 틀림없이 상당한 효과를 발휘했을 터이다. 고문자들 손이 아내를 발가벗기고 음모를 라이터 불로 지지는……. 눈앞에서 본 그 광경을 병상에서 죽을 때까지 10년 동안이나 잊지 못했던 남자. 나는 그녀에 대해 잘 알고 있었기에 그 아들인 S와도 얘기를 나누고 싶지 않을 정도로 어둡고 견디기 힘든 기분이 엄습해 잠시 잠자코 술만 마셨다. 아직 소주 냄새가 독하게 코를 쏘는, 숙성이 덜 된 매실주까지 손을 대 이튿날 내내 고생할 만큼 취했는데, 원래 술이 약한 체질 탓도 있겠지만 아마 S의 이야기가 나를 더 고약하게 취하게끔 했다고도 할 수 있다.

나는 S 아버지에게 부탁을 받고 제주도에서 밀항해온 그녀를 데리러 대마도에 다녀왔고 그 후 이웃에 살았다. 과묵하고 소극적인 편이었던 그녀는 한복 바느질 일로 일가의 생계를 꾸렸다. 병든 남편의 수발을 들고 나중에 일본으로 건너온 아들 S를 고등학교에서 대학공부까지 시킨 다기진 여자였다.

그건 그렇다 치더라도 S는 왜 그런 얘기를 물에 작은 돌멩이 하나를 톡 떨어트리듯 뱉어놓고 간 것일까. 나는 다음날 그가 돌아가고 나서야 비로소 그런 생각을 했다. 여태까지 여러 번 와서 자고 가기도 했고, 또 취한 적도 여러 번 있었지만 전혀 그런 내색을 하지 않았다.

고문자들에게 몸을 제압당한 채 외부로 노출된 여자 음모의 형체. 음모가 오그라들며 타오르는 연기와 냄새……. 그것은 곧 내 안에서, 유치장의 높은 천장을 날아다니던 박쥐가 여자의 음모에 달라붙은 그로테스크한 이미지로 더욱 확장되어 후에 소설 「남겨

진 기억(遺された記憶)」이 되었다. 가장 사랑하는 아내와 아들에게 기억의 한 조각조차 입 밖으로 내지 못하고 몰래 일기에 적어 두었다는 죽은 S 아버지에 대해 나는 새삼스레 다시 생각해보게 되었다.

8·15 해방 후 가족을 데리고 오사카에서 귀국한 S 아버지가 동란에 휩싸인 제주도를 떠나 다시 일본에 밀항해온 것은 1949년 여름이었다고 기억한다. 당시 나는 오사카의 형님 집에서 어머니와 함께 살고 있었다. 같은 연립주택 끝방에는 주물 기술자였던 초로의 일본인 부부가 살고 있었고, 그 2층에는 그의 여동생 부부가 살고 있었다. 거기에 어느 날 갑자기 밀항해온 그가 찾아온 것이었다. 당시 그의 몸은 이미 망가진 상태였고 폐병을 앓고 있었다. 그는 제주도 4·3 봉기의 혼란 속에 체포되었고 고문 끝에 반신불수가 되었다. 겨우 그것도 돈을 써서 석방된 후에 가족을 남겨두고 먼저 섬을 빠져나온 것이었다.

나는 당시 제주도 4·3 사건이 일어났다는 정도는 알고 있었다. 하지만 일본 신문에 거의 보도되지 않았기 때문에 그 내실이 어떠했는지는 알지 못했다. 나는 옆 옆집인 그의 여동생 집에 드나들기 시작했고, 그 역시 당시 학생이었던 나를 불러 고향 땅에서 일어난 비극을 열심히 들려주었다. 그는 결핵 환자였던지라 때로는 열 때문에 붉게 상기된 얼굴을 하고 이야기했다. 그는 제주경찰서와 유치장의 배치, 그리고 고문실이라고 불리는 사찰담당실의 위치 등 기억을 더듬어 지도를 그리면서 이야기를 이어갔다. 그는 등과 여윈 다리 곳곳에 남아 있는 처참한 고문의 상처를 보여주며 눈물을 삼킨 채 이야기했다.

두 평 정도 크기에 수십 명을 채워 넣어 앉을 자리도 없는 유치장에 대해서. 앉을 자리를 둘러싼 뺏고 뺏기는 동지간의 싸움. 동지애에 대한 절망. 속출하는 병사자 등……. 고향에서 일어나고 있는 가혹한 학살 상황에 대해서 나는 겨우 지식이 아닌 하나의 이미지를 구성할 수 있게 되었지만, 그때 나는 제주도의 현실에 압도되어 흠씬 두들겨 맞은 기분이었다. 제주도가 나의 존재를 뿌리째 흔드는 힘으로 나를 사로잡아 버린 것은 그의 체험을 섞은 이야기의 영향이 크다.

미군정 하에서 밀도화(密島化)된 고향의 처참한 학살 상황은 단지 밀항자를 통해서만 일본에 사는 나의 귀에 전해졌다.

그는 입원과 퇴원을 반복했다. 그리고 퇴원 후에는 안정과 요양을 취해야만 했고 외출은 거의 불가능해졌다. 그는 병상에서 제주도에 관한 이야기를 했고, 또 고문당한 체험을 이야기했지만 고문당하는 자기 앞에서 아내의 음모가 라이터로 태워졌다는 사실에 대해서는 일절 입 밖에 낸 적이 없었다. 그의 이야기를 받아 적은 당시의 빛바랜 오래된 메모에 "취조하면서 옆에서 강간"이라는 한 줄이 있다. 어쩌면 그러한 표현에 다분히 강간당했을 아내의 이야기가 포함되어 있었을지도 모른다. 결코 일반적인, 타인이 겪은 그것이 아니었다. 그렇다고 한다면 그 한 줄은 이를 갈다가 나온 뼈아픈 한마디였던 셈이다.

2.

S 어머니가 일본에 건너온 것은 남편이 밀항한 그 이듬해였다. 4월이 되고 나서였다. 어느 날 S 아버지는 나에게 한 통의 속달우편을 보여주며 지금 대마도에 아내가 와있다고 했다. 그리고는 편지 발송인의 집에 또 한 명의 여성과 은신하고 있는데, 대마도에 가서 그녀들을 데려와 달라고 부탁했다. S 어머니는 전에 오사카에 산 적이 있지만 다른 한 사람은 일본이 처음이기도 하고, 길을 잘 모르는 둘이서 움직이다가 도중에 그 수상한 움직임에 검문이라도 당하는 위험에 처할지도 몰랐다. 대마도에 도착한 지 사흘 정도 됐는데 하루라도 빨리 서두르는 것이 최선이었다.

나는 여비를 받아 편지봉투와 동봉한 약도를 가방에 잘 넣어 그날 바로 야간버스를 타고 출발했다. 다음날 아침 하카타(博多)에 도착했는데, 비는 부슬부슬 내리고 바다는 연기를 뿜어내는 듯한 잿빛 안개로 뒤덮여 시야가 좋지 않았다. 나는 파도가 거친 현해탄으로 나가는 연락선의 비에 젖은 트랩을 오르며 본능적으로 사복 경찰의 눈을 의식했지만, 그것은 완전한 착각이었다. 일본의 패전 후 현해탄으로 나가는 연락선에 처음 타는 것이었기 때문에 전쟁 시기에 시모노세키(下關)와 부산을 오가는 관부연락선과 하카타에서 여수를 오가던 연락선의 이미지와 겹쳤던 것이다. 전자는 수천 톤, 후자의 경우는 2, 3천 톤급의 선박이었다. 당시엔 사복 차림도 아니었다. 해상경찰과 검을 찬 헌병들이 부두에 늘어서 있었고 트랩 위아래 양쪽, 선실 입구까지 감시하는 사복 경찰의 눈이 뻗쳐 있었고, 조선인을 바라보는 선원들의 눈빛까지 사복 경찰의 색을 띠고 있었다. 당시 내지(內地)라고 불린 일본과 조선 사이에서만 그런 것이 아니었다. 조선 내에서도 예를 들면 부산 혹은 목포와 제주 간 연락선을 타고 내릴 때도 살벌한 사복의 눈이 깔려 있었다. 나는 마치 조건반사처럼 되살아난 긴장감에 사로잡혔다. 하지만 도항증명서를 제시할 필요도 없었고 감시의 눈도 없었기 때문에 안도하며 배에 올라탔지만, 오히려 그 까닭 없는 안도감이 '이방인'의 배를 타는 것 같은 묘한 기분을 느끼게 했다.

바다는 거칠었고 천 수백 톤급의 배는 크게 요동치며 흔들렸다. 예전에 7, 8천 톤급의 관부연락선도 바다가 거칠 때는 흔들림이 심해서 승객들이(관헌의 감시망을 빠져나가야만 하는 조선인의 경우는 승객이라 할 만한 우아한 존재는 아니었지만) 뱃멀미를 할 정도였으니까 이 정도 흔들리는 것은 무리도 아니다. 그렇지만 거대한 삼각의 파도가 만들어낸 골짜기를 향해 무서운 기세로 낙하하듯 곤두박질 치고는 솟구쳐 올라, 마른 낙엽이 가루가 되듯이 당장이라도 해체되어버릴 것 같은 수 톤짜리 밀항선 항해와는 비할 바가 못 된다. 8·15 해방 후 오랜 원한의 땅에서의 생활을 청산하고 조그만 배에 목숨을 맡긴 채 독립한 조국으로, 고향으로 돌아갔던 사람들 대부분이 그 얼마나 신생 조선의 재건에 희망을 품고 있었던가. 하지만 사람들이 독립조선이 환영에 지나지 않는다는 사실을 깨닫는 데는 오랜 시간이 걸리지 않았다. 남조선에 상륙해서 구 조선총독부의 기구를 그대로 이어받은 미 점령군은 결코 해방군 같은 것이 아니었고 일제를 대신하는 침략군으로서 본성을 드러냈다. 미군정 하의 남조선은 해방 후 1년 만에 파시즘이 발광하는 사회로 변했다. 1948년 5월 10일, 미국의 총검 아래 강행된 5·10 단선, 즉 남조선만의 단독선거. 거족적인 반대 투쟁. 그 반미, 반이승만, 반5·10 단선 투쟁의 일환으로서 일어난 제주도 4·3 무장봉기, 1년여 만에 수만 혹은 7, 8만이라고도 전해지는 학살의 시체 더미. 그것을 트랙터로 눌러 뭉개면 '퍽', '퍽' 마치 타이어가 터지는 듯한 시체 더미의 파열음……. 묻힌 시체들이 비료가 되어 비옥해진 땅. 해방 이듬해 여름, 서울에서 다시 일본으로 되돌아온 나 역시 그랬지만 대부분의 사람들이 밀항선을 타고 다시 현해탄을 넘어와 재일조선인으로서의 예전 생활로 돌아왔다. 조국 땅을 버리고 일본에 밀항해 올 수밖에 없었던 사람들.

나는 부슬비에 젖은 갑판으로 나와, 넘칠 듯한 기세로 넘실대는 납빛 바다를 내다보면서 저 파도에 농락당하고 있는 작은 어선의 환영을 보았다. 아니, 환영이 아니다. 운무에 갇혀 멀리까지 시야가 닿지 않는 저편 어디에선가 갑자기 밀항선이 모습을 드러낼지도 모른다. 대마도가 아닌 규슈(九州)로 직행하는, 혹은 가고시마(鹿兒島)의 남단을 멀리 우회하여 와카야마(和歌山) 어디쯤을 향하는 밀항선……. 밀항선을 쫓는 순시선. 일제강점기에는 생각할 수 없던 일이 해방 후 현해탄 해상에서 일어나고 있는 것이다.

이즈하라(嚴原)에 도착한 것은 3시 넘어서였다. 하카타에서 6시간 정도 걸린 셈인데, 도중에 이키(壹岐)에 기항했지만 예전에 시모노세키에서 부산까지가 8시간 정도였으니까 그 절반 정도의 거리치고는 상당한 시간이 걸렸다고 할 수 있다. 하지만 밀항선으로 이 바다를 건너 일본에 닿으려면 여러 날이 걸린다. 태풍을 피하기 위해 규슈 남단의 무인도 같은 섬에서 며칠씩 빗물로 갈증을 달래면서 한 달 가까이 보내고 거의 난파선이 다 되어 와카야마 해안에 도착하는 경우도 있었다. 그러니까 대마도 상륙에 성공한 후에 일반인 같은 차림새를 하고 일본 본토로 넘어가는 일은 모험이긴 하나 꽤 우아한 밀항일지도 모른다.

대마도는 흐렸지만 비는 내리지 않았다. 사복 같은 이의 모습도 보이지 않는 부두의 광경에 안도하면서도 트랩을 내려오며 긴장하게 되는 것은 역시 묘한 느낌이었다. 대마도가 처음인 나는 가옥을 감싸고 있는 돌담 풍경을 보며 절해의 고도 제주도의 돌담 초가집을 떠올렸다.

해안가의 어느 작은 버스정류장에 내린 나는 멀어져가는 버스를 배웅하면서 북쪽을 향해 잠시 걸어갔다. 버스에서 같이 내린 것은 바구니를 짊어진 농부 한 명뿐이었고 그녀는 버스가 왔던 방향으로, 길을 따라 대여섯 집이 모여 있는 쪽으로 멀어져 갔다. 걷다가 이미 외우고 있던 지도를 주머니에서 꺼내 다시 확인해봤다. 처음 지도를 봤을 때는 마치 어린애가 그린 그림처럼 단순하고 조잡하다고 느꼈지만 실제로 지리 자체가 단순해서 곧바로 산 쪽으로 향하는 길로 들어섰다.

동백나무와 관목이 양옆으로 늘어선 오르막길을 한참 올라가서 도중에 우측으로 틀어 조금 더 오르자 나무로 둘러싸인 한 채의 작은 숯막 같은 집이 보였다. 좁은 마당에 닭 두세 마리가 먹이를 쪼아대고 있었다. 돌로 된 층계를 구둣발 소리를 내며 올라가 마당에 들어서자 닭들이 울어대며 사방으로 흩어졌다. 마당 우측에 창이 없는 허름한 창고 비슷한 것이 있었고 좌측에 안채가 있었는데 닭들이 침입자에 놀라서 울음소리를 낸 것 말고는 쥐 죽은 듯 조용했고 인기척도 없었다.

"계십니까?"

분명 폐가는 아니고 어딘가에서 희미하게 사람의 온기가 전해지는 것 같은데 인기척이 없다. 나는 방금 올라온 오르막 쪽을 돌아보았지만 아무도 없었다. 나는 마당의 뭔가 깃들어 있는 듯한 공기의 압박을 피부로 느끼며 안채 쪽에 가서 문패를 확인했다. 봉투에 적힌 발신인 이름과 같았다.

"누구 안 계십니까?"

나는 한 번 더 말했다. 안에서 의식적인 발소리와 함께 문이 열리고 작은 키의 남자가 조심스럽게 얼굴을 내밀었다. 그는 나 말고 다른 사람이 없다는 것을 확인하고는 움찔하며 여전히 의심쩍은 눈빛으로 나를 쳐다보았다.

"××씨지요?"

그는 아무 말 없이 끄덕였다. 나는 심기를 건드리면 안 된다고 생각하고, 속달우편의 빈 봉투를 보여주며 편지를 받고 온 사람이라고 말했다. 그런데도 남자는 험악스러운 표정을 풀지 않은 채 턱으로 맞은편 창고 같은 곳을 가리켰다. 거기에 있다는 뜻일 테지만 마치 벙어리처럼 입을 열지 않았다.

나는 좁은 마당을 가로질렀다. 그리고 사람이 있을 것 같지 않은 허름한 건물의 작은 판자문을 가볍게 노크하면서 제주도 고향

말로 오사카에서 왔다고 말했다. 여자의 작은 헛기침 소리가 나더니 이내 문이 열렸고 어둑어둑한 방 안에서 낯익은 S 어머니의 얼굴이 밖에서 쏟아져 들어가는 밝은 빛에 드러났다.

"아이구, 편지를 받았구나. 정말 잘 와줬네. 정말 잘 와줬어."

그녀는 조선말로 여러 번 같은 말을 반복하며 양손으로 내 손을 꽉 잡았다. 안채 앞에서 집주인이 이쪽을 응시하고 있었다. 그녀가 재빨리 내 신발을 방구석의 신문지 위에 가지런히 올려놓고 문을 닫았다. 그녀들의 신발도 두 켤레 놓여 있었다.

작은 창 하나에 3첩(疊)도 안 되는 어두운 방은 돗자리만 하나 깔아둔 마루방이었다. 곧추서면 머리가 닿을 정도로 천장이 낮다. 거주용이 아니라 무슨 창고를 개조한 공간일 것이다. 누워있던 젊은 여자가 몸을 일으켜 인사했고, 멀리까지 데리러 와 줘서 고맙다며 무릎을 꿇고 머리를 깊이 숙여 인사를 했다. "아닙니다……." 나도 무릎을 꿇고 답례를 했다. "S 아버지의 심부름으로 온 겁니다. S 아버지한테도 제주도 얘기는 많이 들었는데, 여하간 목숨을 건사해서 여기까지 오셨으니 다행입니다……."

나는 밀항자를 앞에 두고 무슨 말을 해야 할지 몰랐다. 그저 안전하게 그녀들을 오사카에 데리고 가는 것만 생각해야 했다.

"나는 일본이 처음이라 길도 모르고 말도 잘 몰라요. 도중에 애먹게 할 수도 있겠지만 부디 잘 부탁드립니다."

"그래도 여기서 사흘 묵으면서 그동안 열심히 서툰 일본어를 기억해 내면서 '벤쿄'(공부)했네."

S 어머니가 웃으면서 조선어로 말했다. 아마 대마도에 도착하

고 나서 처음 웃었을 것이다.

"두 분 다 안심하세요. 이제 괜찮습니다. 물론 여기는 아직 오사카가 아니에요. 버스로 이즈하라라는 항에 간 다음에 연락선을 타고 규슈 하카타에 가서 기차를 타고 가는 거라서 조심할 필요는 있지만요. 그래도 밀항선으로 규슈 어딘가에 직접 상륙하는 게 아니니까 너무 겁먹고 그러면 오히려 좋지 않아요. 옛날 관부연락선처럼 사복이나 헌병이 감시하고 있는 것도 아니니까 절대 힐끔거리면 안 돼요. 일단 항구에 가보면 알 테니까 여행하는 사람처럼 하면 되는 겁니다."

나는 실제로 두 사람을 보자마자 직관적으로 괜찮을 거라고 느꼈다. 두 사람은 투피스를 입고 온 것 같은데(주인한테 빌린 것 같은데, 옷걸이에 해서 벽에 걸려 있었다.), 나보다 서너 살 위로 보이는 다른 한 사람이 스물일곱, 여덟 정도로 보이는 K녀였다. 그녀는 피부가 조금 까만 편이지만 동양사람 같지 않은 용모를 가진 상당한 미인이라서 처음 얼굴을 마주했을 때 깜짝 놀랐을 정도였다. 게다가 서른 정도의 S 어머니 역시 피부가 희고 보통 이상의 미모라서 두 사람 모두 조선의 어느 시골 마을에서 밀항해온 것처럼 보이지 않았다. 해방 전에 보고 못 만났던 S 어머니의 얼굴은 알고 있었지만, 다른 한 명이 조선의 촌사람 같은 모습이면 어쩌나 내심 걱정했었다.

날씨가 우중충하기도 했고 날도 일찍 저물었다. 다섯 시가 지나자 안채에서 저녁밥을 가져왔다. 우리는 어두워지기 전에 식사를 마쳐야 했다. 방에는 전등이 없기도 했지만, 램프건 촛불이건 절대

켜면 안 됐다. 밖으로 불빛이 새어나갈 것을 우려한 주인이 금한 것이었다. 두 사람은 사흘 밤낮을 불안에 떨며 움막에 은신하고 있던 겁먹은 짐승이었다. 그러고 보니 누군가의 체취가 묻어있는 듯한 이 기묘한 공간은 밀항자들을 위한 전용 은신처였는지도 모른다. 그런데 마흔은 돼 보이는 이 은신처의 주인장에게는 조금 더 밀항자들에게 마음을 열어줄 만한 여유가 없는 것일까. 밀항업자와 동업하고 있는 것이라면, 그리고 만약 이 일이 귀중한 인명구조로 이어진다는 것을 알고 있다면 조금 더 너그러워져도 될 것 같은데, 처음 만났을 때 봤던 그 의심의 눈빛은 변함이 없었고, 마음이 좁은 뭔가 막혀있는 듯한 느낌의 남자였다. 배가 내일 아침과 오후 두 편밖에 없다는 것을 알고서 한시라도 빨리 떠나라고 말하는 듯하다. 밀항자가 있는 동안에는 계속 불안을 느낄 수밖에 없겠지만 이 주인장의 태도 때문에 되려 우리가 가야 할 길이 불안하게 느껴질 정도였다.

금세 우리는 서로의 얼굴조차 구분하지 못할 정도로 칠흑 같은 어둠에 휩싸였고 그저 낮은 목소리만이 서로의 존재를 증명하는 느낌 속에서 하룻밤을 지새우게 되었다. 전등이 없는 제주도 시골의 어둠, 그리고 오는 길에 타고 왔을 밀항선 내의 어둠, 여기에 온 후 사흘 밤의 생활에 익숙해져 있는 두 사람은 침착했고, 심지어 어둠과 능숙하게 호흡을 맞추고 있는 것 같다는 느낌마저 들었다. 하지만 나는 이 어둠이 왠지 두텁고 시커멓게 움직이는 기체 같아서 답답해 견딜 수가 없었다. 담뱃불을 붙이는 성냥의 벌건 불빛이 어둠 속에서 빼꼼히 두 사람의 얼굴을 비추고는 금세 환영처럼 사라진다. 나는 성냥불에 드러난 신비한 얼굴에, 순간 우리 세 사람이 실제로 제주도라는 현실 속에, 어딘가 한 마을의 어둠 속에 있는 듯한 착각에 빠져 화들짝 놀랐다.

우리는 일찌감치 얇은 이불을 깔고 잠자리에 들었다. 수행자처럼 어둠 속에서 좌선을 할 수도 없고 잠자리에 드는 수밖에 방법이 없기 때문이다. 내가 입구 쪽으로 발을 뻗고 가운데에 S 어머니, 그리고 안쪽 벽에 K녀가 몸을 뉘었는데 방이 좁아서 서로의 숨소리가 바로 귓가에 들렸다.

집 주변의 나무와 대숲이 밤바람에 울었다. 어둠 속 무한의 그 어디쯤에서 멀리 파도 소리가 들려오는 듯하다. 나는 귓속 깊숙한 해변으로 밀려오는 파도 소리에 문득 제주도 바다를 상상하기도 했지만, 그러나 두 사람에게 그런 것은 이미 감상(感傷)의 영역이 되지도 못할 것이다. 이곳은 아무리 상상일지라도 제주도 따위여서는 안 된다. 확실하게 일본본토로 가는 중계지, 대마도여야만 한다.

혹시 가능하다면 제주도 얘기를 해주실 수 있겠습니까? 조심스럽게 부탁했기 때문이기도 하나(조심스러웠다 하더라도, 제주도라는 현실의 실제를 몰랐기 때문에 그런 질문을 할 수 있었던 것이다.), S 어머니가 먼저 입을 열었고 마을 사람들에게 강제로 보게 하는 공개사형 얘기와 그 시체처리 과정 등의 얘기를 하다가, 갑자기, 저기 하고, 화제를 바꾸었다. 그러고는 이 사람은 유방이 없다며 K녀에 대한 얘기를 꺼냈다. 천연히, 마치 바람 소리처럼 천연히 꺼냈다.

"뭐라고요?"

194

나는 무슨 의미인지 알아듣지 못하고 나도 모르게 상체를 세워 어둠 속 우측의 온기를 향해서 되물었다. 보이지 않는 상대편 얼굴이 옆에 있었다.

"젖가슴이 없다니까. 두 쪽 다 고문으로 잘렸어."

나는 어둠의 덩어리가 단숨에 나의 입에 주먹을 처박아 막아버리는 것을 의식했다.

"—————"

나는 순간 여자의 알몸을, 가슴을 상상했는데 믿을 수가 없었다. 그리고 보니 어슴푸레한 불빛 속에서 본 그녀의 가슴이 평평했던 것 같은 느낌의 기억이 살아난다. 도대체, 왜 잘린 것일까. 나는 몸이 떨리는 것을 느꼈다.

"저기, K씨, 그게, 정말인가요?"

나는 질문이 성립하지 않는 우문을 던졌는데 그 이외의 다른 말이 나오지 않았다.

K녀는 그렇다고 했고, S 어머니는 그런 말은 농담으로 할 수 있는 것이 아니라고 가볍게 웃으며 말했고, 그 말을 듣고 당사자인 K녀 역시 낮게 웃음을 지었다. 가슴이 양쪽 다 잘려나갔음에도 살아 있는 한 여자가 바로 옆 어둠 속에 존재한다는 것도 놀랄 일이었지만 두 여인의 담담한 태도에 압도당하고 말았다. 가슴이 양쪽 다……. 풍만한 가슴의 S 어머니가 상대를 무시하는 것처럼 남 일이라는 듯 담담한 어조로 말한다. 게다가 K녀 본인의 미소 짓는 얼굴이 어둠 속에 살짝 드러나 보일 정도로 담담하다. 그녀 자신이 남의 일인 양 웃는다. 내 생각이나 상상력은 끼어들 여지가

없었다. 내 머릿속 공간에 피비린내가 차오를 뿐 이제 더는 아무것
도 물을 기분이 아니었다. 어떻게 해서 상처가 허물로 덮이고, 살
이 채워졌을까. 그리고 아마도 원폭증(原爆症)처럼 살이 오그라들
며 켈로이드 모양의 피부가 됐을 것이다. 또 상처가 곪을 대로 곪
으며 썩기도 했을 것이다…….

나는 손을 더듬어 베개 밑에서 성냥을 꺼내 담배에 불을 붙였
다. 잠시 침묵이, 신기하게도 부드러운 침묵이 이어졌다.

"제주경찰서 유치장에서 이런 일도 있었어요. 지금도 눈앞에 선
하게 그 사람 모습이 떠올라서 잊을 수가 없는데…….."

K녀가 침묵의 막을 걷어내듯 함께 유치장에 있던 한 동료 '여죄
수'의 이야기를 꺼냈다.

스무 살을 갓 넘긴 그 여죄수는 하얀 수건 한 장을 사용하지
않고 치마 속에 감추고 있었다. 십수 명이 수감되어 있던 좁은 감
방에서 (남자 감방에는 수십 명을 채운다.) 새 수건을 사용하지 않고
계속 가지고 있는 것은 그녀뿐이었다. 땀과 때, 게다가 생리 등으
로 몸이 끈적거려 모두 걸레 같은 수건과 천 조각을 쓰는데 그녀
혼자 고집스럽게 하얀 수건에 손을 대지 않았다. 청결한 수건이
필요한 병자에게도 빌려주지 않아 그녀는 감방 안에서 따돌림을
당하고 있었다.

사형 날 아침, '석방'이라는 소리와 함께 그것을 통보받은 그녀
는 (제주경찰서에서는 간수가 'XX번 석방'이라고 번호를 부르고 유치장에
서 사람들을 끌어내 트럭에 태워 사형장으로 끌고 갔다.) 비로소 치마 속
에 숨겨왔던 하얀 수건을 꺼냈다. 그리고 간수에게 부탁해서 붓과

먹물을 빌리더니 의아해하는 사람들 앞에서 수건을 펼쳐 자신의 이름과 나이 그리고 출신 마을을 쓴 다음에 그것을 허벅지에 꽉 묶었다. 그녀는 동료들에게 지금까지의 고집스러운 태도를 사과하면서 그 이유를 설명했다. 그래, 언젠가는 사형의 날이 찾아온다. 그날이 되어 사형을 당하고 다른 시체들과 아무렇게나 어느 웅덩이에 처박혀 결국 내 몸은 썩을 것이다. 썩고 나면 가족들이 찾으러 와도 뒤섞인 시체들 속에서 나를 알아볼 수 없다. 하지만 하얀 수건에 먹으로 분명하게 내 이름을 써놓으면 누구인지 알아볼 수 있을 것이다. 그녀는 그런 얘기를 하고는 사람들에게 이별을 고하고 침착하게 죽음을 맞이하러 갔다고 한다.

나는 유방이 없는 K녀의 얘기를 듣다가 숨 쉬는 것이 고통스러워지기 시작했고 얘기를 다 들었을 때는 심장 박동이 격해지면서 눈물이 터지려는 것을 어둠 속에서 겨우 억눌렀다.

도대체, 어떻게 된 일인가. 나는, 지금 어디에 있는가. 나는 이제 어디로도 도망칠 수 없는 새까만 어둠의 구멍에 갇혀있는 듯한 느낌 속에 있었다. 나는 내가 혼자가 아닌 것을 확인하기 위해, 하마터면 어둠 속에서 옆에 있을 터인 S 어머니의 몸에 손을 댈 뻔했다. 나는 헛기침을 했다. 공기가 울렸다. 옆의 어둠 속에서 S 어머니가 몸을 움직였다. 그리고 그녀도 마른 헛기침을 한다. …… 혹시 가능하다면 제주도 얘기를 해주실 수 있겠습니까? 하얀 수건을 허벅지에 묶고 죽음을 맞이하러 간 젊은 여인……, 그것이 제주도 얘기였다. 이 이는 가슴이 없어, 젖가슴이 없다고. 가슴이 양쪽 다 고문으로 잘렸어……. 이것이 제주도 얘기였다. 어둠, 뜬 눈을 검은 액체처럼 적셔버린 어둠에, 여자의 육체가 두둥실 떠오른다. 고문자의 검은 모습은 보이지 않는다. 어둠의 손이 쇳날이 되어 여자의 육체를 찢고, 한쪽 가슴에서 다른 쪽 가슴으로, 차례대로 도려내며 어둠 속으로 데리고 가버린다…… 몸부림치면서 온몸이 피바다에 잠긴 그 육체. 양쪽 유방이 도려내진 K녀가 지금 살아서 숨 쉬고 있는 것 자체가 신기했다. 나는 그, 남자의 가슴보다도 흉한, 풍만한 가슴이 있던 그 큰 상처에, 기꺼이 나의 입술을 대고 뜨거운 키스를 할 것이다.

긴 밤이었다. 혼자서는 버틸 수 없는 깊은 대마도의 밤이었다. 고향에서의 섬 생활은 길고 길었다, 영원히 깨지 못할 가위에 눌린 채 악몽을 꾸었다…… 라고 두 사람은 말했다. 나는 무얼 하러 대마도에 온 것일까. 두 사람을 데리러 온 것은 분명하지만 서로의 얼굴도 보이지 않는 어둠 속에서 그녀들에게 얘기를 듣기 위해서 온 것은 아니었을까. 맞다, 어둠 속의, 밤의 목소리를 듣기 위해서 왔다.

이튿날 아침, 우리는 버스 시간에 맞춰 일찍 출발했다. 8시경에 오전 배편이 있었다.

옅은 화장을 한 그녀들은 마치 소녀처럼 서로의 얼굴을 마주 보며 웃었고, 차림새를 가다듬더니 나한테 어떠냐고 물었다. 준비를 마친 그녀들은 불안과 희망이 교차하는 마지막 목적지를 향해 길을 나섰다. 위축된 듯한 굳은 표정이 바뀌지 않을 거라고 생각됐던 작은 체구의 주인장은 밀항자들이 떠나가는 것을 확인하더니 비로소 웃음을 보였다.

어제의 우중충한 구름이 걷히며 갠 하늘이 보였고 버스길 저편으로 파란 수평선이 내다보였다.

버스는 무사히 타고 왔지만 이즈하라에서 승선할 때는 과거의 기억이 자꾸 되살아나 자유롭지 못했다. 나는 또다시 긴장감에 사로잡혔다. 승객과 선원들이 왔다 갔다 할 뿐 아무것도 아니라는 것을 알면서도 나는 부두 주변에 사복의 그림자가 없는지 찾아내기 위해 눈을 크게 떴다. 트랩 앞에 선 남자는 표를 확인하는 사람일 뿐 승객 한 명 한 명의 신원을 체크하는 것은 아니었다. 하지만 나는 발밑을 조심하라는 둥 그녀들에게 일본어로 말을 걸면서 짧은 트랩을 올라갔다.

온몸이 고슴도치처럼 눈에 보이지 않는 신경의 가시를 곤두세웠던 나의 긴장은, 심야 오사카역에 도착하여 경찰 같은 차림의 역무원이 서 있는 개찰구를 빠져나와 택시를 타고 나서야 겨우 풀렸다. 마지막으로 택시에 올라타 문을 닫은 나는, 후 하고 안도인 듯 마지막 긴장의 지속인 듯 알 수 없는 숨을 내뱉으며 내심 두 사람에게 이제 괜찮아요, 안심하세요, 라는 말을 반복했다. 승차 직전에 내가 택시 승차장에서 작게 조선말로, 택시만 타면 집에 온 것이나 마찬가지니까 안심하라고 말해 뒀었다.

우메다(梅田)에서 이마자토(今里) 로터리를 지나 긴테쓰(近鐵) 철도의 철교 근처까지, 낮이었으면 한 시간은 걸렸겠지만 심야의 택시는 시원하게 달려 2, 30분 만에 도착했다. 집 근처 큰길에 내려 앞장서서 골목 쪽으로 걸어가는데 나는 아닌 게 아니라 피로가 몰려와 갑자기 등에 식은땀이 흐르는 것을 느꼈다. 올려다보니 골목 모퉁이 2층의 뒤쪽 창문이 밝았다. 조용한 골목길에 여럿의 발소리가 얌전히 울렸고 이윽고 세 사람이 집 앞에 도착했다. 우리는 서로의 얼굴을 마주 보았다.

"여깁니다. 여기 2층에 삼촌이 계세요. 아직 안 주무시는 것 같네요……."

나는 S 어머니에게 말했다.

2층 창문의 하얀 커튼 안에서 콜록콜록 기침 소리가 들려왔다.

"아이고, 저 사람 기침을 하네……."

나는 2층 창문을 향해, 삼촌 문 열어주세요. 접니다, 하고 조선말로 말했다. 아래층은 불이 꺼져 있었다.

2층에서 분주한 목소리가 들렸고 여자인 듯한 그림자가 다가왔다. 창문이 열리더니 S 아버지의 여동생이 얼굴을 내밀면서, ××씨……? 하고 내 이름을 부르며 확인하더니 올케의 모습을 발견하고는 소리를 질렀다.

"아, 언니! 오빠, 언니가 왔수……."

이내 계단을 뛰어 내려오는 발소리가 났다. 누워있을 S 아버지는 창문에 모습을 보이지 않았다. 아래층 현관에 빛이 채워지며 문이 열렸고 우리는 좁은 현관 안으로 들어갔다. S 어머니와 그 올케가 얼싸안으며 서로에게 얼굴을 묻었다. 오열하는 소리가 새어 나왔다. 현관 천장 바로 윗방에서 콜록콜록 기침 소리가 이어졌다.

3.

그날 밤늦게 무사히 오사카에 당도하여 남편과 재회한 S 어머니와 그때의 정경에 관해서 글을 쓰는 일이란 없을 것이다.

당시 소학교 학생이었던 S가 할머니를 떠나 일본 밀항을 시도한 것은 그로부터 7, 8년 후인 중학생 때였다. 하지만 밀항에 실패하여 오무라수용소에 1년 가까이 수용되었지만 가짜 부모를 내세워 거듭 탄원서를 제출한 결과 겨우 특별재류 허가가 떨어져 강제송환을 면할 수 있었다. 이리하여 일본을 떠나 해방을 맞이한 조국에 돌아갔던 가족이 다시 일본에서 재회하여 살게 되기까지는 S 아버지가 제주도를 떠나 10년 가까운 세월이 흘러서였다.

제주도 4·3 사건 전후였던 그로부터 30여 년의 세월이 흘렀다. 세월의 흐름은 끝내 죽음까지 집어삼키는 그야말로 망각의 바다라 해야 할까. S 아버지는 아들이 일본에 온 지 3, 4년 후에 병사했고, S와 그 어머니는 지금 일본에 없다.

나 역시 30여 년이 지난 지금까지 살아 있고, 또 이렇게 술을 끔찍이 마시며 지낼 줄은 예상치 못했다. 또 살아 있다 하더라도 재일조선인으로 여기 일본에 있을 거라고는 예상치 못했다. 하물며 나이를 먹고 작가라는 존재가 되어 일본어로 소설을 쓰게 되리라고도 예상치 못했다. 아니, 일본이 아니었다면 만약 내가 해방 직후의 서울에 계속 머물렀더라면 당시 서울에서 헤어졌던 친구처럼, 아마도 20대 초반에, 비참하기 그지없는 조국의 상황 속에서 인생에 작별을 고했을 것이다…….

맞다, K녀의 이야기가 있다. 그녀에 대해서, 이 화(禍) 많고 복 (福) 적은 나라의 슬픈 여인 K녀에 대해서 말해야 하는데 나는 그 후 그녀를 만난 적이 없었다. 그리고 대마도의 그 은신처였기 때문 에 그녀들은 제주도 얘기를 한 것이었고, 오사카에 온 후로는 S 어머니도 일절 입을 닫고 과거와 고향 일을 말하지 않았다. 나는 S 어머니로부터 K녀가 친척 집에 의탁하며 공장에서 일하고 있다 고 들었는데, 1960년에 니가타에서 공화국으로 가는 첫 귀국선을 타고 북에 갔다고 한다. 유감스럽게도 그 이상은 모른다. 하지만 나는 그녀가 당시 고향 땅인 남이 아니라 북으로 첫 배를 타고 돌아간 것을 이해할 수 있었다.

대마도에서 셋이 새우잠을 잤던 은신처에서의 하룻밤. 하지만 나는 S 어머니가 고문당하는 남편 앞에서 몸속 깊숙이 K녀 못지않 은 능욕을 당한 줄은 몰랐다. 라이터 불로 음모를 태우는 고문자 들. 나중에 그녀가 한마디 해준 말이지만, 유방이 없는 K녀는 칼이 아니라 불에 달군 인두로 당했다고 한다. 아마 틀림없이 두 사람 모두 강간을 당했을 터이다. S는 거기까지 얘기하지는 않았지만, 강간을 당하지 않았더라면 그의 아버지가 일기에 구구절절 적어서 간직했을 리가 없다. 아니, 유방을 도려내는 식의 고문 앞에, 시체나 다름없는 사람을 간음하는 것 따위는 문제가 될 만한 일이 아니다.

대마도에서 그 두 사람은 전혀 그런 기색을 내비치지 않았지만, 그녀들끼리는 그 능욕에 대해 얘기하고 있었을지 모른다. 서로 남 일처럼 담담하게 웃음까지 섞어가며. 만약 남편이나 애인이 그 일 에 집착한다면 그녀들은 그 남자들의 애처로움에 슬픈 웃음을 지으며 웃어넘길 것이다. …… 저기, 형님, 아버지가 일기에 이런 걸 적었습니다. 아버지가 제주경찰서에서 고문당하고 있을 때, 개새 끼들이 어머니를 그 고문 현장에 끌고 와 발가벗기고 음모 털에 라이터 불을 붙였던 모양이오. 그때 일을 잊을 수가 없다고 구구절 절 적어 놓았소……. 왜 S는 귀국을 목전에 두고 내게 그 일을 말하 고 간 것일까. …… 이 이는 가슴이 없어, 젖가슴이 없다고……. 대마도의 칠흑 같은 밤, 어둠의 빛이 몰려온다. 나는, 그때는, 그녀 들이 이런 상태였다는 것을 몰랐다. 그 육체의 아픔을 계속 고향땅 의 아픔으로 느껴왔을 그녀들이었다는 것을 아직 몰랐다. 그것이 지금 같은 대마도의 밤에서, 육체에 땅의 신음을 품은 여인으로 새롭게 되살아난다. 그녀들의 숨소리를 귓전에 들으며 어둠 속에 몸을 누이고 있던 움막의 밤을 떠올리면 몸이 떨려온다. 어둠이 나를, 투명한 어둠이 빛살을 뿜으며 나를 쏜다.

그녀들은 용감한 여투사는 아니었다. K녀도 S 어머니와 마찬가 지로 과묵하고 절제적인 평범한 섬 여인이었다. 내가 대마도의 움 막을 찾아갔을 때, 처음 만난 순간 느꼈던 인상, 아름답지만 그늘 이 있는 K녀의 표정을 떠올린다. 그리고 나는 어둠 속 그녀의 목소 리가 들려준, 하얀 수건을 허벅지에 매고 사형장으로 향한 유치장 동료의 이야기를, 아니 후일 내가 그것을 살려 소설 「간수 박 서방 (看守朴書房)」에 묘사한 그 장면을 떠올린다. …… 제주경찰서 유치 장에서 말이야, 이런 일도 있었어요. 지금도 눈앞에 선하게 그 사 람 모습이 떠올라서 잊을 수가 없어요……. 유방이 잘리고도, 그럼 에도 불구하고 살아남아 일본의 섬까지 도망쳐온 K녀의 망자에 대한 애도의 목소리였다.

재작년 10월 15일에 부산과 마산에서 300명의 사망자가 발생했다는 시민봉기가 일어났고, 그로부터 10여 일 후인 26일에 박정희와 대통령 경호실장 차지철이 KCIA 부장 김재규의 손에 사살당했다.

부산과 마산의 봉기에 이어 서울에서 10월 29일에 시민봉기가 계획되어 있었지만, 그것을 알아차린 차지철이 봉기 시에는 10만 명 정도는 죽여도 상관없다는 결의를 했었다고 T·K생의 「한국으로부터의 통신」이 전한 바 있다.(박정희가 키운 차지철은 김재규의 군사 법정 증언에도 있듯이, 캄보디아에서는 3백만 명이 살해되었다. 정권을 지키기 위해서는 10만, 20만쯤 죽여도 상관없다고 큰소리쳤던 남자다.) 서울봉기 예정보다 사흘 이른 26일의 박정희 암살은 박 정권에 의한 대학살을 막기 위해서였지만, 박정희와 차지철이 일주일만 더 살아 있었더라면 서울은 반년 후에 일어난 광주를 대신하는 피의 바다, 학살의 도시가 됐을지도 모른다.

독재자가 죽고 밀물의 기세로 찾아온 서울의 봄과 눈 녹은 한강의 물살. 하지만 반년 만에 봄은 얼어붙어 버렸고, 죽은 차지철을 대신해 전두환이 10월 서울이 아닌 5월 광주에서 대학살을 저질렀다.

광주에서는 참극의 현장에서 '전남대학교 학생은 70%, 전라도 인간이라면 절반은 죽여도 좋다'라고 폭언한 블랙 베레모(공수병)에 대한 소문이 시의 중심지에서 마을 구석까지 퍼졌다. "…… 지역 경찰관들은 자기 형제자매가 끼어있을지도 모르는 시민 데모대에게 거친 진압 행동은 취할 수 없었다고 한다. 광주에 투입된 공수부대원은 대부분 경상도 출신으로, 광주에 연고자가 없는 이들이었다. 더할 나위 없이 '용감'한 진압 행동 때 그들은 어떠한 망설임을 느낄 필요도 없었다는 점에서 군의 이번 작전은 효과적이었다고 할만하다. 1979년의 소위 '부마 사태' 때 진압에 투입된 공수부대는 대부분 전라도 출신이었다고 한다. 이러한 목적으로 지역감정 유발을 이용하는 그들의 교묘함은 그저 감탄스러울 따름이다."(「5·18 광주사태 [시민봉기] 백서」)

31년 전인 1949년 3월, '남조선 파견 미 군사 고문단장' 로버트 준장의 지휘로 '제주도 게릴라 섬멸작전'이 강행되었지만(베트남학살의 선구가 되었다.), 당시 경무부 장관 조병옥은 '제주도 전체에 석유를 뿌려서 30만 도민을 몰살해'라고 공언했다고 한다.

제주도학살에 앞장섰던 것은 해방 후 북조선에서 넘어온 북조선 출신자들의 반공 테러 조직인 '서북청년회'(서북은 평안도 지방을 가리킨다.)다. 앞서 나는 S 아버지와 그의 어머니 그리고 K녀에 대한 고문자 운운…… 이라고 썼는데, '서북'이 그 고문자였다.

광주학살의 양상에 대해서는 내가 설명할 것도 없다. 독자 여러분들이 각자 떠올려보길 바란다. 무엇인가에 취한 공수병들이 임산부를 찔러 죽이고, 여자아이의 젖가슴을 도려낸 일, 학생들이 총검에 찔려 죽는 일 등…… 의 살육에 동원된 무수한 방법들. 아마도 믿기 힘든 이런 사태를, 목격자인 광주시민이 아니면 믿을 수 없는 사태를, 아니, 그것은 사실이다, 이 나라에서는 사실이라고, 30여 년 전 대마도의 움막에서 만난 K녀와 S 어머니, 그리고 돌아가신 S 아버지가 지금 내게 증언하고 있다.

해방 후 30여 년, 이 나라에서는 무엇이 바뀌었나. 고속도로가 뚫리고, 8백만 대도시 서울 거리에 고층빌딩이 빽빽이 솟아있는 모습이 바뀐 것인가. 도대체, 무엇이 바뀌었나. 포항과 울산에 큰 제철소, 조선소가 있으니 바뀐 건가.

제주도 4·3 사건 당시의 학살은 세계가 몰랐다. 하지만 1980년대의 광주는 다르다. 세계라는 태양이 비추는 백주의 햇살 아래서 적도공략(敵都攻略) 못지않은 학살이 자행되었다. 그리고 나는 그 한 단면을 텔레비전을 통해 보고 있었을 뿐이다.

광주의 사망자 천여 명 중에 행방을 알 수 없는 시체가 많다고 들었다. 사망자 수를 줄이기 위해서 학살자들이 비밀리에 묻은 많은 시체들이 밭 등지에서 발견되었다고 하지 않는가. 제주경찰서 유치장에서 사형 날 아침 썩어 문드러진 자신의 시체를 상상하며 하얀 수건에 짙은 먹으로 검게 자기 이름과 사는 동네 이름을 써서, 그것을 허벅지에 묶은 한 여인의 모습은 오늘날 바로 이 한국 사회에 살아 있다.

도대체, 뭐가 바뀌었나. '대통령'이 바뀌었으니 바뀌었나. 그렇다, 여러모로 바뀌었다. 시골에 수도와 전기가 놓였고 전화도 들어왔다. 서울에는 일본 관광객들이 넘버원이라 하는 롯데호텔이 있고, 호텔은 '여자'가 따라붙고 제주도는 리조트지가 되었다. 좋은 것도 있고 안 좋은 것도 있지만 모든 것이 바뀌었다고도 할 수 있다. 30년이나 흐르면 바뀌는 법이다……. 아니 바뀌지 않았다, 도대체 인간의 무엇이 바뀐 것인가……. 이 얘기에 나오는 K녀와 S 어머니, S 아버지가 이렇게 증언한다.

살아 있는 '유령'과 4·3이라는 심연

– 김석범 「만덕유령기담」, 「1949년 무렵의 일지에서」, 「유방이 없는 여자」

1. '김석범'이라는 숲

김석범의 문장을 읽는다. 「까마귀의 죽음」과 「1945년 여름」, 그리고 『화산도』까지. 그가 써온 문장들을 읽는 일은 깊은 숲을 헤매는 것과 같았다. 그 숲에서 나는 자주 길을 헤매곤 했다. 단단한 뿌리들에 발을 헛디딘 적도 많았다. 나아가다보면 제자리였고, 돌아보면 지나온 자리가 녹음에 지워져 버렸다. 숲을 빠져나왔다 생각하면 또 다른 숲이 펼쳐져 있었다. 숲은 스스로의 힘으로 울창한 가지를 하늘 높이 뻗곤 했다. 깊은 숲 그림자는 낯선 방문객을 집어삼켰다. 그 숲 속에서, 방향마저 잃어버린 시간 속에서 나는 차라리 사라져도 좋을 작은 발걸음이었다.

김석범의 문장을 읽어가면서 자주 4·3행불인 묘역을 찾았다. 생몰연도와 행방불명된 장소가 적혀 있는 비문을 읽어가다 보면 문득 그해 스물 안팎이었던 비문의 주인들에게 눈길이 갔다. 1920년 무렵에 태어나 채 서른 해를 살지 못하고 죽음으로 사라져갔던 이들. 막 스물의 시간을 지난 이들은 비석으로 남아 그들의 부재를 증명하고 있었다. 단단한 묘비 하나로 남아 죽음을 보여주는 그 자리에서 나는 김석범의 문장들과 그의 글쓰기에 대해 생각했다. 김석범 스스로 이야기했듯이 그해 제주에 남아있었다면 김석범도 차가운 비석으로 남아 있었을지 모른다. 오랫동안 비문의 생몰연 도를 읽고 있노라면 김석범의 문장들이 차갑게 내 머리를 때리기 시작했다. 어쩌면 김석범의 문장들은 이미 죽어버린 자들에게 차 마 죽지 못한 이가 보내는 참회인지 모른다. 살아서 부끄럽다는 고백이자 부끄럽게도 살아남을 수밖에 없다는 회한. 김석범이라 는 작가의 윤리는 거기에서부터 시작되는 것이리라.

식민의 시간과 재일의 거리 어디쯤에서 김석범은 스스로 문장 이 되었고 문장의 힘으로 시간을 견뎠다. 김석범의 문학은 일본어 와 한국어 '사이'의 세계이자, 조선과 일본의 틈새에서 자라난 삶 의 흔적들이었다. 식민의 삶과 재일의 세월들, 시간은 문장을 낳고 문장은 시간을 견뎠다. 그의 문장들은 언어를 지니지 못했던, 말의 형태를 가질 수 없었던 침묵의 시간을 뚫고 도착한 편지들이다. 그것도 뒤늦게 도착한 글들이다. 오랜 시간이 흐른 뒤에 그의 문장 을 읽고 써야 하는 이 글은 너무 늦은 답장인지도 모른다.

생각해보면 제주의 사월, 그해의 함성은 제주라는 시공간에서 만 멈춰버린 것이 아니었다. 김석범과 김시종, 누군가는 사월을 말했고, 누군가는 사월을 가슴에 새겼다. 그렇게 그들은 제주의 사월을 살았다. 오랫동안 언어를 지니지 못했던 4·3 항쟁의 시간 안에서 그들은 문장의 돌담을 쌓아갔던 것인지 모른다. 하여 이제 우리가 읽어야 하는 문장들은 끝내 잊을 수 없었던 시간의 흔적을 더듬는 일이다. 그렇게 우리는 김석범이라는 작가가 만들어낸 숲

을 오른다. 봄, 여름, 가을, 그리고 겨울. 스스로를 죽여 다시 피어
나는 계절이듯, 죽음이 생명으로 피어나는 지독한 대결과 마주해
야 한다.

2. 「1949년 무렵의 일지에서」에서 시작된 김석범 문학 세계

「1949년 무렵의 일지에서 –「죽음의 산」의 한 구절에서」(1951),
「만덕유령기담」(1970), 「유방이 없는 여자」(1981)는 김석범 문학
의 성격을 규명할 때 반드시 언급해야 하는 작품이다. 「1949년 무
렵의 일지에서」는 김석범이 박통(朴樋)이라는 필명으로 『조선평
론』에 발표한 작품이다. 이 소설은 김석범 문학의 시작이라는 점에
서도 의미가 있지만 '재일(在日)'이라는 현실과의 고단한 싸움의
출발이라는 점에서도 각별하다.

이즈음 김석범은 교토대학 문학부 미학과를 졸업하고 오사카
조선인문화협회와 『조선평론』 창간 등의 작업에 의욕을 보였다.
하지만 김석범은 일 년 뒤인 1952년 일본 공산당을 탈퇴하면서
사실상 조직 활동을 그만두게 된다. 당시 재일조선인 사회에서 조
직 활동을 그만둔다는 것은 정치적 사형선고나 다름없는 일이었
다. 오사카에서 센다이로 은밀히 거처를 옮기고 이후 도쿄에 정착
하면서(1952) 공장 노동자 생활로 생계를 이어가던 김석범은
1957년 『문예수도』에 「간수 박서방」을 발표하면서 본격적인 창작
활동을 시작한다. 이후 김석범은 한글 「화산도」 등 조선어 소설쓰

기를 시도하면서 일본어와 조선어 사이에서 치열한 고투를 벌였다. 한글 「화산도」를 비롯한 일련의 한글 소설들이 바로 이 시기의 산물들이었다. (이 당시의 작품들은 『혼백』이라는 제목으로 번역 출간되었다.) 이때부터 김석범은 일본어로 소설을 쓰는 쪽으로 방향을 전환하게 되는데 「만덕유령기담」은 이러한 문학적 모색의 결과물이었다.

1957년 「간수 박서방」을 시작으로 「까마귀의 죽음」(1957), 「똥과 자유와」(1960), 「관덕정」(1962)을 발표했던 김석범은 1967년 이 네 편을 담은 『까마귀의 죽음』을 신코쇼보(新興書房)에서 출간한다. 당시만 하더라도 작품 발간에 조직의 비준이 필요했지만 김석범은 조직의 동의 없이 작품집 출간을 강행했다. 위암 수술과 조총련 조직 탈퇴(1968) 등 이 시기 김석범은 육체적, 정신적으로 극심한 고통을 겪었다. 이후부터 김석범은 일본어로 소설을 쓴다는 것에 대한 고민을 하기 시작하는데 이러한 고민의 결과물이 7년 만에 일본어로 쓴 단편 「허몽담」이었다. 이러한 그의 이력을 살펴 볼 때 「만덕유령기담」은 김석범이 소설가로서 언어의 문제에 대해 깊은 고민을 하고 있었을 당시의 산물이었다. 특히 이 작품은 발표 당시 아쿠타가와상 최종심 후보에 올라 일본어 소설 쓰기에 대한 문학적 모색에 자신감을 주는 계기도 되었다.

「1949년 무렵의 일지에서」와 「만덕유령기담」을 거치면서 김석범 문학은 중요한 분기점을 맞게 된다. 그것은 재일조선인문학에 대한 일본 문학계의 기대(?)를 배신하는 '일본어 문학'이라는 독창적 세계의 구축으로 이어지게 된다. 대작 『화산도』의 시작이 되었던 「해소(海嘯)」 연작 중에 발표된 「유방이 없는 여자」는 김석범의

'일본어 문학'의 지향점이 어디에 있는지를 잘 보여준다. 1980년 광주와 1948년 제주의 상황을 시야에 두면서 국가폭력의 문제를 날카롭게 비판하고 있는 이 작품은 1980년이라는 동시대적 상황에서 제주 4·3을 소환하면서 공적 역사에서 배제된 존재들을 서사화해 나가고 있다.

초기작인 『까마귀의 죽음』과 그의 대표작인 『화산도』의 세계를 이해하기 위해서는 「1949년 무렵의 일지에서」와 「만덕유령기담」, 「유방이 없는 여자」를 살펴볼 필요가 있다. 이 세 작품은 제주 4·3이라는 심연에서 길어 올렸던 김석범의 문장들이 어디에서 시작되고 흘러갔는지를 분명하게 보여준다.

『만덕유령기담』은 김석범이 한글 「화산도」 연재를 중단한 이후에 쓴 일본어 소설이다. 이 작품을 계기로 김석범은 본격적인 '일본어 문학' 창작으로 나아가게 된다. 이 작품은 '일본 문학'이 아닌 '일본어' 글쓰기라는 자기 정체성의 구현이라는 측면에서 주목할 필요가 있다. 김석범은 스스로 '일본어'로 소설을 쓰는 의미를 '재일'이라는 실존적 위치에서 느끼는 언어적 감각이라고 말한 바 있다.* 이러한 언어 감각은 윤건차가 지적했듯이 재일조선인 작가로서 식민지 근대화의 강요와 분단이라는 조선의 근대성이 지닌 현실적 모순을 돌파할 수밖에 없기 때문이었다.** 또한 이 작품은 김석범 문학에 등장하는 원형적 인물의 탄생을 알리는 작품이라는 점에서도 의미가 깊다. '허물 영감', '용백' 등의 인물을 통해 김석범은 자신의 소설 속에서 민중성을 반복적으로 재현한다.

'만덕유령기담'이라는 제목이 말해주듯이 이 소설은 처형장에

서 기적적으로 살아남은 만덕의 '기행(奇行)'을 통해 4·3의 의미를
되묻고 있다. '만덕'은 "시민권을 박탈당해도 마땅한" 인물이자,
"부모도 모르는" 인물로 묘사된다. 이러한 인물을 통해 김석범은
항쟁과 학살의 비극성을 '기담'이라고 명명하고 있다. 그가 말하는
'기담'이란 권력에 의한 절멸의 이유를 찾기 위한 그 나름의 모색
이기도 하다. 때문에 김석범은 "하면 이 나라에서 유령이 아닌 사
람은 도대체 누구인가?"라고 되묻는다.

24살에 죽은 만덕의 생애를 다루고 있는 이 소설에서 주목할
것은 이름 없는 자, 만덕의 존재이다. 만덕은 아비 없이 태어나
어미 손에 이끌려 제주 관음사 주지에게 맡겨진 채 절의 허드렛일
을 하며 살아간다. 부모도 모르고, 제 이름조차 없이, 개똥이라는
별칭으로 불리기에 만덕은 "시민권을 박탈당해도 마땅한" 존재로
치부된다. 이름이 없는 존재였기에 징용 당국은 그를 '만토쿠 이치
로'라는 일본식 이름으로 불렀다. 만토구 이치로가 자신의 이름이
아니라고 강변해도 폭력적 명명은 하나의 낙인처럼 만덕의 신체를
구속한다. 이름 없는 신체라는 만덕의 존재는 타자의 신체를 폭력
적으로 훼손하는 권력의 불의를 상징적으로 보여준다. "신도들의
유쾌한 경멸과 연민의 배출구"로 살아야 했던 만덕은 제주 4·3
항쟁을 진압하기 위한 '계엄령'이 선포된 직후 '반역죄'로 심문을

*   김석범, 「'왜 일본어로 쓰는 것인가'에 대하여」, 『언어의 주박(呪縛)』, 「'なぜ日本語
    で書くか'について」, 『ことばの呪縛－在日朝鮮人文学と日本語』, 筑摩書房, 1972.
** 윤건차, 박진우 외 옮김, 『자이니치의 정신사』, 한겨레출판, 2016.

받게 된다. 처형장에서 살아남은 후에 다시 비극적 죽음을 당한 만덕에게 죽음은 한 번으로 끝난 단일한 순간이 아니라 죽음 이후에도 여전히 죽음을 강요당하는 폭력의 연속이었다. 그것은 죽음의 이유를 되물어야 하는 비극적 질문을 품은 자의 죽음이자, 죽음으로 도 죽을 수 없었던 기억의 신체 그 자체였다. 그것은 죽음의 범주에 포함되지 못한 죽음들, 죽어서도 죽음을 인정받지 못하는 존재를 말하기 위함이다. 처형장에서 극적으로 살아났지만 결국 죽음을 피할 수 없었던 만덕의 생애를 다룬 이 소설은 살아서 죽은 자들의 이야기이자 죽어서 사라진 이들을 호명하고 있는 부르짖음이다.

3. 모멸의 현실에서 죽음을 기억하기

죽음은 영원한 결별이기에 절망이며, 암흑이다. 죽음을 생각하는 것은 죽은 자가 아니라 살아 있는 자들이며, 살아있는 자들은 살아있는 한, 죽음을 영원히 경험하지 못한다. 어쩌면 종교란 죽음 이후를 '상상'하지 않으면 생의 일회성을 견딜 수 없었던 인간들이 '발견'해 낸 안전지대인지도 모른다. 선한 자들의 선한 삶보다 악한 자들의 악다구니가 승리하는 현실 앞에서, 우리는 비극을 감내할 수 없어서, 혹은 삶의 모멸을 설명하기 위해서, 죽음 이후를 바라보았는지 모른다. 선한 자들의 비극적 죽음과 악한 자들이 당당하게 살아가고 있는 모멸의 현실에서 우리는 어떻게 '죽음'을 발견할 것인가.

김석범 문학의 출발이라고 할 수 있는 「1949년 무렵의 일지에서」에서도 죽음에 대한 그의 사유를 확인할 수 있다. 김석범은 소설이 기억을 공유하는 하나의 사건임을 증언하고 있는데, 이는 시간과 기억, 재현과 해석의 사이를 유영하는 김석범 문학의 특징을 잘 보여준다.

어쩌면 김석범은 소설을 통해 기억은 어디에 깃드는 것인가를 집요하게 묻고 있는지 모른다. '기억하다'라는 서술어는 기억의 주체와 대상, 그리고 행위로 이루어진 세계다. 피에르 노라가 '기억의 장소'를 거론했다는 점을 염두에 둔다면 기억의 주체는 기억의 장소들을 불러낸다. '기억의 장소'들은 시간이 지층처럼 쌓여있는 하나의 상징이다. 그것은 수많은 물(物)들로 이루어진 기억의 세계이자 기억해야 할 몸들을 불러내는 비명의 순간이다. 그 몸들의 만남은 우연과 필연의 경계를 가로지르고 소설과 사실을 넘나들면서 제주 4·3을 박제된 시간 속에서 꺼내 현재적 질문으로 되묻고 있다.

처형장에서 극적으로 살아난 만덕을 '유령'으로 오인한 '기담'은 기이한 이야기가 아니라 살아있는 사람들의 이야기이자, 기억의 이야기를 만드는 혼 불음이다. 죽음이 신체의 불가역적 소멸이라면 죽어서도 살고, 살아서도 죽은 사람들을 어떻게 기억할 것인가.

「1949년 무렵의 일지에서」를 거쳐 「유방이 없는 여자」에 이르는 그의 문학적 여정을 되짚어 보면 죽음은 일회적 소멸이 아니라는 그의 인식을 잘 알 수 있다. 그것이 제주 4·3과 5·18을 별개의 사건이 아닌 동아시아의 냉전 체제와 국가 폭력이라는 구조적 관점에서 파악하고 있음은 물론이거니와 김석범 문학이 공적 역사의 장에서 배제된 존재들의 목소리를 듣는 윤리성이 어디에서 기인하는지를 잘 알 수 있다. 김석범 문학을 제주 4·3 항쟁이라는 우물에서 길어 올린 '깊이의 문학'이라고 규정할 때 이들 작품은 그의 문학이 지니고 있는 심연의 본질이 무엇인지를 잘 보여준다.

김동현(문학평론가)

이 번역의 시작은 2017년 4월로 거슬러 올라간다. 제주 4·3항쟁 69주년을 추모하기 위한 '제주도 4·3 사건을 생각하는 모임·도쿄'의 도쿄 닛포리(日暮里) 행사장에서 김동현과 조수일이 만났고, 둘은 의기투합하여 제주것과 육지것이 힘을 모아 합작품을 만들어보자 하였다. 그 시작이 바로 「만덕유령기담」이다. 번역에 대해 김석범 선생님께 허락을 받은 조수일이 번역 작업에 착수하였지만, 건강에 적신호가 켜진 김동현은 건강회복에 집중하였고, 도쿄대학 박사과정에 재학 중이던 조수일은 박사학위 논문 집필 등을 핑계로 번역 작업을 게을리하게 된다. 2020년에 들어 다시 번역 작업을 본격적으로 논의하게 되었는데, 제주대학교에서 김석범 문학을 연구하는 고은경의 합류와 조수일의 귀국이 그 계기가 되었다. 김동현은 해설과 윤문, 그리고 보고사와의 출판을 위한 연락을 담당하기로 하였고, 번역은 조수일과 고은경이 맡기로 하였다. 최종적으로 중편소설인 「만덕유령기담」만으로는 분량이 적어, 고은경이 번역해 두었던 「유방이 없는 여자」, 조수일이 『제주작가』 2021년 봄호에 번역 게재한 「1949년 무렵의 일지에서─「죽음의 산」의 한 구절에서」를 같이 엮게 되었다. 제주-도쿄-서울을 오가며 번역한 이 소설의 표현들을 드디어 한국어 독자들에게 선보일 수 있게 되었다. 그리고 무엇보다 여전히 창작열을 불태우고 계신 김석범 선생님과의 약속을 지킬 수 있게 되어 기쁘지 아니할 수 없다.

　일본의 동인문예지인 『인간으로서』(人間として, 제4호, 1970년 12월)에 발표된 「만덕유령기담」은 1971년 상반기 제65회 아쿠타가와상(芥川賞) 후보작에 오르며 작가 김석범의 출세작이 된다. 비록 수상에 이르지 못하였으나, '수상작 없음'으로 끝난 이 회의 실질적인 수상작이었다고 해도 과언이 아니다. 이후 고단샤(講談社)의 신장판 『까마귀의 죽음』(鴉の死, 1971)으로 일본의 문단과 독자에게 김석범(金石範)이라는 이름을 강력하게 각인시키게 된다. 「만덕유령기담」은 김석범의 작품 중 유일하게 영어로 번역되어있는 작품이다(*The Curious Tale of Mandogi's Ghost*, Cindi Textor 옮김, Columbia University Press, 2010). 하지만 아이러니하게도 여태껏 한국어 독자의 손에는 닿지 못한 채, 김석범의 대표작으로만 나열되며 '기담'조차 되지 못하고, 그저 제목만 '유령'처럼 떠돌아다녔다. 이번 우리의 번역을 통해 드디어 「만덕유령기담」은 발표 50년 만에 '기담'의 발상지에 씨를 뿌리게 되었고, 앞으로 민족과 언어, 국경과 해역을 넘나들며 또 다른 파종의 길을 걸어 나갈 것이다. 만덕이가 묵묵히 보여주는 자기와 세상에 대한 삶의 태도는 「똥과 자유」(작품집 『까마귀의 죽음』 수록)의 용백이, 『화산도』의 용백이, 그리고 김석범의 그것과 겹친다.

　「1949년 무렵의 일지에서」는 김석범이 박통이라는 필명으로 1951년 『조선평론』 창간호에 발표한 단편소설이다. 그것이 김석범의 작품으로 다시 세상에 알려지게 된 것은 전적으로 『金石範作品集』(Ⅰ/Ⅱ, 平凡社, 2005)의 공이다. 이 작품은 작가 스스로 완성도가 떨어지는 습작이었다고 말하지만, 김석범이라는 개인이 일본 땅에서 조국과 고향 땅의 비극을 어떻게 마주했으며 또 그것을 어떠한 방법과 표현으로 형상화하고자 했는지 그 고투의 흔적을 엿볼 수 있다는 점에서 그 의의가 크다고 할 수 있다. 김석범이 1951년 3월 교토대학에 졸업논문(「예술과 이데올로기」)를 제출한 후 제주에서 밀항해온 먼 친척 숙모를 오사카에 데려오기 위해 대마도에 건너가고, 거기서 '유방이 없는 여자'를 만난 일화, 그리고 그녀들에게 「간수 박 서방」(작품집 『까마귀의 죽음』 수록)에 등장하는 명순이와 관련된 일화를 듣게 된 일은 익히 잘 알려져 있는 내용으로, 소설 「유방이 없는 여자」에도 등장한다. 즉, 이 작품은 김석범이라는 개인의 인생을 송두리째 뒤흔들고 일생을 제주 4·3과 해방공간을 둘러싼 기억에 대한 투쟁과 저항으로서의 글쓰기의 길로 들어서게 한 만남 직후에 쓰인 습작이지만 오히려 날것의 생생함이 살아있다. 또 이 작품은 김석범의 문학적 원풍경으로서 바다와 산을 목소리와 바람을 타며 『까마귀의 죽음』과 『화산도』 등의 작품에 닿는다.

「유방이 없는 여자」는 실재와 허구, 시간과 공간의 경계를 뒤흔드는 문제적 작품이다. 그렇기 때문일까? 짧지만 날카롭고 묵직한 여운을 남긴다. 이 작품의 메시지를 도식화하면, 제주 4·3을 묻는 것은 8·15 해방을 묻는 일이자 5·18 민주화운동을 묻는 일이라는 것이 된다. 이 날짜들이 독자 개개인에게 환기하는 사건과 기억은 무엇이고, 또 그것들은 어떻게 교차할까? 김석범 문학의 저력은 이러한 물음과 그 응답을 독자 상호 간에 공유했을 때 증폭된다.

218

1981년 11월 계간문예지 『문학적 입장』(文學的立場, 제3차, 제5호)에 발표된 이 소설은 증언의 청취자로서의 김석범이 1951년의 대마도 체험으로부터 30년이 지난 시점에 30년 전, 20년 전, 10년 전, 그리고 부마항쟁에서 5·18에 이르는 최근의 한국을 상기하고 교차시키며 자기와 자기의 기억을 재차 자리매김하고자 한 고투의 흔적이다. 이 작품에서 김석범은 묻는다. "해방 후 30여 년, 이 나라에서는 무엇이 바뀌었나." 우리도, 아니 나도 물어야 할 것이다. 그 '사건' 후 무엇이, 어떻게 바뀌었나. 왜 바뀌지 않았는가. 누가 바꾸지 못하게 한 것인가. 묻고 또 물어야 한다.

작가 김석범이 소설의 형상화를 통해 독자들에게 던진 이러한 질문은 이미 번역·출판된 『까마귀의 죽음』(김석희 옮김, 소나무출판, 1988/각, 2015), 『화산도』(김환기·김학동 옮김, 보고사, 2015), 『1945년 여름』(김계자 옮김, 보고사, 2017), 『과거로부터의 행진』(상/하, 김학동 옮김, 보고사, 2018)과의 같이 읽기를 통해 그 깊이를 더하며 반추되기를 바란다.

마지막으로 번역을 흔쾌히 허락해주신 김석범 선생님과 꾸준히 김석범 문학의 번역·출판에 힘을 실어주고 계시는 보고사 김흥국 대표님 그리고 번역작업에 아낌없는 조언을 해주신 보고사의 이소희 선생님을 비롯한 편집부 여러분들께 감사의 말씀을 드린다.

지은이 **김석범**金石範

1925년 일본 오사카에서 태어났고, 교토대학을 졸업했다. '제주 4·3'을 테마로 한 대하소설 『화산도』를 집필하고, 일본에서 4·3진상규명과 평화인권운동에 젊음을 바쳤다. 1957년 『까마귀의 죽음』을 발표하여 최초로 국제사회에 제주 4·3의 진상을 알렸다.

대하소설 『화산도』로 일본 아사히朝日신문의 〈오사라기지로大佛次郎상〉(1984), 〈마이니치每日예술상〉(1998), 제1회 〈제주 4·3평화상〉(2015)을 수상했다. 1987년 〈제주 4·3을 생각하는 모임 도쿄/오사카〉를 결성하여 4·3진상규명운동을 펼쳤다. 재일동포지문날인 철폐운동과 일본 과거사청산운동 등을 벌여 일본 사회의 평화, 인권, 생명운동의 상징적인 인물로 추앙받고 있다.

주요 저서로는 『까마귀의 죽음鴉の死』, 『화산도火山島』, 『1945년 여름1945年夏』, 『만월満月』, 『언어의 굴레ことばの呪縛』, 『죽은 자는 지상으로死者は地上に』, 『과거로부터의 행진過去からの行進』, 『보름달 아래 붉은 바다満月の下の赤い海』 등이 있다.

옮긴이 **조수일**

한림대학교 일본학연구소 HK교수. 건국대학교 일어교육과와 동 대학원 일본문화·언어학과에서 공부하였고, 도쿄대학 총합문화연구과에서 석사·박사 학위를 취득하였다. 동국대학교 일본학연구소 전임연구원을 거쳤으며, 저서에 『金石範文学: 死者と生者の声を紡ぐ』(岩波書店, 2022)가 있다.

옮긴이 **고은경**

제주대학교 국어국문학과 대학원에서 현대소설을 전공하였고, '김석범 4·3소설연구(2022)'로 박사 학위를 받았다. 현재 제주4·3평화재단 조사연구실 연구원이자, 제주대학교 강사로 제주4·3사건추가진상조사 및 동아시아 문학 등을 연구하고 있다.

해설 **김동현**

문학평론가. 지은 책으로는 『제주, 우리 안의 식민지』(2016), 『욕망의 섬 비통의 언어』(2019), 『김석범×김시종 - 4·3항쟁과 평화적 통일독립』(공저, 2021), 『김시종, 재일의 중력과 지평의 사상』(공저, 2020), 『언어전쟁』(공저, 2020), 『제주 화산도를 말하다』(공저, 2017) 등이 있다. 제주와 오키나와의 문학과 문화사 등을 공부하고 있다. 제주민예총 이사장으로 일하면서 제주 4·3 문화예술과 지역 문화 운동, 제2공항 반대 운동에도 손을 보태고 있다.

트리콘 세계문학 총서 6

만덕유령기담

2022년 12월 12일 초판 1쇄 펴냄

지은이 김석범
옮긴이 조수일 · 고은경
해 설 김동현

펴낸이 김흥국
펴낸곳 보고사(제6-0429호)
책임편집 이소희
표지디자인 김규범
주소 경기도 파주시 회동길 337-15
전화 031-955-9797
전송 02-922-6990
메일 bogosabooks@naver.com
http://www.bogosabooks.co.kr

ISBN 979-11-6587-381-3   94810
　　　 979-11-5516-700-7   세트
ⓒ 김석범 · 조수일 · 고은경 · 김동현, 2022

정가 13,000원